KB253728

물빛 사랑이 좋다

물빛 사랑이 좋다

하정아 수필집

물빛 사랑이 좋다

1판 1쇄 인쇄 | 2005년 5월 20일
1판 1쇄 발행 | 2005년 5월 25일

지은이 | 하정아
펴낸이 | 이선우
펴낸곳 | 도서출판 선우미디어
　　　　등록 / 1997. 8. 7　제2-2416호
　　　　100-846 서울 중구 을지로3가 104-10
　　　　신성빌딩 403 ☎ 2272-3351, 3352 팩스: 2272-5540
　　　　E-mail: sunwoome@hanmail.net
　　　　Printed in Korea ⓒ 2005. 하정아

값 9,000원

※잘못된 책은 바꿔 드립니다
※저자와의 협의하에 인지 생략합니다

ISBN 89-5658-086-9 03810

하정아 수필집

물빛 사랑이 좋다

선우미디어

책머리에

　간호사가 되기 위하여 대학에 들어가 2년 반 동안 기초과학을 공부하면서 한 달에 한 편씩 타운에서 발행하는 코리아나 뉴스 주간지에 칼럼을 썼다. 미주 한국일보에 쓰던 여성칼럼을 마친 직후였다. 간호학 본과에 들어가 2년을 더 공부하면서 2주일에 한 편씩 미주 중앙일보 「이 아침에」 칼럼을 썼다. 글자 수를 맞춰야 하는 칼럼용 글쓰기에 갈증을 느긴 탓인가, 각종 문학동인지에는 유난히 긴 글을 써서 발표했다. 쉽지 않았다. "그러다 너 죽는다. 공부하는 동안만이라도 글 쓰는 일을 잠깐 중단하면 어떠냐"는 남편을 향해 스스로에게 주문 걸듯 부르짖었다. "나, 글 안 쓰면 죽어. It's me."

　계기가 있었다. 글 쓰는 작업이 나의 삶에 어떤 의미가 있나, 회의하던 때였다. 2002년 깊은 가을, 수필가 정목일 선생님을 만났다. 좋은 문장에 앞서 좋은 마음을 얻고자 하는 자세로 수필의 길을 가자는 그분의 강연을 들으며 깨닫게 되었다. 이 땅에 잠깐 머무는 동안, 글이 삶을 구제할 수 있겠구나.

　'글이 성숙하면 삶이 성숙해질 수 있다. 성숙한 글을 쓰려면 삶이 먼저 성숙해져야 한다'는 논리는 나의 글쓰기 시각에 전환점이 되었다. 좋은 글을 쓰고 싶다는 소망과 좋은 사람이 되고 싶다는 간절함은 분리된 이론이 아니라 구체적이고도 현실적인 목표가 되었다.

두 번째 수필집을 펴내면서 문득 나 혼자만 문학을 짝사랑하는 것은 아닌가 싶었던 억울함이 가시는 것 같다. 문학은 나의 정체성을 바로 잡아주고 삶을 정돈시켜 준 멘토다.

감사드린다. 늘 변함없는 사랑을 주신 수필가 김영중 선생님. 내 영혼의 아름다운 노래, 친구 조은호. 지난 2년간 시도 때도 없이 흔들리고 넘어지는 나를 언니처럼 엄마처럼 애인처럼 붙들어 준 베스트 프렌드 Mythili. 몇 날 며칠 밤낮으로 나의 허술한 원고를 읽어 주시고 조언해 주시고 고쳐 주신 친정아버지. 못난 글을 책으로 예쁘게 묶어 주신 선우미디어 이선우 선생님. 감사드린다.

따뜻한 눈빛 하나로 지켜 주며 하고 싶은 짓 맘대로 할 수 있도록 방치해 준 남편에게 감사한다. 그가 내 삶의 증인이라는 사실이 늘 감격스럽다. 우리 일은 우리가 잘 알아서 챙길 터니 엄마는 아무 걱정하지 말고 공부 열심히 하라며, 엄마 노릇 못하는 내가 미안하지 않도록 힘내어 건강하고 힘내어 공부해 준 나의 세 아이들, 세 천사들. 고맙다.

아, 감사가 넘친다.

2005년 5월 Rockfield 한 귀퉁이에서
하정아

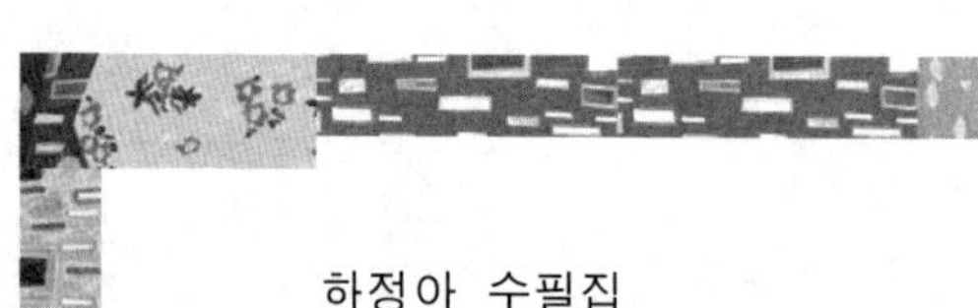

물빛 사랑이 좋다

차례

1. 삶의 프로가 되고 싶다

1천 달러로 살 수 있는 것 6.

1.

삶의 프로가 되고 싶다

삶의 프로가 되고 싶다

현대인의 삶은 잘 계획되고 짜임새가 있어서 어디에 가면 어느 정도의 기쁨과 성과를 얻을 것인지 미리 가늠해 볼 수 있다. 그러다 기대치 않았던 감동을 만나면 하루를 보상받은 듯 기쁨이 배가된다.

복음성가 가수 B씨를 알게 된 것은 10여 년도 훨씬 전의 일이었다. 얼굴은 알지 못하고 음성을 통해서였다. 지인으로부터 선물로 받은 카세트테이프에 담긴 노래들이 얼마나 주옥같은지 남성의 목소리가 이리도 고울 수 있나, 믿어지지 않았다. 청아하면서두 깊은 울림이 있는 목소리 속에는 깊은 수련과 수양이 묻어 있었다. 그 뒤 몇 년간 까마득히 잊고 있었다.

며칠 전, 어느 작은 음악회에 갔었다. 순서지에 그의 이름이 있었다. 눈이 번쩍 뜨였다. 양손에 양복저고리와 통기타를 들고 출연한 그를 보자 가슴이 뛰었다. 의자에 저고리를 걸쳐 놓은 그는 기타를 치며 「살아 계신 주」를 불렀다. 그의 목소리에는 사람을 끌어들이는 마력이 있었다. 군더더기 하나 없이 절제된 기타 음은 그의 목소리에 조금도 누가 되거나 걸림이 되지 않았고 최소한의 음으로 최대의 효과를 내고 있었다. 그 유연한 손놀림이라니. 손가락을 쫙 편 상태로 현을 뜯는데, 기타와 한 몸이 된 듯 자유롭고 자연스러웠다. 그가 얼마나 오랜 세월을 기타와 함께 했는지 한눈에 알 수 있었다.

두 번째 곡을 부를 때는 기타를 내려놓고 저고리를 입었다. 그 태도가 조금도 서두르거나 어색하지 않았다. 그는 피아노 반주에 맞추어 노래를 불렀는데 그렇게 아름다운 「주기도(Lord's Prayer)」는 처음 들었다. 마지막 클라이맥스 지점에서 그가 두 손을 움켜쥐고 어깨를 들어올리며 호흡을 가다듬을 때는 간절한 그의 마음이 만져지는 듯했다. 에너지가 폭발하는 곳, 숨도 쉴 수 없었다. 아, 음악이란 이렇게 절절한 거구나, 교회음악도 대중음악이나 클래식 못지않게 이렇게 아름답고 유연할 수 있는 거구나 생각했다. 그가 부르는 노래 속에는 오히려 어느 음악도 흉내낼 수 없는 영혼의 울림이 있었다.

감사인사라도 하고 싶어 일부러 식사시간까지 남아 있다가 그를 찾았다. 주최측의 한 지인에게 그분이 어디 계신지 아느냐 물었더니 박장대소했다. "사인 받고 싶으세요?" "예." "당신 같은 사람들이 있을 줄 알고 귀찮아서 미리서 가셨죠. 그런 사람을 만나고 싶으면 무대에서 내려올 때 쫓아가서 만나야 해요."

아뿔싸. 그가 프로라는 것을 생각하지 못했구나. 대중이 보내는 찬사 같은 것은 이미 관심 밖의 사람이구나. 오히려 늦게까지 남아 사람들에게 칭찬의 언사를 듣는 것이 그에게는 고역이겠구나, 하는 생각이 들었다.

그렇다. 프로는 대중의 칭찬을 먹고살지 않는다. 자신과의 피나는 싸움을 할뿐이다. 치열하게 사는 사람이다. 재능 발휘에 최선을 다하는 사람이다. 시몬느 드 보봐르는 말하지 않았던가. 재능이란 천재와 달라서 그저 부여받은 것이 아니라 싸워 쟁취하는 것이라고. 고흐도 말했었다. 재능은 오랜 인내로 생겨나는 것이라고.

집으로 돌아오는 길이 조금 쓸쓸했다. 나는 지금까지 삶을 영위하는 일에 도움이 될 만한 기술도, 삶을 기쁘고 즐겁게 살아갈 수 있는 재주도 습득하지 못하였다. 그러니 타인을 행복하게 해 줄 수 있는 아무 장치도 마련하지 못한 셈이다. 가정주부지만 좋은 아내, 현명한 엄마인지 의심스럽다. 그러나 살아 있음은 누군가로부터 사랑받고 있다는 증거 아니냐. 낙심하지 말아야지.

아무 재주가 없는 나는 그러나 삶을 아름답게 받아들이고 느끼는 일에는 프로가 되고 싶다. 마음의 저변에 흐르는 의식 중에 맑은 기운만 길어 올리며 살고 싶다. 그 기운으로 다른 이들에게 다가가 손을 내밀고 싶다.

마리나 델 레이 비치

바다에 가면 그룹과 함께 있어도 혼자다. 바닷가 낙조를 대면하면 이 세상 그 어느 것과도 무관한 감정이 된다. 들쑥날쑥 정돈되지 않는 의식이 파도처럼 흔들린다.

일몰이 가까운 시간, 오랜만에 찾은 마리나 델 레이 비치(Marina Del Rey Beach). 출렁이는 물살에 연한 빛이 스며 보석처럼 반짝인다. 그리움과 회한, 아픔과 희망이 조각조각, 모자이크처럼 펼쳐진다. 순한 바다 속에, 속살거리는 파도 속에 묻히고픈 열정을 붙잡아 억누른다. 넓은 품속에 달려가 안기면 세상의 모든 시끄러운 소리로부터 안전하고 평안할 것이다. 수많은 생명을 배태하고 수많은 생명을 껴안은 바다. 우리가 마침내 돌아가야 할 곳도 바다 아니냐. 한 줌 먼지가 되어, 한 줌 물방울이 되어.

해가 지니 바다 풍경은 삽시간에 무채색 톤이 된다. 일렁이는 파도가 흐느낌 같다. 조금 전 생의 찬미를 외치던 손들은 모두 어디로 갔을까. 검은 바다를 등진 채, 어둠 속에 움직이는 생명의 실루엣들이 아름답다. 하나이면서 각자인 우리. 그 고독, 그 안쓰러움에 턱없이 눈물이 난다.

수평선으로 빠르게 달려가는 태양이 정신을 분열시키는 이유를 연구해야 한다. 슬픈 날은 낙조를 좋아하게 된다 했지. 어느 날엔가 마흔 세 번이나 의자를 옮겨가며 낙조를 바라보았던 어린 왕자는, 그러면 마흔 세 번이나 마음이 무너졌단 말이냐. 그토록 아팠너란 말이냐.

그냥 흐르게 하라. 날마다 스러지는 해 아니냐. 오늘, 유난스런 정서로 차별할 이유가 없다. 특별하게 구별하는 순간, 인식하는 순간, 그리움이 시작되지 않느냐. 슬픔을 감당할 용기가 있는가. 바다는 아무와도 아무 것과도 상종하지 않는데. 어떤 이름으로 불러도 항의하지 않는데. 일방적인 가슴앓이, 텅 빈 공간감각, 이미 오래 전에 멈추기로 결심하지 않았더냐. 해는 바다 속에 빠진 지 오래인데 남쪽하늘은 여전히 산호색 구름으로 가득하다. 빛으로 표현된 미련과 희망이다.

손가락, 발가락 사이로 흐르는 모래 결이 곱고 따뜻하다. 한숨이, 세상 욕심이 빠져나간다. 삶의 속성이 잉태한 부채(負債), 모래 내려놓듯 훌훌 벗을 수 있다면 얼마나 가벼울까. 사는 일이 무겁다. 한 마리 새가 되어, 한 척의 나룻배가 되어 밤새 저 검푸른 바다를 떠돌아도 좋으리. 한 톨 모래가 되어도 넉넉하리. 무너지거나 사라져도 아쉽지 않으리.

돛단배 한 척이 어두워진 수평선을 배경으로 천천히 움직이고 있다. 아무 고통 없이 전진하는 배, 인생도 유연히 흐를 수 없을까. 삶

의 고비마다 복병처럼 도사리고 있는 장애물, 걸려 넘어져 죽는다 해
도 억울하지 않을 욕망, 털어 버릴 수 없을까.

우리가 이곳을 떠난 뒤에도 파도는 여전히 철썩이리라. 우리가 이
땅과 작별한다 해도 풍경은 정물(靜物)처럼 평화로울 것이다. 아서라,
아무 곳이나 마음이 닿는 곳이면 고향이지. 마침내 영혼의 고향에 닿
으면 그리움도 아픔도 끝이 날 것이다. 이렇게 함께 모여 한 폭의 아
름다운 그림이 된 우리는 뿔뿔이 흩어져 언젠가 어디론가 흘러갈 것
이다.

아테네 올림픽 금메달 논쟁이, 체첸의 게릴라들이 러시아에서 벌
인 인질극이, 9·11 3주기가 무슨 상관이란 말이냐, 이 바닷가에서.
방금 한 사람은 시한부 삶을 진단 받고 한 사람은 숨을 거두었다. 잠
잠한 밤바다를 쳐다보라. 세속을 단호히 거부하는 바다 아니냐.

살아 있음으로 치르는 모든 형식과 절차가 슬프다. 어떻게 살까.
어떻게 사랑할까.

사람들과 함께 있어도 늘 외롭다. '우리' 속에 있었는데 어느새 혼
자다. 마리나 델 레이 비치에 가기만 하면.

회혼례

지난 주말, 시부모님의 회혼례가 있었다. 처음에 6남 1녀 자녀들은 큰 잔치를 벌일 생각을 하지 않았다. 아버님이 대장암 수술을 받은 지 두 달 남짓 되어 아직도 회복 중이라 조심스러웠고, 치매증상으로 고생하시며 하루가 멀다 하고 자꾸만 넘어지는 뿌리 없는 나무 같으신 어머님을 생각하니 섣불리 사람을 청하고 잔치를 하는 일이 과연 옳은가 생각해 보아야 했기 때문이다. 집안의 어른이 병중일 때는 잔치를 하지 않는 것이라는 주위의 조언도 한몫 했다.

맨 처음에 아버님이 사모관대 원삼족두리 이야기를 하실 때만 해도 그저 희망사항이겠거니, 한쪽 귀로 흘렸다. 그런데 서너 차례 말씀하시니 여간 신경이 쓰이는 것이 아니었다. 아버님은 자녀들이 방문할 때마다 "회혼이 쉽지 않은 거다. 60년 생애를 사는 것도 쉽지 않은데 부부가 60년을 해로하는 것이 보통 일은 아니지. 사모관대 원삼족두리 쓰고 결혼식 하면 참 볼만한 구경거리제"라고 말씀하시곤 했다.

자녀들은 결국 잔치를 열어드리자고 결론을 지었다. 마침 아버님이 팔십 생신을 앞둔 상태라 이중 잔치가 되었다. 그래서 1부는 회혼례 예식으로, 2부는 팔순 잔치로 순서를 준비하였다. 초청장을 만들고, 서울에 사는 다섯째아들 가족이 오고, 시누이의 교회를 빌리고, 음식과 꽃들을 맞추고, 아버님과 어머님이 입으실 회혼례 의상과 도구들을 빌렸다. 아버님은 분주하게 오가는 자녀들을 무척 흐뭇한 눈길로 바라보시며 귀가 어두운 어머님에게 큰소리로 말씀하시곤 했다. "할매, 할매하고 나하고 다시 시집장가 간대여. 원삼족두리 쓰고 말여. 언제 우리가 이렇게 나이가 들었는가 모르겠네." 그러면서 말씀하셨다. "허기사 네 어매 아직도 곱기는 하다마는."

잔칫날, 풍채가 당당하신 아버님은 사모관대를 입으니 왕족 같아 보였다. 연지 곤지를 찍은 다음, 머리가 짧아 비녀를 사용할 수 없어 댕기를 실로 묶어 고정시킨 족두리를 쓰신 어머님은 다소곳하여 새색시 같았다. 아버님은 연신 말씀하셨다. "네 어매가 참 곱다. 내가 아프지만 않았다면 얼마나 좋겠냐."

장손자 장손녀가 부축하는 가운데 결혼 행진곡에 맞추어 두 손을 꼭 붙잡고 입장하는 두 분을 바라보니 감회가 깊었다. 두 분은 주례자의 지시에 따라 결혼서약도 하고 뽀뽀도 하셨다. 피로연을 진행하는 사회자가 어머님 자랑 한마디 하라고 하자 아버님은 말씀하셨다. "나, 이 양반 덕에 지금까지 살았어요." 명언이었다. 그런 아버님이 무척 자랑스러웠다. 아버님은 또 "우리 할매 이쁘지요?" 하시며 좌중을 웃게 만들었다. 시간 내내 아버님은 어머님을 살뜰히 챙기고 돌보셨다. 족두리가 무거워 엄마가 힘들어하니 빨리 와서 벗겨드리라고 손짓을 하시는 아버님이 무척 존경스러웠다. 플라스틱 재질의 족두리는 어른 주먹만한 크기로 결코 무겁다고 할 수 있는 무게가 아니었다.

무사히 잔치를 치르고 모두들 집으로 몰려왔다. 큰딸과 막내아들, 그리고 다섯 아들내외와 다 자란 손자녀 15명 등, 총 29명의 가족이 집안에 가득 찼다. 웃음과 먹거리가 있었다.

아들들은 한 개당 80원이나 하여 집안 경제에 단단히 한몫을 했던 달걀을 훔쳐 먹었다고, 아버님에게 옷을 발가벗기우고 죽도록 매를 맞은 추억들을 얘기하며 웃어댔다. 며느리들은 각자 자기 신랑이 먹지도 않았는데 왜 무고한 사람을 그렇게 아프게 팼냐며 아버님께 원망어린 투정을 해대었다. 혐의가 백일하에 드러난 한 형제는 그 시절에 달걀 안 훔쳐 먹은 사람 있으면 나와 보라며 오히려 큰소리 쳐서 모두 배를 잡고 웃었다.

아버님은 무슨 생각을 하고 계시는 걸까. "피곤하시죠?" 물었더니 "기분이 좋아서 하나도 힘들지 않다. 이게 다 재미 아니냐" 하셨다. 어른은 세월이 그저 만들어주는 것이 아니라는 것을 새삼 깨달았다.

늦은 밤, 집으로 돌아오면서 아버님과 어머님이 거뜬히 병을 이기고 자손들과 함께 오래오래 행복한 시간을 누리시기를 기원했다.

아름다운 시작을 위하여

새해 연휴 내내 비가 내리고 있다. 왠지 차분한 한 해가 될 것 같은 예감이 든다. 신명(身命)을 풀지 못한 박수처럼 지난해 충분하게 살지 못한 아쉬움으로 무거웠던 마음이 비에 씻겨 나가는 것 같다. 내 영혼 깊숙이 쌓인 먼지들도 저 비에 씻겨나갔으면. 새해 내 삶의 여정도 낙숫물에 떨어지는 저 시원한 물소리처럼 명쾌했으면.

조용한 아침, 나의 숨소리가 들린다. 우주의 숨소리가 들린다. 새 날 새 시간 앞에, 미궁 같은 그 엄청난 부피 앞에 문득 주눅이 든다. 비장한 각오로 나서야 할 것 같은 의무감으로 겁이 난다. 올해도 세상은 계획이나 각오와는 무관하게 오리무중 뒤죽박죽 흘러갈 것이다. 어떻게 살까.

어찌 혼자 살 수 있으랴. 나는 누군가로부터 힘과 용기를 얻고 지친 어깨를 기대야 하거늘. 나 또한 고통하는 그 누군가에게 등대가 되고 기댈 어깨가 되고 의지가 되어야 할 것이다. 오늘 몸과 마음이 아픈 이들이 나의 무관심과 이기심 때문은 아닌지, 오늘 가난한 사람이 나의 욕심 때문은 아닌지, 자꾸 뒤돌아보아진다. 가족과 이웃이 아닌, 낯선 이들을 향한 사랑은 언제나 진실이 될 것인가.

아, 사랑. 그 차가운 명제. 기만으로 늘 상처받고 오해받는 진실. 사랑 하나로 이 시대를 정화시킬 수 있는가. 황폐를 막을 수 있는가. 안달하지 않기로 한다. 사랑의 진실은 밝혀진다는 말을 믿기로 한다.

사랑, 그 천연스러움. 영원히 길들여지지 않고 정립되지 않는 난제지만 여전히 포기할 수 없다. 생명 같은 것이기에, 호흡 같은 것이기에. 올해는 그 실체를 조금이나마 구체적으로 붙잡을 수 있었으면 좋겠다. 마음의 핏줄과 신경줄로 그 진실을 만져볼 수 있었으면 좋겠다.

모두들 새해에는 사람다운 사람 하나 만나고 싶다 한다. 하늘의 외로운 마음을 달래주는 한 점 구름 같은 사람, 하늘 냄새를 지닌 사람을 만나고 싶다 한다. 마음에서 향기가 나는 사람이 그립다 한다. 만나서 어쩌자는 것일까. 원하지 않아도 만나야 할 사람은 만나게 되거늘. 같은 성향을 지닌 사람들은 서로를 알아본다. 사람은 자신이 생각하는 가치기준에 따라 사람을 만난다.

살다보면 나도 저런 사람이 되고 싶었는데, 하는 느낌을 주는 사람을 만날 때가 있다. 그런데 그에게 다가가기에는 너무나 멀리 있는 자신을 깨닫는 때가 있다. 맑은 사람, 고운 사람을 대면하기 위해서는 그의 가치를 깨달을 만큼 내가 준비되어 있어야 한다는 논리다. 그러니까 '이런 사람을 만나고 싶다'는 새해 소망은 '이런 사람이 되고 싶다'는 의지의 표현 아닐까.

마음이 깨끗한 삶에 대한 갈증이 유난한 아침이다. 좀더 진지해져야 하겠다. 스스로를 용서하는 방법을 배워야 하겠다. 서로 용서하는 것만으로는 부족하므로. 용서란 타인을 사랑하기 위한 필수 요건이니까. 용서란 타인에게 베푸는 자비심이라기보다, 흐트러지려는 나를 거두어들이는 일이라고 하지 않았던가. 나를 사랑하고 이웃을 사랑한다면, 영원한 인간성을 위하여 노력한다면, 언젠가 이 지구를 아름답게 하는 사람들을 만날 수 있으리라.

을유년의 새해가 밝았다. 사랑하는 이웃들이 좀 더 행복해지고 좀 더 평안해지기를 소원한다. 사랑으로 마음을 녹이고 사랑으로 마음을 흔들고 사랑으로 마음을 모으는 한 해가 되기를 기원한다. 사랑의 의미가 새롭게 정의되고 확장되는 한 해가 되기를 소망한다.

아름다운 아침이다. 아름다운 시작이다. 아름다운 출발을 위하여 파이팅!

엄마의 편지

외출하였다가 집에 돌아오니 한국에서 온 소포가 있었다. 언제나 단정하고 정갈한 엄마의 글씨가 눈에 들어왔다. 뜯어보니 머플러 석 장이 편지와 함께 들어 있었다. 엄마는 편지지 2장에 지난 3개월 동안 미국에 사는 딸네 집에 머물며 느낀 감상을 쓰고 한 장에는 길 건너편에 사는 Mrs. Ostergard에게 쓴 것으로 번역해서 갖다드리라고 하셨다. 엄마가 계실 때 자주 방문하여 많은 시간을 함께 했던 시인 J씨의 안부도 물으셨다. "머플러 3개 중 푸른빛이 많이 들어간 것은 네가 갖고 분홍빛이 들어간 것은 미세스 오스터가드에게 드리고 파스텔 톤으로 부드러운 빛이 많이 들어간 중간색은 시인 J씨에게 드려라"고 쓰셨다. 머플러를 가슴에 안고 엄마를 생각했다.

13살 난 딸아이가 외할머니 생각만 하면 그렇게 슬퍼지느냐며 같이 울상을 지었다. 엄마를 생각하면 기분 좋고 따뜻하고 사랑하는 마음이 넘쳐서 우울했다가도 기분이 좋아져야 하는 것 아니냐고 했다.

아이에게 할 말이 없었다. 지난 20년 동안 대여섯 차례밖에 만나 뵙지 못해서인 것 같다고 얼버무렸더니 그렇다면 이해가 간다 했다. 사랑하는 사람들은 자주 만나야 한다고 했다. 자기는 엄마처럼 슬프고 싶지 않으니 나중에 다 자라서도 엄마와 멀리 떨어져 살지 않을 것이라고 했다.

미세스 오스터가드는 이른 아침이면 창문을 열고 우리집을 비롯하여 이웃들을 위해 기도해 주시는 84세의 목사 사모다. 불쌍한 고아들을 입양하여 키우면서 자신의 아기를 일부러 낳지 않은 분이다. 학교에서 피아노 음악을 가르치다 은퇴하신 분으로 엄마는 이곳에 머무는 동안 일주일에 한 번씩 그녀에게 피아노 레슨을 받으셨다. 초등학교 교사로 근무하다가 몇 년 전에 은퇴하신 엄마는 오랜만에 만져보는 피아노를 반가워 하셨다.

한국으로 가시기 전날, 미세스 오스터가드에게 전화하여 엄마가 한국으로 가서서 내일부터 레슨을 받지 못하겠다고 했더니 급하게 우리 집을 찾아왔다. 20여 개의 작은 큐빅이 다이아몬드 모양으로 장식된 18금 반지를 엄마 손가락에 끼워주며 두 분이 부둥켜안고 서로의 등을 다독여 주었다.

당신처럼 좋은 미국인을 만나게 된 것이 행운이고 일생 잊지 못할 것 같다는 엄마와 당신처럼 귀한 여인을 만난 것이 감사하다며 눈물을 짓고 서있는 미세스 오스터가드의 모습을 바라보노라니 나의 눈시울에도 물기가 차올랐다. 무엇이 언어도 통하지 않는 이들의 마음을 묶어주었을까.

미세스 오스터가드에게. 선생님이 주신 반지를 보며 선생님의 깊은 사랑과 후의를 가슴에 새겨봅니다. 결코 잊지 못할 기억으로 오래오래 남을 것입니다. 선생님 앞에서 건반 위에 손을 얹을 때 떨리고 행복했던 마음도 잊지 못할 것입니다. 감사와 존경과 사랑하는 마음을 어찌 이 좁은 지면에 다 표현할 수 있겠습니까? 부디 건강하시고 복된 여생이 되시기를 기원합니다.

"건반 위에 손을 얹을 때 떨리고 행복했던"이라는 글귀에 눈길이 머물러 한동안 떨어지지 않았다. 엄마는 내 엄마이기 이전에 아직도 소녀의 꿈을 고스란히 간직한 한 여성이었다. 그것이 내겐 때때로 부담스러울 때가 많았다. 엄마는 엄마가 생각하고 있는 아름다운 세계에 대하여 아직도 지치지 않는 환상을 지니고 계셨다. 백화점에서 혹은 길거리에서 예쁜 것들을 보면 그냥 지나치지 못하셨다. 참 예쁘다. 아유, 어쩌면 저렇게도 고울까 하셨다. 음식점에서도 형형색색으로 예쁘게 진열된 디저트를 접시에 예쁘게 담아오셔서 "너무 예뻐서 맛을 안보고 그냥 가면 눈에 밟힐 것 같다" 하셨다. 예쁘고 고운 것에 유난히 마음이 약한 엄마를 바라보면서 어쩌면 엄마가 이 세상에서 느끼는 고통은 이 세상이 그렇게 곱지 않기 때문일 거라는 생각을 해보았다. 백화점에서 별 모양의 은제귀고리를 사드렸더니 귀에 걸고 이리저리 흔들어보며 얼마나 행복해 하시는지 눈물이 날 지경이었다. 때때로 한국에 계신 엄마와 전화통화를 할 때나 혹은 이곳에 방문하셔서 대화를 나누노라면 내 자신이 엄마보다 훨씬 나이가 든 것 같은 느낌을 받을 때가 많았다. 엄마는 늘 젊고 순수했다.

엄마는 레슨이 있는 날이면 아침 일찍 일어나 샤워하고 예쁘게 화장 한 다음 고운 액세서리로 몸단장을 하셨다. 외손자녀들과 사위에게 창피하다시면서도 식사도 제대로 하지 않고 세 시간도 넘게 어린이 동요곡집을 연습하셨다. 한 번은 레슨 시간이 다 되었는데도 침대에 누워 계시기에 사연을 물으니 연습을 충분히 하지 않았으니 안 가겠다며 떼를 쓰시는 것이었다. 괜히 스트레스를 안겨드린 것은 아닌가 후회가 되었지만 딸아이를 채근하듯 야단을 쳐서 레슨을 보냈다. 한 번은 또 안 간다 하시기에 알아본즉 피아노 레슨비가 얼마인지 방금 알아냈는데 한국 돈으로 따져보니 너무 비싸다는 것이었다. 딸네 집에 부담을 주면서까지 치고 싶지 않다 하셨다. 또 야단을 쳐서 엄마를 쫓아 보내고 나서 엄마 침대에 엎드려 한참을 울었다.

3개월 동안 같이 지냈던 엄마가 방문을 마치고 한국으로 돌아가는 날 아침, 눈을 뜨고 싶지 않았다. 공항에서 사람을 떠나보내는 일이 유난히 싫다. 사람을 떠나보내고 나만 남는 것이 싫다. 이국 땅에 살아선가, 손님이 떠나면 나의 일상으로 돌아가니 안온한 느낌이 들어야 할 텐데, 늘 남는다는 생각이 든다. 공항배웅이 많다보니 헤어진다는 느낌이 더욱 강하다. 배웅이란 상대적인 것으로 마중이라는 기쁨이 분명히 있었을 텐데 유난히 배웅하는 일로 세월을 보낸 것 같은 느낌이 든다. 나만 슬퍼하는 것 같아 억울한 마음에 다시는 울지 않겠다고 결심을 하지만 번번이 실패한다. 울기 싫어서 조만간 헤어질 사람에게는 공항으로 떠나기 전의 만남을 가급적 피해보지만 뾰족한 수가 없다. 또 울고 마는 것이다.

떠나는 사람이야 여행을 마치고 자신이 살던 보금자리로 다시 돌아가니까 남아 있는 사람들의 심정을 헤아리기가 쉽지 않을 것이다. 남아서 떠나보내는 사람들은, 그러나 가슴에 찬바람이 지날 만큼 구멍이 뚫리게 된다. 그 공간을 메우기 위해서는 한동안 혼신의 힘을 쏟아야 한다.

아침부터 나는 너스레를 떨었다. 정면으로 바라보고 있어도 눈물이 나고 그리운 엄마를 보내기 위해 나는 며칠 전부터 마음의 준비를 단단히 했다. 아무렇지도 않은 척, 마치 서울에서 전주로 내려가는 엄마를 배웅하듯, 사우나에 엄마를 모셔다 드리고 서너 시간 후에 다시 모시러 올 것처럼 굴었다. 공항에서 출국수속을 마치고 시간이 되어 엄마가 개찰구로 나가실 때까지 스스로 생각해도 대견할 만큼 잘 견뎌내었다.

이번에는 결코 울지 않겠다고 애초부터 결심을 너무나 단단히 한 것이 잘못된 것일까. 어느 때보다도 더 많이 울어버렸다. 다른 이들은 기운차게 잘도 헤어지는데, 다른 사람들은 출구로 나가면서 뒤도 돌아보지 않고 잘도 들어가는데, 엄마는 발걸음을 떼지 못하셨다. 한 걸음 걷다가 뒤를 돌아보고 어여 들어가라 손짓을 하셨다. 급기야 엄마는 걸음을 멈추더니 코트 호주머니에서 손수건을 꺼내어 눈물을 닦으시는 것 아닌가. 짜증난 듯 빨리 들어가시라고 손짓을 한 다음, 엄마의 뒷모습이 더 이상 보이지 않자마자 그제까지 참겠다고 단단히 결심한 만큼 봇물이 터져버렸다. 일단 무너진 마음의 빗장은 걷잡을 수가 없었다. "아니, 엄마는 왜 다른 사람들처럼 빨리빨리 들어가지 않고 미적거려서 사람을 울리는지 몰라. 정말 미워, 미워." 나는 죄 없는 남편의 등을 두들겨 대었다. 엄마와 함께 했던 시간들이 주마등처럼 스쳤다. 어느 것 하나 만족스러운 기억이 없고 후회되는 일 투성이어서 가슴이 찢어지는 것 같았다.

공항 파킹 랏을 빠져 나오는데 게이트 요원이 무슨 일이냐며 놀라서 물었다. 엄마를 배웅하고 나서 이렇게 베이비처럼 속없이 운다며 남편이 변명을 해도 영 믿지 못하겠다는 표정이었다. 엄마가 떠나셨기로서니 돌아가신 것도 아닌데 이렇게까지 울 수 있냐며 고개를 절레절레 흔들었다. 남편은 자기가 주먹으로 한 대 친 줄 알겠다며 그만 울라고 야단했다. 그럴 거면 좀 더 잘해 드리지 이제 와서 후회하면 뭐하느냐며 혀를 끌끌 찼다.

프리웨이를 달리며 남편이 손을 잡아주었다. "미안해, 한국에도 자주 보내주지 못하고. 내년에 공부 마치고 한국에 한 번 다녀와." 설움이 복받친 나는 반듯이 앉지도 못하고 그만 자동차 좌석에 길게 누워버렸다. 누가 이해할 수 있을까. 엄마를 향한 나의 감정을. 쉽지 않았던 엄마의 세월, 엄마가 겪었던 수많은 인고를 지켜보며 무력감에 수없이 절망했던 순간들을. 누가 알 수 있을까.

엄마가 도착했을 시간쯤 전화했다. 엄마는 "못난 어미 때문에 맘고생이 많았지" 하셨다. 눈물이 또 쏟아졌다. 왜 엄마는 나를 맨날 울리는지 모르겠다며 미워 죽겠다 했더니 엄마와 멀리 떨어져 사는 것이 천만다행이라며 남편이 등을 토닥여 주었다.

파란색이 많이 들어간 머플러는 네가 써라 하셨던 엄마의 마음을 생각하니 또 눈물이 나왔다. 엄마는 우편으로 내 옷을 보낼 때 늘 어둡고 무거운 색을 보내시곤 한다. 밝고 화사한 색은 아예 쳐다보지도 않는다고 여전히 생각하시는 모양이다. "엄마, 나는 밝은 색을 입으면 마음이 불안해서 집중이 안돼요." 30년 전에 드렸던 말씀을 엄마는 아직도 붙잡고 계신다. "너는 여자가 되어가지고 어찌 그리 이쁜 것에 관심이 없냐, 젊음도 한때밖에 없는데. 장신구 하나도 걸치지 않으면서 늘 칙칙한 색깔만 주워 입고. 고운 색으로 입으면 오죽 좋으련만." 유난히 밝은 색을 좋아하는 엄마는 나의 옷 입는 취향에 늘 불만이 많으셨다. 초등학교 4학년 때, 엄마는 어머니날 가족 노래자랑 프로그램에 출연하기 위하여 내게 입힐 벽돌색 쓰리피스를 장만

하시고 그 옷을 바라보며 행복해하셨다. 수백 개의 반짝이는 구슬이 옷 전체에 찬란하게 박힌 옷이었다. 나는 기어이 그 옷을 입지 않아서 엄마를 속상하게 해드렸다.

엄마가 한국으로 돌아가신 뒤, 엄마가 쓰시던 방이 휑하여서 문을 닫아놓았다. 엄마가 보고 싶으면 그 방에 들어가 멍하니 앉아서 창밖을 바라보곤 했다. 엄마와 몇 번 통화했는데 보고 싶다는 말이 나오지 않았다. 너무 그리우면 보고 싶다는 말도 함부로 할 수 없나 보다.

엄마랑 언제나 편안히 앉아서 얘기할 수 있는 날이 올까. "네가 니 애비를 제일 많이 닮았다. 너를 보면 꼭 니 애비 보는 것 같다"며 또 놀리시겠지. 엄마는 아버지를 생명처럼 사랑하시니 그런 아버지를 꼭 빼닮은 이 큰딸도 그만큼 사랑하실 것이다.

창 밖으로 키 큰 갈대가 흔들린다. 그 흔들림에 마음을 또 베이고 만다. 엄마가 보고 싶다. 내가 살아있는 동안, 엄마가 살아 계시는 동안, 앞으로 몇 번이나 엄마를 더 만나 뵐 수 있을까.

금붕어야, 밥 먹으렴

　머칠 전, 건강하고 예쁘게 잘 자라주어 온 가족에게 기쁨을 주었던 금붕어 한 마리가 죽었다. 어찌나 크고 실한지 굉장한 매운탕감이라며 집에 오는 사람마다 농담을 하곤 했었다. 3년 전 큰아이의 피아노 선생이 선물한 것인데, 단색이긴 하지만 날렵하고 건강해서 그 금붕어를 볼 때마다 생명의 화려함과 활기를 생각했었다.

　마음이 어지러울 때, 혹은 가족이 모두 출타하여 고즈넉한 시간에, 따끈한 찻잔을 들고 어항 앞에 앉아 있노라면 많은 위로가 되었다. 생기발랄하면서도 조용하고 평화로운 몸놀림. 모든 것을 다 드러내고도 오점 하나 없이 깨끗하고 당당한 아름다움. 춤처럼 아름답고 우아한 몸짓을 바라보면서 잔잔한 인생에 대한 열망을 다지곤 했다. 자신의 감정을 잘 추스를 수 없는 것은 호르몬 탓이니 엄마가 이해해 달라고 말하는 열다섯 살 난 큰아이도 금붕어를 바라보면 마음이 무척 평화로워진다면서 오랫동안 어항 앞에 주저앉아 있곤 했다.

그러던 어느 날, 금붕어 한 마리의 몸놀림이 심상치 않았다. 천천히 지느러미를 흔들면서 한 군데 오랫동안 머물러 있는 양이 어딘가가 아픈 것이 분명했다. 도와 줄 방법을 몰라 속수무책으로 바라보고만 있어야 하는 마음이 안타까웠다. 밥을 주어도 먹을 생각을 하지 않았다. 하루가 지나자 눈 주위가 부어오르면서 방향감각을 잃었는지 이리저리 어항 벽에 부딪히곤 했다. 그러면서도 고른 숨을 쉬고 있었다. 아이들은 오랜 시간 동안 금붕어를 바라보다가 제방으로 들어가곤 했다.

다음날, 금붕어는 먹이를 주어도 아무런 반응을 보이지 않았다. 그 모습을 한동안 바라보던 큰아이가 무엇을 결심했는지 나무젓가락을 들고 왔다. 그리고는 적당히 물에 젖어 부드러워진 먹이를 젓가락으로 집어 금붕어의 입에 가져다 대었다. 금붕어는 힘없이 입만 뻐끔거릴 뿐, 번번이 먹이를 놓치기만 했다. 큰아이는 인내심을 가지고 끈질기게 그 일을 반복했다. 놓친 먹이를 집어서 금붕어의 입가에 가져다 대고, 또 놓치고, 놓친 것을 또 가져다 대고…. 다른 금붕어에게 수차례 먹이를 빼앗기기도 했다. 작은아이들은 애가 타는지 "금붕어야 맘마, Please!"를 연발했다. 그러던 중 금붕어가 숨을 쉬느라 뻐끔거리다가 우연히 먹이 하나를 먹었다. 아이들은 손뼉을 치며 좋아했다. 큰아이는 그런 방법으로 먹이 다섯 개를 금붕어의 입에 넣어 주었다. 나중에는 먹이가 너무 커서 잘 먹지 못한다고 판단했는지 먹이를 금붕어의 입 앞에 가져다 대고 부스러뜨려 금붕어가 숨을 쉴 때마다 그 파편조각이 자연스레 금붕어의 입안으로 흘러 들어갈 수 있게 했다.

다음 날 아침에 보니 금붕어는 밤새 기운을 조금 차린 것 같았다.

저녁에 아이들은 금붕어에게 밥 7개를 먹이고 나서 제 배가 부른 듯 기뻐하였다. 젓가락으로 밥을 먹은 금붕어 이야기는 해외 토픽감이라고 내가 말했더니 중요한 것은 금붕어가 회복되는 것이라고 큰아이가 점잖게 말했다.

다음 날, 아이들은 금붕어가 살아 있는 것을 확인하고 학교에 갔다. 난 기대하지 않았다. 눈이 이렇게 많이 붓고 아픈 상태로는 오래 가지 못할 거라고 생각했고, 오히려 그 생명의 끈질김에 놀라고 있었다. 저녁에 아이들을 데리고 집에 돌아오니 금붕어는 죽어 있었다. 생명이 빠져나간 뒤의 고적한 모습이라니. 아이들은 의외로 담담했다. 열 살 난 막내가 나직이 말했다. "엄마, 금붕어 입 속에 밥이 있어요." 반쯤 열려 있는 금붕어의 입 속에는 어젯밤 큰아이가 먹였던 먹이들이 그대로 남아 있었다. 세상에, 목구멍으로 넘기지도 못했구나.

금붕어가 회복되기를 바랐던 간절한 소망이 사라진 것에 대한 분노인가. 망연히 서있던 아이들은 각자 제방으로 들어가 버렸다. 금붕어를 묻어주자는 말도 없이. 밀린 일손을 멈추고 어항 앞에 앉아 잠시 생명에 대한 상념에 빠졌다. 삶의 통증이 일시에 몰려들어 뼈마디가 쑤셨다. 존재의 허무감과 무심함, 삶의 처절함과 허약함에 외로움이 쏟아졌다. 금붕어의 존재 이유는 무엇이었을까. 그의 죽음은 무슨 의미가 있는 것일까. 나의 존재 이유는 무엇일까. 나의 죽음은 무슨 의미를 지니고 있을까. 아무 일도 일어나지 않겠지. 금붕어의 생명이 한 번의 한숨처럼 스러져 가버리듯이. 우리 모두는 삶에 농락당하고 있는 것은 아닐까. 동정받지 못하고 이해받지 못하고 그저 시간 속에 흐르는 것은 아닐까.

우리 모두가 눈물나는 존재들인 것을. 서로의 사랑이 없으면 한시도 견딜 수 없는 연약한 마음들인 것을. 혼자서는 도저히 살 수 없는 것을. 그렇다고 해서 지금 이 존재를 어떻게 감히 한 순간인들 포기할 수 있는가.

그래, 살아야지. 씩씩하게 살아야지. 단단하게 살아 열매를 맺어야지. 기왕 산 거라면 둥글고 예쁘게 살아야지. 금붕어의 동작처럼 우아하게, 수면처럼 잔잔하게.

달걀 껍데기 벗기기

　냉면이나 국수요리의 고명으로 쓰기 위해 대여섯 개의 달걀을 삶아 껍데기를 벗기는 일은 그리 번거로운 일이 아니다. 단체의 점심당번을 맡아, 많은 양의 샌드위치 속을 만들기 위해 기백 개의 달걀 껍데기를 벗길 때는 문제가 달라진다. 시간과 에너지 소비가 만만치 않기 때문이다. 짧은 시간 동안 달걀 껍데기를 벗길 수 있는 방법이 있다.

　전통적인 방법대로 잘 익혀 충분히 식힌 달걀을 큰 냄비에 담고 물을 조금 부은 다음, 뚜껑을 덮어 일정한 방향으로 살살 흔들어 준다. 너무 세게 흔들면 부서진다. 달걀들은 저들끼리 부딪치면서 상대방의 껍데기를 벗겨줌과 동시에 자신의 껍데기도 벗는다. 자의와 타의가 부합하여 이중 효과를 내는 것이다. 그렇게 껍데기가 벗겨진 달걀은 몸체에 손상을 입지 않고 온전한 원형을 유지하는 것이 특징이다.

　20여 개의 달걀을 통에 넣고 흔들 경우 6~7개는 두 번 손댈 필요도 없이 깨끗이 벗겨진다. 남아 있는 달걀 중 대여섯 개도 조금만 손을 대주면 된다. 그들을 따로 분리해낸 다음 냄비를 조금 더 흔들어주면 서너 개도 마침내 저항 없이 껍데기를 벗는다. 나머지 서너 개는 아무리 흔들어도 반응이 전혀 없다. 손톱으로 껍질을 부스러뜨려서 떼어내야 한다. 결국 벗겨시기는 하지만 생채기투성이어서 보기 좋은 고명이 될 기회는 잃고 만다.

　나는 달걀껍데기를 벗길 때마다 인간관계를 생각한다. 어느 조직이든 고집이 완강한 사람이 있기 마련이다. 물장어처럼 그물을 찢어놓는 사람, 만나는 모든 사람들에게 상처를 입히고 분위기를 뒤집는 사람이 있다. 그들 옆에 있으면 아무리 조심해도 속수무책 당할 수밖에 없다. 어느 사이 기피대상 1호가 되어 외로움이 뼛속까지 스밀 즈음에야, 상처투성이의 몰골이 된 후에야, 그들은 교훈을 얻는다. 독선이 아닌 조화와 용납이 진정 성숙한 인격의 발로임을 깨닫게 되는 것이다.

　달걀은 달걀끼리 부딪칠 때 가장 온전한 모습으로 껍질을 벗는다. 사람도 사람 사이에서 단련될 때 성숙하고 온전한 인격으로 정돈된다. 자신의 단점을 알게 되고 개선, 보완할 수 있는 기회를 얻는다.

　나는 어떤 부류의 사람인가. 지독히도 깨어지지 않는 달걀 같은 고집쟁이는 혹시 아닐까. 언제쯤이나 모난 구석이 둥글어질 건가. 언제쯤이나 타인이 가까이 다가와도 그를 아프지 않게 할 수 있을까. 오히려 부드럽고 안온한 느낌을 줄 수 있을까.

　불경에 착하고 어진 마음으로 자신의 마음의 문을 활짝 열고 따뜻한 마음을 주는 '마음 보시'와 좋은 뜻을 담은 부드럽고 편안한 눈빛으로 베푸는 '눈 보시'가 있다 한다.

착하고 어진 마음으로 자신의 마음의 문을 활짝 열고 따뜻한 마음을 줄 수 있다면 얼마나 좋을까? 좋은 뜻을 담은 부드럽고 편안한 눈빛으로 사람을 볼 수 있다면 얼마나 좋을까? 있는 그대로의 모습으로 다가가도, 넉넉히 용납될 만큼 다듬어진 인격을 소유할 수 있다면 얼마나 아름다운 일일까? 언젠가는 '마음 보시'와 '눈 보시'를 할 수 있기를 소원한다. 오늘도 성숙을 향한 시간들이 되기를 간절히 염원한다.

때와 장소를 가릴 줄 알고, 깨져야 할 때 깨질 줄 아는 달걀 같은 사람이 되고 싶다. 성숙의 원리 아닌가. 날마다 죽는 연습을 하며 살았으면 좋겠다. 날마다 죽는 것은 날마다 다시 사는 것이므로. 날마다 죽고 날마다 다시 살아나서 모든 삶의 현상을 새로운 기쁨과 감사로 받아들일 수 있었으면 좋겠다.

온전한 삶, 평안한 삶은 값없이 주어지는 것이 아님을 깨달아 가는 요즈음, 세상이 곱고 아름다워 보인다.

물빛 사랑이 좋다

동네 앨벗슨 마켓과 산타 아니타 패션 팍 쇼핑몰은 발렌타인스 데이(Valentine's Day)를 맞아 온통 붉은빛 하트로 너울거린다. 누가 사랑은 붉다고 했을까. 그 빛깔에 마음까지 무색해진다.

누구에게나 그것은 사랑이 아니었을까 라고 느껴지는 추억들이 있다. 바람처럼 스쳐가 버린 인연, 한숨처럼 가슴 깊이 내려앉은 사연들이 있다. 그리고 후회한다. 왜 그때 좀더 마음을 열지 못했을까. 무엇이 두려웠던 것일까.

어느 한겨울, 대학 도서관 식당에서 자기 도시락을 한 여학생에게 모두 주어버리는 남자가 있었다. 그의 홀어머니가 고시 공부하는 그를 위해 정성스럽게 마련해 준 것인 줄 뻔히 알면서도 그녀는 그것을 얄밉게 깡그리 먹어치우곤 했다. 때로는 대학가 싸구려 식당에서 50원을 더 내고 라면 위에 떡국 떡을 몇 개 얹어주는 떡라면을 주문하여 차디찬 도시락밥을 그 국물에 말아 나누어 먹곤 했다(그 여자가 나다).

대학 다닐 때, 가난하여 좋아하는 여학생에게 다방 가자, 커피 산다, 말 한번 할 수 없는 남자가 있었다. 그가 할 수 있는 일이란 공부를 열심히 해서 그녀에게 노트를 빌려주고 숙제를 해 주는 것뿐이었다. 테니스를 배우고 싶다는 그녀의 무심한 말 한마디에 테니스 선수 친구를 졸라 매일 새벽 테니스를 배우고, 테니스를 가르치는 척 살짝 살짝 그녀의 손을 만지며 행복했다던가(그 여자는 내가 아니라 남편의 첫사랑이다).

사랑은 고통이라지만 진정 사랑한다면 행복해야 하지 않을까. 굳이 고통스러워야 한다면 이제 그런 사랑은 거부하리라. 사랑은 감정이 아니라 원칙임을 알아버렸으니까.

이제는 꽃병에 담긴 붉은 장미 같은 사랑이 아니라 작은 얼굴의 들풀 같은 사랑, 시간이 흐르면 퇴색하고 그로 인해 상처를 주는 사랑이 아니라 날마다 새로움으로 경이의 눈을 뜨게 하는 사랑, 생명이 있어 성장하는 사랑을 원한다. 마음을 조급하게 만드는 사랑이 아니라 마음 깊숙이 잔잔하게 스미는, 물빛 같은 사랑을 원한다.

상대의 마음을 알지 못하여 밤새 잠 못 이루며 괴로워했던 옛날보다 지금이 좋다. 새벽이면 남편의 따뜻한 손을 가져다가 내 가슴에 얹고 느껴보는 정서가 좋다. 방문 온 친정엄마가 3개월 만에 한국으로 가신 날 밤, 쓰린 가슴을 부여잡고 드러누운 나에게, 등이 가려울 때는 반드시 러닝셔츠와 「부기부기」 노래 두 가지가 필요하다고, 당장 보여주겠노라며 침대에서 뛰어 내려가, 잠옷 상의를 벗어 던지고, 엉덩이를 좌우로 마구 흔들면서 간들간들 떨리는 목소리로 「부기부기」 노래를 부르는 동안, 양손에 쥔 러닝셔츠 자락을 가슴 위아래로 끌어 올렸다 내렸다 해서, 상대방으로 하여금 그만 맺힌 눈물이 떨어지기도 전에 웃게 만드는 남편의 물빛 사랑이 좋다.

사랑의 계절이다. 좋은 사람으로부터 좋은 이야기를 듣고 싶다. 그것은 척박한 환경 속에서도 삶을 지탱하게 하고 꿈을 간직할 수 있게 하는 힘이니까. 그런 사람들이 주변에 많아지기를, 나도 그런 사람이 되기를 꿈꾸어본다.

건망증

주변에 건망증 때문에 낭패를 당했다는 지인들이 유난히 많다. 그 내용이 얼마나 수준급인지 건망증 에피소드 대회라도 열어야 할 판이다.

과거에도 내 주변에 건망증을 염려하는 사람들이 분명히 있었을 것이다. 그러나 그때는 내게 닥친 일이 아니어서 그냥 건성으로 흘려버리거나 가볍게 넘겼던 것일까. 이제 여기저기서 건망증만 얘기하는 것처럼 들리고 심각하게 느껴지면서 공감까지 하는 것은 나의 현 상황을 대변해 주는 것이 아니고 무엇이랴.

사람들의 경험담 중에는 웃지 못할 만큼 심각한 수준에 다다른 챔피언급도 있고 사소한 실수에 지나지 않는 것도 있다. 전화기를 세탁기에 넣고 돌렸다는 사람, 다리미로 빨래를 다리다가 전화벨이 울리자 그 뜨거운 다리미가 수화기인 줄 알고 얼굴에 갖다 대었다는 사람, 구두를 냉장고에 넣어두었다는 사람, 한 시간 내내 달려서 사무실에 도착했는데 열쇠를 가지고 오지 않아 다시 집에 돌아와 열쇠를 찾다가 아무리 찾아도 없어서 포기하고 그냥 집을 나서는데 손목에 그 열쇠가 걸려 있더라. 그런데 그 열쇠는 잊을 것 같아 오래 전에 미리 손목에 걸어 챙겨두었던 것이라는 등등. 문제가 심각하여 서글프고 속상해야 할 텐데 너무나 재미있어서 배를 움켜쥐어야 하는 내용들이 많다. 자신의 건망증을 얘기하면서 속상해 하는 사람들 틈에 있자면 휴, 나는 저 정도는 아니니까 아직 심각한 편은 아니네, 하면서 위로를 받는다.

내가 가장 재미있게 기억하고 있는 건망증 중의 하나는 오래 전소설가 J선생님이 친구의 경험담을 글로 쓴 것이다. 자세히 기억은 나지 않지만 대개 다음과 같은 줄거리다.

그녀는 유난히 심해진 건망증으로 그즈음 고민이 많았다. 적어도 중요한 것은 잊지 않으려고 온갖 지혜를 동원하여 애를 쓰던 중이었다. 어느 날 저녁 그녀는 미팅 약속이 있었는데, 그곳에서 누군가에게 전해 주어야 할, 잊어서는 절대로 안 될 서류가 하나 있었다. 그녀는 서류를 담은 노란 마닐라 봉투를 들고 '자, 나는 건망증이 심하니까, 잊지 않도록 미리서 준비를 해야지'라고 마음을 먹고 어떻게 해야 잊지 않을까, 연구를 했다. 마침내 좋은 아이디어가 생각났다. 그녀는 그날 저녁에 입을 옷을 결정하고 그 옷에 어울리는 색깔의 구두를 정하여 현관 문 앞에 미리 꺼내놓은 다음, 예의 그 마닐라 봉투를 구두 위에 올려놓았다. 설령 봉투를 잊었다 하더라도 구두를 신으면서 생각이 날 거고 틀림없이 가져갈 것이라고 생각한 것이다. 무슨 옷을 입고 어떤 구두를 신을 것인지 잊을 리는 만무하니까 자신이 생각해도 참 좋은 아이디어라 생각이 되어 스스로 회심의 미소를 지었다.

　드디어 외출 시간이 되어서 그녀는 생각해 두었던 옷을 입고 현관 앞에 당도했다. 그녀는 한참 구두를 찾다가 노란 봉투를 발견했다. "아니, 누가 이런 것을 내 구두 위에 올려놓았어? 누가 이런 장난을 쳤지? 비싼 구두가 눌렸잖아." 그녀는 그 봉투를 들어 옆으로 확 던져놓고 차를 타고 미팅 장소로 신나게 달려갔다.

　미팅 장소에 도착할 때까지 서류 생각은 한 번도 나지 않았다. 그런데 입구에서 그 서류를 눈이 빠지게 기다리는 사람의 얼굴을 대하고 나서야 아차 그 서류, 했다. "무슨 서류? 언제 내가 준다고 했던가? 그렇다면 내가 그걸 어디에 두었지?" 하지 않은 것만도 다행이 아닐 수 없다.

　10여 년 전, 그러니까 건망증이 올 나이도 아닌 시절 이야기인데 나에게도 어느 누구 못지 않은 에피소드가 하나 있다. 6세와 3세 된 두 아이를 건사하면서 이제 태어난 지 4개월 된 아기를 키우느라 지칠 대로 지쳐 있던 나날이었다. 아이들의 나이가 어리니 동작이 굼뜨는 것은 당연한 일, "빨리빨리"가 입에 붙어 있던 시절이었다.

　하루는 큰아이의 피아노 레슨 시간에 늦지 않으려고 서두르는 중이었다. 심한 교통체증을 뚫고 달려야 하는 원거리, 일 분마다 지폐 돈이 나가는 비싼 레슨, 시간 안에 도착하지 못하면 예정된 시간을 넘겨 다만 몇 분이라도 더 봐주시지 않을까 하는 동정심을 전혀 기대할 수 없는 선생님을 생각하니 스트레스가 많았다. 아이들을 독촉해서 차에 실은 다음 한참 프리웨이를 달려가는데 딸아이가 "엄마, 베이비는?" 하는 것이었다. 아뿔싸, 침대 위에서 잠자고 있는 갓난아이를 까마득히 잊고 그냥 두고 나온 것이었다. 비싼 레슨비를 생각할 경황도 없이 다시 집으로 달려왔는데, 다행히 아기는 그때까지 아무것도 모르고 자고 있었다. 그 당시 황당했던 느낌을 생각하면 웃을 수도 없는 에피소드다. 그것은 분명 건망증은 아닐 것이다. 잠시 깜빡했을 뿐. 너무 서둘러서.

건망증을 호소하는 사람들을 자세히 관찰해 보면 공통점이 있다. 남성들보다 여성들이, 특히 같은 시간에 두세 가지 일을 한꺼번에 해야 하는 여성들이 압도적이라는 것이다. 예를 들면 가스레인지 위에 찌개를 끓이면서 전화를 받다가 주스가 마시고 싶다는 아이의 요청에 따라 냉장고에서 주스 병을 꺼내면서 금방 통화를 끝낸 전화 수화기를 잠깐 냉장고 빈 공간에 두는 것이다. 그리고는 수화기를 찾느라 페이지 벨을 울리고 그래도 찾지 못해 한동안 북새통을 치른다. 이때, 인간의 기억력이 지속되는 시간은 5초 미만이다. 그러니까 수화기를 냉장고에 넣어 둔 것을 까맣게 잊는 것은 지극히 정상적이다. 남성들의 건망증이 회자되지 않는 유일한 이유는 그러한 상황에 빠지는 남성들이 확률적으로 적은 까닭이다. 남성들은 한꺼번에 두세 가지 일을 결코 하지 못한다.

우리의 뇌는 좀 더 의미 있는 사건들을 저장하기 위한 공간을 마련하기 위해 의미 없는 행동은 기억 속에서 금방 지워버리는 특성이 있다. 수화기를 원위치에 놓는 일은 그다지 의미가 없을 뿐더러 이해할 필요도 없다. 그래서 잊는다. 현실적으로 보더라도 주스 병을 밖에 방치하지 않고 냉장고에 다시 넣는 경제적인 행동을 취한 무의식적인 지각에 오히려 감사해야 한다.

우리는 왜 잊는 걸까. 심리학자들은 네 가지 이유를 든다. 첫 번째는 상황이 완전하게 이해되지 않은 경우이다(encoding failure). 언젠가 분명히 배운 것인데 명확히 설명할 수 없는 이유가 여기에 해당된다. 두 번째는 쇠퇴(decay)다. 사용하지 않으면 잃는 용불용설이다. 집 주소나 집 전화번호를 잊지 않는 이유는 반복해서 사용하기 때문이다. 언어는 동작보다 더 쉽게 잊는다. 아무리 힘들게 배운 외국어라 할지라도 한동안 사용하지 않으면 잊고 만다. 그러나 수영, 스케이트 혹은 자전거 타는 기술처럼 신체적으로 습득한 기술은 몇 년 혹은 몇 십 년 후에도 잊지 않고 금방 복귀가 된다. 신체와 머리를 동시에 사용하는 종합적인 습득과정을 거쳐 획득했기 때문이다. 세 번째는 방해 혹은 혼선(interference)이다. 사회학과 심리학 강좌를 같은 학기에 선택하면 비슷한 내용이어서 자신이 알고 있는 부분이 어느 과목에 해당되는 것인지 혼동을 일으키기 쉽다. 그래서 카운슬러들은 상반된 과목들, 예를 들면 심리학과 화학 혹은 수학을 선택하는 것이 좋다고 충고한다. 마지막으로 유도된 건망증(motivated forgetting)이 있다. 의도적으로 잊는 것이다. 고통스런 기억이나 힘들었던 상황들이 어느 정도 시간이 지나고 나면 많이 퇴색되어 고통이 무디어지는 경우다. 연인과 함께 갈 뮤직 콘서트 날짜는 3주 후일지라도 잊지 않지만 내주로 예정된 치과 약속은 잊는 것도 여기에 해당된다. 통계에 의하면 미국인의 60~70퍼센트가 치과 예약날짜를 잊는다고 한다. 그래서 치과에서는 진료 하루 전날 확인전화를 하는 것이 통례이다.

옛날 어른들은 기억력이 좋다. 선조들의 제삿날을 달력을 보지 않고도 잘 기억해 내고 대가족의 생일도 잊지 않는다. 옛 어른들이 현대인들보다 더 총명한 걸까, 아니다. 그 시대에는 머릿속에 저장할 만한 일들이 그리 많지 않아 공간이 많았고 그다지 바쁘지 않았기 때문에 충분히 머리에 입력하여 롱―텀 메모리(Long-term memory)로 전환되는 기간이 방해받지 않을 수 있었다. 오늘날은 어떤가. 여러 가지를 한꺼번에 기억하고 외우고 처리해야 할 경우가 얼마나 많은가. 양도 엄청나다. 또 대부분 의미 있는 단어들이 아닌 암호 못지않은 부호들의 나열이다. 그래도 잘들 해낸다. 현대인들은 모두 수퍼맨들이라 해도 과언이 아니다. 그렇게 의기소침해 할 필요가 없다. 잊으면서, 또 새로운 것을 받아들이면서, 그렇게 사는 것이다.

우리 인간의 뇌세포는 180억 개이고 25세 이후에는 하루에 10만 개씩 죽는다고 하지만, 그래서 나이가 들수록 건망증이 심해진다고 하지만, 우리는 잊어서는 안 될 일들은 결코 잊지 않는다. 머릿속에 각인되고 감정이 흔들린 사건은 잊으려 노력해도 잊혀지지 않는다. 몇십 년 전의 일도 시간과 분위기와 말투까지 선명한 빛깔로 잘 기억하고 있지 않은가. 그러니까 건망증은 나이가 들어 뇌세포가 죽어가기 때문이 아니라 감정이 흔들릴 만큼 의미 있는 사건으로 뇌에 입력되지 않았기 때문이다.

그러니 건망증을 치매로 확대하여 고민할 필요가 없다. 정말이다. 건망증이 심하다는 이야기는 우리의 뇌에 너무나 많은 것들이 입력되어 있어 더 이상 여유가 없다는 증거로, 참 많이도 알고 있는 자신을 자랑스럽게 생각해야 한다. 우리의 뇌가 수용할 수 있는 양은 한계가 있으니 말이다. 그러니까 쓸데없는 기억들을 가끔 청소해 주어 좋은 기억들에게 자리를 내어주면 되지 않을까. 진정 잊고 싶지 않은 사건들이 있다면 가끔씩 꺼내어 리허설을 하고 의미 없는 사건과 정보들은 적극적으로 버리면서 말이다.

더 나이가 들기 전에, 나이 들어 건망증 때문에 우울해하기 전에, 좀 더 좋은 추억거리들을 많이 만들고 그것을 마음의 저장고에 깊이 깊이 새겨두고 싶다. 그래서 나이 들어 할 일이 없어졌을 때 쓸쓸하다는 생각 대신 아름다웠던 옛 추억들을 하나씩 꺼내어 되새김질하면서, 그 추억으로 주위를 밝히면서, 그렇게 살고 싶다.

12월의 생각

프리웨이에서 내려 바쁘게 국도를 달리다가 나는 보았다. 11월이 다 가도록 진록으로 청정하던 잎새들이 어느새 연하고 순한 연노랑 빛으로 모두 변해 있는 가로수들을. 바람도 없이 새벽녘부터 내린 이슬비 탓인가. 길이 난 곳 끝까지, 정처 없이 달려가고 싶었다.

어느새 12월. 우주의 숨결을 가까이 느낄 수 있는 달. 아직은 참회할 기회가 남아 있는 은혜의 시간들이 참으로 소중하게 느껴진다.

바쁜 중에도 순간순간 느꼈었다. 세월이 흐를수록 세상이 고아보이는구나, 예전에는 알지 못했던 아름다움을 발견하는 기쁨이 크구나, 사물의 이치가 오묘하고 그에 대한 이해의 폭이 넓어지는구나, 모든 살아 있는 것에 대한 애착과 경이가 점점 깊어지는구나, 아픔도 슬픔도 때로는 달콤하구나 라고. 힘든 중에도 아름답고 보람된 한 해였다. 슬픔과 기쁨, 괴로움과 즐거움이 씨줄과 날줄처럼 얽혀 지루하지 않은 한 해였다. 그래서 행복했다.

올 12월은 여느 때와는 다르게 보내고 싶다. 지금까지는 늘 타인에게 이웃에게 주변에 휩쓸리고 시달리는 달이었다. 누군가에게 다가가야 하고 그들에게 뭔가 베풀어야 할 것 같은 느낌이 있었다. 일 년 동안 행하지 못한 사랑과 정성을 한꺼번에 베풀어야 할 것 같은 부담 때문에 늘 마음이 무거운 달이었다.

올해는 그렇게 하고 싶지 않다. 12월을 장식하는 일에 더 이상 부산하고 싶지 않다. 마무리를 잘 해야 한다, 혹은 게을렀던 일들에 대한 책임을 져야 한다는 죄의식을 갖고 싶지 않다. 올해도 그냥 이렇게 맥없이 가버렸구나 하는 아쉬움 대신에 어려운 시간들을 용케 지나왔음에 긍지와 후련함을 느끼고 싶다.

올 12월은 타인에게가 아니라 나 스스로에게 포상을 베푸는 시간이고 싶다. 혹독하게 비난하기보다는, 후회하기보다는, 잘 했다고 토닥여주고 싶다. 일 년 동안 살아오면서 고달팠던 정신을, 오장육부 무거운 짐을, 이 어려운 세상을, 힘겹게 지탱해 준 나의 육신에게 감사하고 싶다. 수고했노라고, 잘 버티어 주었노라고, 등이랑 어깨랑 쓰다듬어 주고 싶다. 늘 정신적인 것만 최고인 양 잘난 체하는 오만한 영혼에 치여 필요한 수면까지 희생시켜 가면서 자신을 학대해도 아프다 싫다 비명 한 번 지르지 않고 심술 한 번 부리지 않고 순종했던 신체 아닌가.

하늘조차 낮아진 12월의 시간들, 짧기에 더욱 아까운 이 시간들이 감사하기만 하다. 남은 시간들이 진정으로 아름다웠으면 좋겠다. 의미 있고 평안하고 기분 좋은 시간들이었으면 좋겠다. 그래서 앞으로 다가오는 삶은 좀 더 조화롭고 향기 나는 삶이었으면 좋겠다. 그렇게 기분 좋은 느낌과 성숙한 눈으로, 안정된 마음과 평안함으로, 이웃에게 가까이 다가갈 수 있었으면 좋겠다.

어수선한 시간들이 어서 빨리 지나가고 생각만 해도 고즈넉해지는 여유로운 시간이 찾아와서 어느 한적하고 낯선 곳에 숨어 들어가 맑은 공기, 자유로운 분위기를 실컷 맛보고 싶다. 그리고 캐더린 맨스필드가 썼던 편지를 나도 누군가에게 쓰고 싶다.

"어젯밤은 창을 열어놓고 잤습니다. 이곳의 공기는 과일향 같습니다. 약보다 낫습니다. 오늘은 하루 종일 책을 읽었습니다. 숲과 들과 산과 자갈 깔린 저 해안을 걷고 싶습니다. 때로는 얇은 망사 장갑을 끼고 도시에 가서 그림을 보고 음악을 듣고 카페에 앉아서 오래오래 차를 마시며 지나가는 사람들을 바라보고 싶습니다. 언제까지나 자유롭고 언제까지나 애정을 가지고 언제까지나 배우며 그렇게 살고 싶습니다."

삶에 대하여 애달파하지 말아야지. 세월은 가는 것이니까. 때에 따라 새 희망이 찾아오니까. 우리가 안타까워하는 모든 것은 시간이 흐르면 한 줌 한숨으로 남을 것이다. 지금 이 순간, 살아서 숨을 쉬고 느끼고 서로를 바라보는 것만으로도 족하다. 누군가 말했다. 세상은 거꾸로 매달려도 살아볼 만한 것이라고.

사랑에 대하여

비가 쏟아지는 뜰아래, 벙글기 직전의 동백이 동그란 모습으로 흔들리고 있다. 하트 모양이다. 과일도 꽃잎도 나뭇잎도 하트의 변형이다. 모든 살아 있는 자연이 하트다. 자연이 인격임은 그 속에 사랑이 있기 때문인가. 나는 너를 사랑한단다, 라고 말하는 것만 같다.

삶의 연륜과 환경에 따라 사랑에 대한 해석이 다르다. 젊은이는 불같은 열정으로 표현되는 사랑을 추구하고, 나이가 들어감에 따라 편안하고 담담한 사랑을 원하게 된다. 때에 따라 찾아오는 사랑을 주고받을 수 있다면 행복할 것이다.

사랑을 주는 것은 아름답고 행복한 일이다. 주는 사랑을 의심 없이 받아들이고 감사할 줄 아는 것은 더욱 귀하고 복된 일이다. 사랑은 마음먹은 대로 이루어지지 않는다. 사랑을 주는 것은 쉽지 않다. 사랑을 받아들이는 것은 주는 것보다 더 어렵다. 주는 일이야 주는 사람의 자유지만 받아들이는 것은 상대의 진심이 내 마음에 와 닿아야만 반응할 수 있기 때문이다.

내 취향과 내 기분에 맞는 사랑을 내가 좋아하는 방법으로 상대에게 주면서 받아달라고 강요하는 것은 정신적인 폭력행위이다. 병들고 이기적 사랑의 전형적인 표본이다. 상대방을 진정 사랑한다면 그가 원하는 방식대로 사랑해 주어야 한다.

사랑이 많으면 그만큼 고뇌도 깊은 법, 그녀에게 어울릴 듯한 스카프 한 장, 그에게 어울릴 듯한 넥타이 한 장 쉽게 고를 수 없게 되고 그립다는 말조차 쉽게 할 수 없게 된다. 사랑은 알아갈수록 그 깊이와 넓이를 알 수 없는 오묘한 것이 된다. 시공을 초월하여 교감할 수 있게 되고 말이 없어도 상대의 마음을 읽을 수 있게 된다.

일전에 내가 소속해 있는 공동체의 한 어른이 운명을 달리하셨다. 말기 췌장암 진단을 받은 그분의 회생을 위하여 지난 일 년 반 동안 우리는 함께 기도하고 서로 위로했었다. 그분이 돌아가셨다는 소식에 회중은 슬픔에 휩싸였지만 평화로운 분위기에는 변함이 없었다. 그분에게 주었던 사랑이 넉넉했기 때문이리라.

그분은 내내 맑은 정신을 유지하다가 운명하기 몇 시간 전, 혼수상태에 빠지셨다 한다. 밤을 넘기기 힘들겠다는 소식을 듣고 가족과 친지, 친구들이 달려와 그의 곁을 지키고 있었는데 밤늦게 멀리 타주에 사는 사위가 도착했다. 그는 장인의 귀에 대고 속삭였다. "Daddy, I came here to see you. I love you, daddy.(아빠. 제가 아빠를 보러 왔어요. 사랑해요, 아빠.)"

그때까지 깊은 잠에 취해 있던 그분은 온힘을 다하여 정신을 추슬러 사위에게 미소를 보여주셨다 한다. 사랑은 그런 것이다. 깊은 혼수를 깨울 수 있는 힘은 오직 사랑밖에 없다.

사랑의 종류는 많지만 근본은 하나이다. 참사랑을 주고 싶다면, 그런 사랑을 받고 싶다면, 공부해야 할 교과가 하나 있다. 사랑의 원류를 찾는 일이다. 사랑은 감정이 아니라 원칙임을 머리가 아닌 마음으로 깨닫는 것이다.

진정한 사랑은 언제든, 어느 한 군데 빈 곳 없이 충만하게 이슬처럼 쏟아져 내리는 것이다. 값을 따질 수 없되 값없이 가질 수 있다. 누구에게도 강요하지 않는다. 원하는 사람의 마음 밭에 살며시 내려와 앉는 것이다. 사랑은 느끼는 사람만의 것이다.

사랑의 원리를 알게 되면 삶의 양상이 달라진다. 세상이 달라진다. 모든 것이 사랑으로 보인다. 나무도, 새도, 길섶에 작은 얼굴을 숨기고 수줍게 피어 있는 풀꽃조차도 사랑을 노래하고 있음을 알게 된다. 우주에 가득 찬 말, 나는 너를 사랑한단다, 라는 메시지를 듣게 된다.

내가 진정 사랑하는 이들에게 맑고 건강한 사랑을 줄 수 있다면 얼마나 좋을까. 그들이 내 사랑을 있는 그대로 받아주고 그 사랑이 그들을 행복하게 만들어 준다면 얼마나 기쁠까.

승자에게 보내는 갈채

지난 일요일, 조지아 주 어거스타에서 개최된 제68회 매스터스에서 생애 처음 메이저 우승컵을 거머쥔 필 미켈슨(Phil Michelson)의 경기를 텔레비전을 통해 관전하며 스포츠의 매력에 흠뻑 빠졌다. 사랑하는 이들과 기쁨을 나누는 그의 모습에 아낌없는 박수를 보냈다. "Can you believe it?"을 연발하며, 아내와 어린 세 자녀들을 껴안고 볼을 비비는 그의 모습을 보자니 출처 모를 물기가 내부에서 출렁였다.

메이저 토너먼트에 47번 출전하여 단 한 번도 우승하지 못하고 늘 2등이나 3등에 머물러야 했던 한과 설움을 씻는 감정이 오죽했으랴. 4대 메이저로 불리는 매스터스, US 오픈, 브리티시 오픈, 그리고 PGA 경기에서 그는 늘 분루를 삼켜야 했다. 실패의 아픔이 아름다운 승리로 빛나는 현장, 톤 높은 아나운서의 말이 그대로 가슴에 와 닿았다. "He got the monkey off his back (마침내 오랜 고질병을 고쳤군요)."

필 미켈슨은 누구인가. 메이저 우승을 하지 못했던 프로 선수들 중 최다우승자인 그는 도전적이고 공격적인 스타일로 스스로를 늘 위험에 빠뜨려왔다. 우승을 눈앞에 두었을 때도 3번 우드를 써서 다음 샷을 노리는 안전함을 택하는 대신 드라이버를 사용, 과감하고 공격적인 게임을 펼침으로 손해를 보곤 했다. 팬들은 그런 필을 사랑했다. 준수한 외모에 왼손잡이인 그가 통쾌하게 드라이브 샷을 날릴 때마다 팬들은 머리가 쭈뼛 서는 긴장과 전율을 느끼곤 했다.

마지막 홀을 바라보는 그의 눈은 불타는 듯 했다. 그가 실패하면 연장전에 들어갈 것을 대비, 몸을 풀고 있는 동점자 어니 엘스를 의식해 가며, 몇 겹으로 둘러싼 갤러리들의 시선 속에 그린의 숨결을 읽는 마음이 오죽했을까. 그의 운명을 바꿀 볼은 마침내 영화필름처럼 홀에 빨려 들어갔다.

우승컵을 치켜들고 기뻐하는 모습 위로 나이 18개월 때부터 골프를 시작한 그의 35년 인생이 오버랩되어 조명되고 있었다. 2003년도에 그는 인터내셔널 대 미국 대항 프레지던트 토너먼트에 출전, 다섯 차례 모두 패하였다. 골프 생애 최악의 해였다. 부진의 이유가 인간적이다. 3번째 아이를 분만하면서 난산을 겪고 힘들어하는 아내 곁을 지키며 함께 고통스러워 했단다.

그린에 선 그의 곁을 한순간도 떠나지 않고 보좌해 온 그의 친구 이야기도 감동스럽다. 그 친구는 자신의 인생을 희생해 가며 필과 함께 했다. 그는 필의 재능을 알아보았고 언젠가 영광의 날이 올 것을 조금도 의심하지 않았다. 친구의 오랜 동반은 필의 인격 또한 만만치 않음을 짐작케 한다. 돈과 명예보다 가정을 더 사랑하고 우정의 진정한 가치를 아는 스포츠맨은 존경받아 마땅하다.

　그는 2003년도의 실패를 거울삼았다. 장타를 때리는 무모함을 접고 안정되고 성숙한 샷을 가다듬었다. 경기가 진행되는 나흘 내내 미소와 여유를 잃지 않았던 그는 인터뷰에서 이번 골프 토너먼트는 왠지 자기 거라는 생각이 들었다고 털어놓았다. 지피지기면 백전백승이라 했던가.

　미켈슨의 인생은 말해 준다. 실패를 두려워하지 말아야 한다고. 실패를 모르는 사람은 삶의 진정한 단맛을 즐길 수 없다고. 실패가 있기에 희망과 도전과 극복이라는 아름다운 단어가 존재하는 거라고. 상처를 입어야만 진주 같은 인생이 펼쳐지는 거라고.

　필드에 한 번도 나가지 않고 머리로만 골프를 사랑하는 나에게 그가 심어준 메시지가 이토록 강렬한데, 골프를 진정 아끼고 사랑하는 골퍼들은 얼마나 감동이 컸을까. 승자에게 보내는 갈채가 폭포수처럼 시원했다.

조수미

지난 4월 13일, LA뮤직센터 도로시 챈들러 파빌리온에서 열린 조수미 독창회에 다녀왔다. 함께 호흡을 맞춘 윌리엄 벤디체 지휘의 LA시어터 오케스트라가 연주한 「캔디드」 「팬텀 오브 더 오페라」 등의 서곡들이 우리 귀에 친숙한 곡들이어서 행복했다. 찬조 출연하여 사라사테의 고난도 곡을 연주한 오주영 군도 바이올린 음악의 진수를 유감없이 보여주었다.

조수미는 역시 한국이 낳은 보배였다. 하이 F까지 올라가는 콜로라투라 소프라노 음역을 전혀 힘들이지 않고 넘나드는데 듣는 사람들로 하여금 긴장이 아니라 오히려 잔잔함을 느끼게 했다. 높이 올라간 음의 끝부분에서 아득하게 멀어지는 듯한 음색이 얼마나 감미롭고 따뜻한지 마치 딴 세상에 와 있는 듯한 착각에 빠지게 했다. 음악하는 친구는 호흡이 얼마 남아있지 않은 상태에서 고음으로 끝을 내는 마지막 절의 발성은 가장 어려운 성악기법 중의 하나로 강한 포르테보다 약한 피아노시모로 소리내기가 더 어려운 법인데, 조수미가 그토록 쉽고 유연하게 음을 처리하는 것은 기가 막힌 테크닉이라고 나중에 가르쳐 주었다.

조수미는 독특한 카리스마를 지닌, 참 멋진 여자다. 그의 공연을 볼 때마다 그녀가 대중에게 사랑받는 이유를 확인하곤 한다. 곱고 아름다운 목소리와 함께 그의 몸 전체에서 자연스럽게 뿜어 나오는 당당함과 겸손함이 아름답게 조화된 무대 매너와 함께 어울려 아무도 이의를 달지 못하게 만든다. 그녀는 프로 음악인들에서부터 어설픈 음악 애호가들에게 이르기까지 폭넓은 계층에 똑같은 강도로 어필하고, 그들 각자의 입맛을 조금도 실망시키지 않는다. 앙드레 김 패션의 화려하고 대담한 드레스를 입어도 조금도 어색하거나 기가 눌려 보이지 않는다. 오히려 환상적인 색감이 그녀에게 순종한다는 느낌이 든다. 작은 체격을 지닌 그녀지만 맑은 목소리와 빼어난 무대 매너로 웅장한 오케스트라와 수많은 관객들을 순식간에 제압해 버린다. 무대에 등장하거나 퇴장할 때 팔을 세차게 흔들어—폭 넓은 드레스를 입고 걸으려면 그 방법밖에 없겠지만—마치 군대 사단을 열병하는 것 같은 당당한 걸음새는 차라리 아름답다.

관객들에게 너그러운 점도 점수를 주고 싶다. 모든 순서가 끝난 뒤, 객석에서 한 남성이 큰소리로 "조수미, 너 예쁘다"라고 소리치자 그녀는 조금도 당황하지 않고 "Will you marry me?"로 재치 있게 응수했다. 전국노래자랑 오픈세트에 놀러온 사람들처럼 손뼉을 쳐서 박자를 맞추는 관객들에게 그녀는 함께 손뼉을 쳐주었다.

조수미의 앙코르 송에는 감칠맛이 있다. 맛있는 음식을 먹고 난 뒤 예상하지도 않았는데 제공되는, 너무나 맛이 있어서 도저히 사양할 수 없는, 천상의 별미 혹은 디저트 같다. 한두 번도 아니고 적어도 서너 번 때로는 일곱 번까지도 확실하게 서비스한다. 앙코르 송을 부르다가 "가사를 잊었어요" 하면서 지휘자의 악보를 쳐다볼 때의 자연스런 자태라니. 마치 각본에 있어 연습에 연습을 거듭한 것 같은 연출력은 자신 있는 프로만이 할 수 있는 행동으로 여겨지기까지 했다. 파격적인 그 행동은 오히려 그 동안 숨조차 제대로 크게 쉬지 못할 만큼 잔뜩 주눅이 든 객석의 긴장감을 일시에 와해시킴으로 청량감마저 안겨주었다.

앙코르 송 「Amazing Grace」는 얼마나 절절했는지, 그녀가 노래를 마친 다음 "God bless America!"라고 외칠 때는 뜨거운 애국심이 샘솟아 하마터면 눈물까지 날 뻔했다. 준비된 메모를 갖고 나와 한국말로 공손히 인사도 했다. 이 모든 것이 커튼콜에서 이루어진 것이니 파킹장을 빨리 빠져나가려고 일찍 나선 사람들은 진짜를 놓친 셈이다. 조수미 공연은 마지막 순간까지 기다려야 한다. 기다려 준 사람들을 결코 실망시키지 않는다.

이번 조수미의 독창회는 대외적으로 한국 이민 1백주년 기념행사라는 의미도 있지만, 전쟁이 한창이어서 어둡고 산란했던 사람들의 마음을 확실하게 다독여 주었다는데 더 큰 의의를 두고 싶다. 그 동안 얼마나 마음이 온통 가시에 찔린 것 같았던가. 정신적으로 벼랑에 서 있다고 느껴진 때가 얼마나 많았던가. 이번 음악회가 한인 커뮤니티에 베풀어 준 안위는 뭐라 표현할 수 없을 것이다.

이런 행사에 참석하고 나면 그 동안 나쁜 공기 마시며 심한 교통체증에 시달렸던 몸과 마음이 조금이나마 위로받고 보상받았다는 느낌이 든다. 도시에 사는 재미를 톡톡히 본다는 생각에 마음이 뿌듯해

진다. 이 도시를 발전시키고 키워나가는 주역은 바로 이 도시 안에
살고 있는 우리라고, 우리들이 힘을 합치면 로스트 엔젤레스(Lost
Angeles)로 실추된 로스 엔젤레스(Los Angeles)의 명예를 회복시킬 수
있다고, 그리고 그 열쇠는 바로 우리가 쥐고 있다고, 진정으로 생각
되는 것이다.

新 포도와 여우

　「여우와 신포도」, 누구에게나 친밀한 이솝우화다. 자기변명 혹은 자기타협에 주로 인용하는 이야기다. 우리는 흔히 자기 자신을 여우로, 주변의 상황과 환경을 신포도에 대입하고 구분 짓는 경향이 많다. 나는 왜 항상 여우이어야 하고 상대는 신포도이어야 하는가. 상황에 따라 나는 여우도, 단포도도, 혹은 신포도도 될 수 있다. 여우나 포도도 여러 형태를 취하게 된다.

　포도를 딸 수 없는 여우는 여러 종류다. 가능성이 충분하지만 아직 때가 되지 않은 어린 여우, 때와는 상관 없이 애초부터 포도를 딸 능력이 없는 여우, 한때 높이 달린 모든 단포도를 딸 수 있는 체력과 지력을 지녔으나 이제 모든 욕망을 접어야 하는 나이 든 여우.

　포도의 상태도 다양하게 분류할 수 있다. 신포도일 수도 있고 단포도일 수도 있다. 신포도라면 아직 수확할 시기가 아니어서 덜 익은 탓일 수도 있고, 거름이 충분치 않은 탓일 수도 있다. 종류 자체가 신맛을 지닐 수도 있고, 너무 농익어 상했기 때문일 수도 있다.

보기에도 좋고 먹기에도 좋은 단포도는 구차한 설명이 필요 없다. 맛 하나로 모든 변론을 잠재우고 입을 막는다. 땅이 좋아서라느니 농부가 때에 따라 잘 가꾸었다느니 종자가 좋았다느니 등의 볼멘소리도 주변의 질투일 뿐 당사자는 말이 없다. 자신의 위치에서 묵묵할 뿐.

피해의식에 젖어 있는 사람은 스스로를 맛있는 포도를 딸 수 없는 여우라고 생각한다. 소극적인 생각이다. 나는 아직 나이 어린 여우일 수도 있고, 나이 많아 허리를 제대로 펴지 못하는 여우일 수도 있는 것이다. 어린 여우는 세월을 기다리면 조만간 깨금발을 하지 않아도 넉넉히 좋은 열매를 딸 수 있을 것이다. 나이가 들었다면 높은 나무에 달린 포도를 무리하여 따지 않는 것이 지혜다. 단포도 먹는 것을 포기함으로 이제 골다공증이 진행중인 허리를 보호하겠다고 결심하는 것이다.

포도를 딸 수 없다는 판단이 서면 일찍 포기하고 그 자리를 뜨는 것이 상책이다. 오래 머물수록 시간과 에너지를 낭비할 뿐이다. 원망과 미움이 고개를 들고 분노가 차오른다. 상대방을 탓하기 쉽다.

현실을 냉정하게 인식하고 인정하는 것은 겸손이다. 오랜 세월을 살았으면서도 단포도와 신포도도 구분 못하는 미련한 여우로 스스로를 전락시키지 않고 자존심을 지키는 길이다. 젊은 날 동안 구축해온 삶의 영광과 위엄을 잃지 않을 수 있는 방법이다. 무리하다가 나무에서 떨어져 상처를 입음으로 사랑하는 지인들에게 안타까움을 안겨주지 않아도 된다. 자신을 정직하게 받아들이면 부드럽고 편안한 모습으로 세월 따라 찾아오는 풍요로움을 즐길 수 있다. 연륜은 삶의 축복이 된다.

지혜로운 여우는 그 자신 비록 단포도를 딸 능력이 없어도 마음만 먹으면 단포도를 얼마든지 구할 수 있다. 수많은 세월을 통하여 그는 단포도를 맺는 나무가 있는 장소를 안다. 그곳에 단포도를 딸 수 있는 능력 있고 젊고 건강한 친구들을 초대하는 것이다. 혹은 동료를 불러 어깨걸이를 하면 높이 달린 포도도 충분히 딸 수 있다. 혼자 딴 양보다 훨씬 많이 먹을 수 있다. 산술적인 상식을 능가하는 플러스 알파가 산출되기 때문이다. 삶은 즐겁고 즉흥적인 축제가 될 것이다. 지혜가 무언가. 함께 사는 삶에 대한 인식 아닌가.

이솝 우화의 주인공 여우를 향한 안타까움은 화합하거나 도움을 청하지 않는 것이다. 혼자서 끙끙거리다 빈손으로 돌아서는 뒷모습이 쓸쓸하다. 단포도임을 알면서도 시어서 맛이 없을 거라는 자기타협과 자괴감이 초라하다. 좋은 포도를 발견하고 아무에게도 알리지 않는 데는 여러 이유가 있을 수 있다. 눈앞의 이익을 남과 나누고 싶지 않은 욕심, 남에게 자신의 능력부족을 드러내고 싶지 않은 자존심, 혹은 부끄러움 때문일 수 있다. 부를 만한 친구가 없는 외로운 여우일 수 있다.

신포도와 단포도도 구분하지 못하고 손이 닿지 않을 줄 뻔히 알면서도 눈앞에 어른거리는 이익을 포기하지 못해 오랜 시간 헛된 힘만 쓰다가 결국 저건 분명히 시어서 먹을 수 없을 거야, 라고 애꿎은 포도만 탓하며 포기하는 것은 몇 배로 손해 보는 일이다. 먹을 수 없는 신포도를 따기 위해 왜 그토록 많은 시간을 낭비했는가 말이다. 그렇게라도 생각해야 자신의 헛된 노력이 덜 억울하고 위로가 될지 모르지만 사회에 위험하고 심각한 영향을 미치게 된다. 소위 "아니면 말고” 혹은 “못 먹을 감 찔러나 보자” 식이 되어 타인에게 치명상을 입히는 결과를 가져다주는 것이다. 상대방을 있는 그대로 인정해 줄 때 나도 남들에게 내가 지닌 모습 그대로 인정받을 수 있는 기회가 올 것을 기대할 수 있는 것이다.

때로는 각고의 노력 끝에 포도를 따긴 했지만 정말로 신포도일 확률이 있다. 이때 인생을 다 산 것처럼 실망해서는 안 된다. 쉽게 포기해 버리는 성급함을 잠시 잠재울 필요가 있다. 덜 익은 거라면 충분한 시간 동안 햇볕에 내놓아 맛있는 포도를 만들 수 있다. 너무 농익은 거라면 껍질을 벗겨 믹서에 갈아 주스를 만들 수 있다. 식초를 만들어도 좋다. 뒤뜰에 자라는 나무 비료로 써도 좋다. 어느 경우든 없는 것보다 낫다. 이것은 상대적이다. 나보다 더 험한 환경에 처한 사람을 만나게 되면 내가 가지고 있는 신포도가 갑자기 단포도로 변할 수 있는 것이다.

조금만 시야를 넓히면 포도가 아니더라도 포도에 상응하는 맛난 것을 구할 수 있는 기회가 얼마든지 있다. 이제까지 결코 알 수 없었던, 알려고 하지도 않았던 좋은 열매들이 보이는 것이다. 포도만이 맛있는 거라는, 반드시 저 포도를 먹고야 말겠다는, 이제까지의 편협한 의식을 바꾸기만 하면 된다. 정당한 사유와 올바른 이성을 지니겠다고 결심한 순간, 세상이 환해지는 경험을 하게 되는 것이다.

우리는 먹어야 할 포도가 필요하고 단포도를 원하는 여우이기도 하지만 때에 따라 타인에게 포도가 될 수 있다. 가족과 친구와 커뮤니티에 단포도처럼 귀한 존재, 꼭 필요한 사람이 될 수도 있고 신포도처럼 이웃에게 외면당하는 존재가 될 수도 있다. 삶을 바라보는 시각과 태도에 따라 결과가 빚어진다. 어떤 종류의 포도가 될 것인가는 결국 나의 선택인 것이다.

네가 없으면 일을 진행할 수 없어, 네가 있어야 분위기가 살아, 네 도움이 절실해, 너의 위로에 살맛 난다, 고마워 등등은 단포도 인생이 듣는 말의 요지다. 수고 없이 단포도가 되었겠는가. 겨울철 모진 비바람 모두 견디고 이겨 내었다. 이파리 없는 추운 가지로 버티며 겨우내 외로운 시절을 보냈다. 캄캄하고 척박한 땅 속을 잔뿌리로 헤매며 영양소를 끌어 모으고 봄에 틔울 싹을 꿈꾸며 살았다. 한 톨의 물도 소홀히 할 수 없는 긴장으로 버텼다. 오직 열매를 키우는 일에만 전념하고 집중하였다. 미운 마음과 원망이 머리를 들라치면 서둘러 그런 생각들을 떨쳐 내었다. 포도에 신맛이 스밀까 두려워서였다.

나는 바라보기만 해도, 아니 생각만 해도 입안에 신물이 고이게 만드는 신포도가 될 수 있다. 나의 존재로 말미암아 분위기가 싸늘해질 수 있다. 나의 험담과 불평과 불만이 주위를 오염시키는 것이다. 나는 점차 부정적인 인물로 낙인찍히게 되고 사람들은 나에게 가까이 오는 것을 꺼리게 될 것이다. 나는 점점 더 외로워지고 외로워진 만큼 외부를 향한 나의 비판은 신랄해질 것이다. 외로운 사람이 할 수 있는 일이란 주위를 탓하는 일밖에 없으므로. 나는 확실하게 신포도가 되는 것이다.

자기주장이 강하면 외로운 법. 나로 인해 분위기가 침체되면 그 썰렁함 때문에 괴로워한다. 고도절해와 같은 처참한 상태에 빠지게 되면, 나는 자신은 뒤돌아보지 않고 타인들을 원망한다. 자신을 낮추지 못하는 자만심이 고독에서 헤어나고자 하는 노력의 발목을 잡는다.

외로운 여우가 되지 않으려면 나만 옳다고 주장하지 않아야 한다. 내가 가진 아이디어가 최선이라 생각되더라도 타인과의 화합이 우선임을 인식해야 한다. 타인을 설득시키는 일에 최선을 다해야 한다. 그것은 좋은 아이디어를 가진 자의 의무이자 책임이다. 화합과 팀워크에 대한 인식은 지도자가 지니고 있는 뗄 수 없는 한 속성이다.

여우인 우리가 앙망하는 단포도는 무엇인가. 학벌, 미모, 돈, 명예? 교양과 지식과 기쁨과 감사와 사랑? 만인이 부러워하고 원하는 것이면 모두 단포도라는 이름을 붙일 수 있는가? 단포도는 철저히 주관적인 개념이라는 사실에 아이러니가 있다. 돈과 명예가 있어도 행복을 느끼지 못하고 또 다른 단포도를 추구하며 괴로워하는 사람들이 있기 때문이다. 자신이 소유한 작은 것들에 만족하고 감사하면서 타인이 누리는 것들을 부러워하지 않는 사람들이 있기 때문이다. 남의 눈에는 신포도이지만 자신에게는 소중한 단포도가 얼마나 많은가. 나에게는 단포도이지만 타인에게는 신포도인 경우가 얼마나 허다한가.

어떤 각도로 사고하고 받아들이느냐에 따라 삶의 빛깔이 달라진다. 선택이다. 한 줌 척박한 땅에 뿌리를 내리고 그늘 아래 이슬만 먹으면서도 생명을 피워 내는 풀꽃은 세상이 주목하지 않아도 스스로 당당하다. 작은 얼굴이지만 주위에 향기를 내고 안위를 주며 세상을 아름답게 장식하는 일에 단단히 한몫 하는 삶인 것이다.

사회가 시끄럽다. 각자 그럴듯한 명분과 주장으로 어지럽다. 많은 경우, 여우와 신포도 관계로 집약될 수 있는 문제들이 많다. 정치적, 경제적, 사회적으로 몸살을 앓고 있는 도시문제들을 접할 때마다, 각 분야에서 사람들이 서로에게 책임을 떠맡기는 공방을 대할 때마다 마음이 쓸쓸해진다. 잘못을 시인하고 책임을 지고자 하는 인물과 단체들이 드물기 때문인가. 지도자들에게 참신함과 선의 미덕을 기대하는 것 자체가 잘못된 발상인가. 작은 일에 최선을 다하는 모습이 그립다.

　"그 단포도가 손에 닿기만 했더라면" "힘들게 딴 그것이 단포도였더라면 현재의 내 모습은 많이 달라졌을 텐데"라는 이프(if)나 아이위시(I wish)는 현재와 미래를 낭비하는 역할밖에 하지 못한다. 지난날 암울했던 흑백의 시간들로 인한 피해를 줄일 수 있는 방법은 여우와 신포도를 확대 재해석하여 나의 삶에 적용시키는 것이다. 내가 여우인지 단포도인지 신포도인지 가끔씩 자신의 정체성을 반추해 보는 것은 삶의 질을 향상시키는데 좋은 길잡이가 될 것이다.

독서의 즐거움

현대인의 삶의 특징 중 하나는 좋은 사람을 만나 좋은 인연을 맺는 일이 힘들다는 것이다. 좋은 사람을 만나기도 힘들 뿐더러 어쩌다 좋은 사람을 만났다 하더라도 오랫동안 좋은 친구가 되는 일은 여간 어렵지 않다. 일정 기간 동안 만나다 보면 허물이 보이고 맘에 들지 않는 부분이 눈에 띄게 마련인 까닭이다.

글을 통하여 만나는 인격적인 만남은 그러한 부담이나 위험이 없어 좋다. 살면서 좋은 책과 좋은 글을 만나는 기쁨이 얼마나 삶에 위로를 주는가는 경험해 본 사람만이 안다. 오랫동안 쌓여 있던 외로운 감정들을 충분히 씻어 주고도 남는 글들을 대할 때면 십년 지기를 만난 것처럼 기쁘다. 외로울 때, 너무나 쓸쓸해서 가슴이 답답해질 때, 좋은 문장을 대하면서 느끼는 따뜻하고 귀한 감정은 뭐라 형용할 수 없다.

나에게는 일단 한 작가의 작품을 읽기 시작하면 그가 쓴 다른 책도 연달아 찾아 읽는 습성이 있는데 그러다보니 작가와 마치 친구가 된 듯한 느낌을 받을 때가 많다. 전혀 다른 주제와 내용을 대하는 데도 작가의 일관된 생각을 읽게 되고 그의 영혼을 만난 듯한 느낌이 드는 것이다. 마치 오래 전에 알고 있었던 사람처럼 느껴진다.

여름휴가 동안 읽을 만한 책 한 권 추천하라는 신문기자의 전화를 받고 잠시 어찌 할 바를 몰랐다. 좋은 책을 만나면 친구들이 빌려 달라 부탁하지 않아도 꼭 읽어야 한다며 가져다 주고 나중에는 십중팔구 돌려받지 못하는 판국인데도 막상 책을 추천하려니 말문이 막힌 까닭이다. 어떤 책을 추천한다? 이참에 내가 좋아하는 책 이름을 모두 나열해 볼까, 행복한 비명이라도 지르고 싶었다. 최근에 읽었던 책들 중에서 마음에 와 닿는 몇 권만이라도 얘기하고 싶다.

시몬느 드 보봐르의 『여성과 지적 창조』를 읽으면 정신적인 양식에 늘 배고픈 여성들이 많은 위로를 받을 것이다. 그녀가 쓴 글들은 하나같이 명쾌하고 시원해서 인간으로서의 자존심과 존귀성을 한껏 만끽할 수 있다.

앙드레 모로아의 수필집 『젊은이여 삶을 이야기하자』도 좋다. 그의 유일한 수필집으로 타계하기 1년 전에 쓴 글인데 그의 삶을 집대성해 놓은 책이라 해도 과언이 아니다. 그는 80년의 생을 살아오면서 얻은 모든 지식을 이 한 권의 책에 다 쏟아 놓았다. 인생의 폭넓은 지혜과 안목을 느낄 수 있다. 특히 '지식' 편에 펼쳐 놓은 문학, 과학, 역사 등 그가 섭렵한 책과 그의 해박한 지식을 대하면 어느 누구도 웬만큼 책을 읽어노라, 감히 말할 수 없을 만큼 압도당한다. '글 쓰는 일의 숙명' 편은 문학을 하고자 결심한 사람들이 필독해야 한다고 생각한다. 문단에 뛰어들려거든 문학의 길이 수도사의 직업보다 더 어렵다는 것을 각오하고 시작하라는 그의 충고는 문단의 시끄러운 관계를 넉넉히 감당할 수 있게 해 주는 훌륭한 지침이 된다.

번역본이 시원치 않아서 차라리 사전의 도움 없이 쉽게 읽을 수 있는 영어본을 찾는 사람들에게는 제일 먼저 매튜 워드(Matthew Ward)가 프렌치를 영어로 번역한 『이방인(The Stranger)』을 읽어보라고 권하고 싶다. 학교시험을 치르기 위한 교재이긴 했지만, 이 책을 읽으면서 전혀 예상치 못했던 감동을 느꼈다. 대학시절 이 책을 읽다가 몇 번이나 포기하고 던져 버렸던 이유 『이방인』이 명작임을 인정할 수 없었던 이유를 알게 되었다. 글 전체에 끊임없이 흐르고 있는 모든 사물들의 연계성을 단순하고 간단하고 무심한 문장 속에 들어 있는 무서운 진실들을 읽어내지 못했던 까닭이었다. 허술한 번역 때문이 아니라 성숙하지 않은 의식 탓이었다. 한글로 읽는 것을 포기했던 이 책을 영어로 읽으며 수도 없이 눈물을 흘렸고 절절한 심정으로 네 번이나 연달아 읽었다.

진실을 단단히 감싸고 있는 무심함을 사회체계를 무너뜨리는 위험한 죄로 보아 단두대로 보내는 일에 전 사회 체제가 협력하고 공모하는 모습을 끔찍하리만치 냉정하게 그려 놓았다. 무섭게 절제된 문장과 문체는 긴장과 갈등과 충격을 위해 의도된 역습이었다. 현실과 현 체계가 주는 이중성에도 불구하고 환경에 전혀 구애받지 않는 완전히 자유롭고 독립적이며 솔직한 한 인간에게 나도 모르는 사이 애정을 주게 된다. 주인공은 술책을 부리지 않는다. 오직 진실할 뿐이다. 이 책은 기존사회를 향한 실존주의의 항거를 극단적으로 그리고 있지만, 확장된 진실을 만날 수 있다. 글 저변에 끊임없이 흐르고 있는 삶에 대한 뜨거운 사랑을 읽을 수 있다. 여름에 일어난 이야기이니 이 여름에 읽으면 주인공의 정서를 더욱 깊이 있게 이해할 수 있을 것 같다.

외로울 때는 한국 작가의 소설을 읽는 것이 좋은 것 같다. 황석영 씨의 『오래된 정원』을 읽으며 위로를 많이 받았다. 최인훈 씨의 『화두』도 좋았다. 각 상하권으로 된 이 책들은 같은 시기에 연달아 읽어서인지 두 작가가 지닌 빛깔을 구분하는 일에 한동안 혼란을 느꼈다. 마치 두 작품이 한 사람의 글처럼 느껴졌던 것이다.

새벽 물안개로 살짝 가려진 들꽃잎 위에 맑은 이슬이 또르르 구르는 듯한 느낌이 나는 시집 하나 사서 오래오래 음미해 가며, 읽고 또 읽어 가슴에 새겨놓고 싶은 시편을 읽고 싶다면 단연 섬진강 시인 김용택 씨의 『그 여자네 집』을 권하고 싶다. 『그 여자네 집』을 읽노라면 그가 수없이 올랐던 낮은 구릉들, 돌 징검다리에 주저앉아 하염없이 사색했던 작은 시냇가, 장독과 낡은 흰 고무신 위에 날아와 앉는 눈송이들이 눈앞에 어른거리고, 마침내 마음에서부터 흘러나오는 노랫가락을 듣게 된다. 그의 해맑은 정서가, 그의 선한 마음이, 그의 외로움과 무상함이 그대로 내 마음에 내려앉아 기어이 목이 메고 만다. 여성들은 모두 시인의 '그 여자'와 '애인'이 되는 꿈을, 남성들은 '그 여자'를 '애인'으로 갖고 싶은 꿈을 꾸게 된다.

치열한 삶에 대한 열정을 느끼고 싶다면, 참된 예술가의 영혼을 훔쳐보고 싶다면 고흐가 동생 테오에게 보낸 서간문 모음 『영혼의 편지』를 권하고 싶다. 예술가라고 자처하는 사람이라면 적어도 고흐가 지닌 열정의 한 토막쯤은 지녀야 한다고 생각했다. 밤새 열에 들떠 읽으며 한 예술가의 순수한 영혼 앞에 무릎을 꿇고 싶었다. 가슴에 꼬옥 껴안고 내려놓고 싶지 않았다. 그의 그림과 함께 작가의 육성을 적은 이 책은 아무리 강조해도 지나침이 없을 만큼 귀한 책이다. 비가 억수같이 쏟아지는 날, 가깝게 지내는 시인에게 이 책을 안고 달려가서 읽어 주고 낭독해 주고 그림을 보여주며 미친 사람처럼 떠들었던 기억이 난다.

아, 더 많이 있는데…. 인터넷과 DVD와 텔레비전과 신문 때문에 독서가 소원해졌다고는 하지만 여전히 문학작품은 공간과 시간을 투자하여 눈으로 읽을 만한 가치가 있다. 그만의 향기를 지니고 있다.

인간의 존엄성과 가치와 살아 있음의 희열을 느끼고 싶은 사람은 책을 읽을 일이다. 기왕에 시간과 돈과 에너지를 쏟아 책을 읽겠다고 결심했다면, 마음과 혼과 정신을 즐겁게 하려면, 좋은 책을 선택할 일이다. 좋은 책은 독자의 기대를 결코 배반치 않는다.

시인에게 드리는 수필가의 변

바람이 왜 부는지 이제야 알았다 했나요? 서로 사랑하는 나뭇잎들을 만나게 해주고 어루만져 줄 수 있게 해 주기 위해서라고요? 바람이 아니면 가까이 있는 이파리들이라 할지라도 어떻게 서로 사랑할 수 있겠느냐고요? 하하하.

이른 오후, 창가에 기대서서 바람 부는 풍경을 바라보다가 뜰 앞의 나무가 흔들리는 모습을 보고 그러한 생각을 이끌어낸 당신의 모습이 눈에 선하군요. 당신의 감성에 전적으로 동감하면서도 심술이 납니다. 시인은 미친 사람이고 수필가는 현실적인 사람이라던 당신의 말씀이 문득 생각났기 때문이죠. 당신이 의미하는 미친 사람이란 열정적이고 고고한 감성을 지닌 시적인 인간이고, 현실적인 사람이란 문학인이라는 이름에 어울리지 않는 속물을 뜻하니까요. 오래 전부터 시비를 걸고 싶었는데 참았어요. 이제 저에게도 기회를 주시죠, 시인님.

나뭇잎이 꼭 만나야 할 필요가 있나요. 적당히 떨어져서 바라보는 것 또한 아름답지 않은가요. 겉으로 볼 때 그들 사이에 교류가 없는 것처럼 보이지만 누가 알아요. 사랑하는 나뭇잎끼리 주고받는 밀어를. 속 깊은 사랑은 표식이 없죠. 서로 사랑하는 나뭇잎들은 공중에 내뿜는 수증기를 섞으며, 이파리에 분산되는 햇빛을 상대에게 반사시키며 직접적인 접촉보다 더 멋진 교류가 있을 것임이 분명해요. 바람이라는 매개가 굳이 필요 없죠. 오히려 바람은 고요의 리듬과 속살거리는 밀어를 흩어버리는 방해꾼이 될 수 있어요. 부딪치면 상처가 날 수 있지 않겠어요. 알아요. 가까이 함으로 단점이 보일까 두려운 마음이 있다면 불안한 사랑이죠. 진정한 사랑은 두려움이 없다잖아요. 하지만 성숙한 사랑은 떨어져 있어도 붙어 있어도 안달하거나 지겨워하지 않아요. 주어진 환경 안에서 행복하죠. 잠잠한 가운데 사랑은 자라죠.

좋은 사람들끼리는, 사랑하는 사람들끼리는, 만나야 한다고요? 비벼주고 만져 줘야 한다고요? 아니죠. 눈에 보이는 한계가 관계를 단단히 묶어 주는 매개가 된다면, 꼭 쓰다듬어 주고 만져 주어야만 사랑이 확인되는 거라면, 그다지 매력적이지 못한 사랑입니다. 그렇게 약한 사랑으로 어떻게 이 힘든 세상을 헤쳐 나갈 수 있겠어요?

수필가라서 그런다니요? 피가 나더라도 부딪쳐야 한다고요? 수필가는 이성적이고 계산적이어서 손해나는 일은 안 한다고요? 시와 수필을 쓰는 사람들이 그렇게 차이가 많은가요? 흑백논리로 따질 것이 아니라 원론적인 이야기를 해봅시다. 시인이라 불리는 사람들 중에 시인이라는 멋들어진 호칭에 만족하여 시인의 정신을 잃어버리고 시인을 시인되게 만들어 주는 감성계발을 멈추어 버린 사람들이 얼마나 많은가요. 그들은 유난히 수필 쓰는 사람들을 격하하죠. 이제 솔직히 말하겠어요. 어떤 시들은 시가 아닙디다. 행과 연을 구분하거나 나누지 않고 한 줄로 쭉 이어보면 잡기보다 더 실속 없는 산문이더이다. 행과 연의 아름다운 간격의 힘을 빌려 의미도 영감도 없는 허술한 서술문 하나 적당히 배열해 놓은 것이 시인가요? 시란 반짝여야 하는 거 아닌가요? 행과 연 속에 나약한 감성을 숨긴 사람이 유난히 자신은 시인이라고 큰소리치죠.

물어봅시다. 시인이란 눈물로 바위를 뚫는 사람이라 하더이다. 시인인 당신들은 바위를 뚫는 뜨거운 눈물이 가슴속에 있나요? 여기서 말하는 시인이란 문학인을 의미한다구요? 그래도 마음속으로는 시인이 최고야 라고 생각하는 건 아닌가요? 그렇다면 타 장르를 간섭하거나 차별할 일이 아니라 뜨거운 눈물로 좋은 시를 쓰도록 스스로 독려해야 이치에 맞는 그림 아닌가요?

쉿! 수필에 대하여 신변잡기 운운했다가는 시대에 뒤진 사람이라는 말을 들으니 조심하셔야 해요. 시 같은 수필, 시 이상의 수필이 얼마나 많은데요. 진정 사람의 마음을 달래주고 통쾌하게 해 주는 수필이 얼마나 많은데요. 서로를 인정해 주어야죠. 글쓰기 자체가 서러운 일 아닌가요. 끝없는 자기 수련의 길, 구도의 길 아닌가요. 끝이 없기에 매력적인 작업 아닌가요.

이제야 동의하시는 군요. 하나 더 있죠. 시인이든 수필가든 글을 쓰겠다고 마음먹은 사람들이 명심해 할 일, 글을 쓸 줄 아는 기술이 전부가 아니라는 것, 그 안에 마음이 있어야 한다는 것, 글 쓰는 사람들은 자신의 글로 세상을 구제해 보겠다는 허황된 생각을 버려야 해요. 누가 누구를 구원할 수 있다는 말입니까. 자기 자신 하나도 살리지 못하면서. 글은 타인을 위해 쓰는 것이 아니죠. 작가 자신을 살리기 위해 쓰는 것 아닙니까.

뭐라고요? 시인은 공중에 떠 있는 사람이고 수필가는 땅바닥에 붙어사는 사람이라고요? 아이쿠 맙소사, 아직도 끝나지 않으셨어요? 시인의 치열성, 대단하군요. 그렇다 합시다. 이러한 공방으로 시간을 보내느니 차라리 머리나 맑아지게 낮잠을 자겠습니다. 그렇지만 말입니다. 한 마디는 못 박고 넘어가렵니다. 생명을 소유하고 있는 동안 자신이 딛고 있는 땅을 꼭꼭 짚어가며 사는 것이 이 땅에 대한 예의 아니겠습니까. 저는 그 한 가지 이유만으로라도 시가 아닌 수필을 쓰겠습니다. 공중에 떠서 사는 사람들보다 땅바닥에 발을 붙이고 사는 사람들이 더 겸손하고 안전하니까요.

박수 유감

공연이 끝나고 나면 나는 객석에 그대로 주저앉아 한동안 그날의 프로그램들을 다시 음미해 보는 버릇이 있다. 물론 한꺼번에 빠져나가려는 사람들로 인한 혼잡함을 피하고 어차피 서두른다 해도 시간상으로 보면 그리 큰 차이가 나지 않는다는 계산에서 비롯된 것이기도 하다.

시골에서 자라 도시 문화에 익숙하지 않은 탓인지 공연장에 갈 때마다 겪는 어색한 느낌 몇 가지가 있다. 그 중에 한 가지가 박수이다. 박수를 칠 때마다 늘 쑥스럽고 어색하다는 생각을 한다. 박수를 잘 치지 못하는 이유 중에는 교회의 영향도 있는 것 같다. 내가 출석하는 교회는 여간해서 손뼉을 치지 않는다. 그저 아멘으로 화답하거나 고개를 끄덕이는 정도다. 고개 끄덕임을 박수 이상의 것으로 여기니 그 버릇이 쉽게 바뀌지 않는다.

박수를 칠 때마다 늘 감정이 흔들린다. 머릿속까지 울리는 것 같다. 그냥 고개를 끄덕여 주는 것으로 만족할 수 없을까, 늘 생각한다. 공연자가 박수를 받을 만큼 잘 하지 않았다는 의미는 아니다. 왠지 박수를 치면 영감과 감동이 모두 달아나거나 그 당시의 감정이 송두리째 흩어져 버릴 것 같은 느낌이 든다.

어느 때부턴가 음악회든 연극공연이든 사람들이 출연하는 장소에 가면 여간해서 박수를 치지 않게 되었다. 특히 미리 예약해 둔 티켓을 사들고 정장 차림으로 찾아가서 까다로운 규율을 지켜야 하는 극장 공연인 경우, 카메라와 비디오 촬영이 금지된 경우, 여지없이 박수에 인색한 사람이 되곤 한다. 그러다 보니 예술 공연이 아닌, 파티나 미팅에 가서도 박수를 아끼는 사람이 되고 말았다. 격식을 차리지 않아도 되는 장소, 부담 없이 흥겹게 즐길 수 있는 분위기인데도 박수를 치는 일이 쉽지 않다.

프로정신이 녹아 있는 공연은 그 자체가 아름다움이고 감동이다. 공연이 마음 깊이 와 닿으면 그만큼 마음도 함께 가라앉아서 신체를 움직이기가 쉽지 않다. 그런 때, 그냥 가만히 앉아서 침묵하고 싶다. 일어서거나 손가락을 움직임으로 감정의 흐름을 막고 싶지 않다.

공간이나 규모가 크지 않은 실내 음악회에서의 기립박수는 늘 어색하다. 힘찬 박수가 훨씬 성의 있지 않을까 싶다. 유명 음악인의 공연에서, 사람들이 모두 일어나 환호를 하면서 힘껏 박수를 치기 시작하면 막 불안해진다. 박수가 언제 끝날지 모를 만큼 오랫동안 지속되면 괴로워지기까지 한다. 끝까지 일어나지 않고 앉아 있는 자신이 어색해서 그 자리를 박차고 밖으로 나가고 싶다.

언젠가 박수 치는 사람들을 가까이서 관찰한 적이 있다. 발을 동동 구름과 동시에, 휘파람을 불면서 박수를 쳐대는데 정신이 온전한 사람들 같아 보이지 않았다. 집단 정신병에 걸린 것 같았다. 영화에서 보았던, 생각 없는 군국주의자들이 연상되었다. 자신이 현재 무엇을 하고 있는지 인식하지 못하는 것은 얼마나 무서운 일인가. 수백만 명의 생명도 가볍게 다룰 수 있는 것이다.

신명이라 말할 수 있을 것이다. 몰아의 경지라 할 수 있을 것이다. 때때로 격과 분위기를 따져가며 함께 동화하지 못하는 나 자신이 미워지기까지 한다. 그런데도 잘못된 대중의 박수에 동참하고 싶은 마음이 조금도 없다.

무척 궁금했다. 무엇이 저들로 하여금 저토록 열렬히 박수를 치게 만드는 것일까. 공연자를 격려하기 위해선가. 좋다. 공연자의 땀과 열정에 박수를 보내는 것은 당연하다. 그러나 공연자들을 위한 것인지, 자기 자신을 위한 것인지 혼동이 되는 박수는 모두에게 불편하다. 잘못된 박수가 연속적으로 일어날 경우, 공연자는 박수를 값싸게 받아들일 수 있다. 수준 없는 무대에 섰구나, 자신에게 화살을 돌릴 수 있다. 아무 때나 아무 공연에서나 기립박수를 치는 것은 공연자를 격려하고 그들의 성취에 보상을 하고자 하는 본래의 취지를 흐리게 할 수 있다.

출연자와 관객은 서로 통하는 법이다. 잘된 공연은 공연자가 먼저 알고 스스로 보상받는다. 무대에 선 사람들은 극장 안의 관객이 내뿜는 기운과 빛깔에 민감하다. 예의를 갖추지 않은 박수는 모욕이 된다. 주변의 분위기에 휩쓸려서, 혹은 서양식 문화에 길들었으니까 등등의 이유로 내면의식 없이 치는 박수는 문제가 있다.

예술가들은 무조건 박수를 좋아할 거라고 짐작하는 것은 잘못된 생각이다. 진정 예술을 사랑하고 예술가들을 존중한다면 내게 좋은 방식이 아니라 상대방의 입장을 고려해 주어야 한다. 진정 박수가 필요할 때 힘껏 쳐 주는 것이 수준 있는 관객의 태도다. 극이나 음의 리듬과 분위기를 깨거나 방해하지 않으려면 박수칠 때를 잘 알아야 한다. 잘 모를 때는 가만히 앉아 있는 것이 상책이다. 성악가의 목소리가 완전히 끝난 뒤 공연자가 몸의 포지션을 바꾸었을 때, 오케스트리 연주자들의 악기 연주가 완전히 끝나 악기의 위치가 내려진 자세가 되었을 때, 바이올린이나 첼로와 같은 현악기의 경우 현에서 보가 완전히 떨어졌을 때 쳐야 한다. 악장과 악장 사이에는 침묵의 공간이 아무리 길다 하더라도 박수를 쳐서는 안 된다.

한 번은 대중가수가 프로그램을 시작하면서 짧은 노래를 한 곡 불렀는데 한 사람이 일어나서 브라보를 외치며 박수를 쳤다. 그러자 한두 명씩 모두 일어나 장내는 삽시간에 할렐루야 공연장처럼 되어버렸다. 다음 순서가 바로 이어져야 하는데도 식장은 한동안 소란했다. 끊임없이 이어지는 박수소리를 들으며, 손뼉도 치지 않고 일어나지도 않은 나는 불안하고 괴로웠다. 타인의 눈총이 따가워 중간에 엉거주춤 일어선다는 것은 더욱 어색한 일이어서 끝까지 버티고 앉아 있었다. 그 뒤부터 일어나지 않아도 마음이 불편하지 않을 만큼 담이 커졌다.

공연장에서 몇 차례 잘못된 박수를 경험하고 난 뒤부터 박수 치는 일에 더욱 자신을 잃게 되었다. 무용이든 연극이든 음악이든 모든 예술에는 의도적인 침묵의 시간이 있다. 특히 오케스트라가 연주하고 있을 때, 악장과 악장 사이에 박수소리가 나면 두 귀를 막고 싶어진다. 음악을 전공한 사람이 아니니, 악장 사이의 간격을 어떻게 해석하는지 모르지만 침묵의 그 순간을 무척 즐기는 나는 속까지 상한다.

그 침묵은 연주의 한 부분이요, 악기가 연주되는 상황과 맞먹는 순간이라고 생각하기 때문이다. 음표만큼, 숨표나 쉼표만큼 중요하다고 생각하기 때문이다.

다음 악장으로 넘어가는 절묘한 분위기의 변화를 읽는데 침묵이 흐르는 짧은 그 순간보다 더 좋은 기회도 없다. 오케스트라 단원들에게는 다음 연주를 준비하면서 악보를 넘기거나 숨을 고르는 시간이고, 청중에게는 음악의 빛깔과 톤과 음색과 분위기가 바뀌는 순간을 음미할 수 있는 시간이다. 그 침묵의 공간과 간격이 존재하기에 음악이 비로소 완성되는 것은 아닐까. 들리지는 않지만 마음으로 듣는, 악보는 없지만 마음으로 연주하는 음이라고 생각한다.

한 악장이 끝나고 다른 악장으로 넘어가려는 순간, 몇몇 사람들이 박수를 쳐댈 때면 손끝이 저릿해지면서 불안하다. 머릿속이 얼어붙는 것 같은 추위를 느끼곤 한다. 잘못된 박수인 줄 알면서도 다른 사람이 치기 시작하면 에라 모르겠다, 이왕 잘못된 거 일단 치고 보자 식이 되어 음악을 아는 이들까지 합류, 사정없이 열정적으로 박수를 치고, 길게도 쳐서 다음 악장이 이미 시작이 되어서야 손바닥을 떼는데, 그럴 때마다 출연자들에게 미안하고 부끄러워서 얼굴이 화끈거리곤 한다.

박수에도 질이 있다고 한다면 억지인가. 올바른 박수문화로 공연자들을 길들이는 것, 단정하고 정갈한 박수문화를 정립하는 것은 우리 관객들의 몫이다. 공연의 흐름과 강도에 맞는 진정한 박수, 예모 있는 박수문화가 아쉽다.

공연장에 갈 때마다 곱지 않은 눈총 받을 각오를 단단히 하고 나선다. 아무리 이런 저런 변명을 그럴듯하게 늘어놓는다 해도 관객의

갈채와 호응을 생명처럼 먹고사는 예술가들의 피땀 어린 공연을 보
면서 박수가 인색한 사람을 곱게 봐 주기란 쉽지 않기 때문이다. 그
런데 버릇을 바꾸기는 힘들 것 같으니 어쩌면 좋은가.

우리를 슬프게 하는 것들

어느 날 사자와 여우와 당나귀가 의기투합하여 사냥에 나섰다. 여우와 당나귀가 사냥감을 몰고 사자는 그를 공격하여 물어 죽이기로 했다. 그들은 많은 짐승들을 잡았다. 잔뜩 쌓인 먹이를 가운데 두고 사자가 말했다. "당나귀 군, 자네가 몫을 배분하게." 당나귀는 똑같은 분량으로 세 몫을 나누었다. 사자는 당나귀를 그 자리에서 당장 잡아먹어 버렸다. 그리고 여우에게 말했다. "자네가 나누어 보게." 여우는 자기 몫으로 조금만 돌리고 사자에게 모두 주었다. 사자가 말했다. "넌 참 똑똑하구나. 언제 어디서 이런 걸 다 배웠니?" 여우가 대답했다. "방금 당나귀가 죽는 것을 보고 배웠습니다."

많은 여운이 남는 이솝우화다. 보통 때 우리는 여우가 된다. 상대방의 처사가 불공평해도 자신을 보호하고 방어하기 위해서 참는다. 마음을 다치지 않으려는 심사다. 시끄러운 세상사에 얽히지 않고 간섭받고 싶지 않아서다. 조용하고 단순하게 살고 싶어서다. 외면당하거나 죽고 싶지 않아서다.

어느 때, 당나귀가 되고 싶다. 보아서는 안 될 광경, 들어서는 안 될 말을 보고 들을 때면 당나귀가 되고 싶다. 죽을 줄 뻔히 알면서도 바른 태도, 바른 말을 하고 싶어진다.

사자, 여우, 당나귀의 행동을 정오 논리로 따질 수 없다. 여우는 당나귀를 미련하나고 얕볼 수 없고, 당나귀는 여우를 간사하다고 탓할 수 없으며, 그 둘은 사자가 불공평하고 야비하다 비난할 수 없다. 우리 인간은 누구나 세 가지 성향을 모두 지니고 있기 때문이다. 사회를 병들게 하는 사자의 속성에 자신의 인격을 대입시키지 않는 이유는 겸손해서가 아니라 '나는 피해자'라는 사고를 지니고 있기 때문이다.

문제는 여우도 당나귀도 사자도 되기 싫은 때이다. 그런 때 진퇴양란에 빠진다. 무엇을 선택할 것인가. 도움을 청하기도 쉽지 않다. 사람마다 성장기의 경험에 의해 삶을 해석하고 받아들이는 시각이 다르기 때문이다. 똑같은 상황에서도 가치해석이 다르다. 자신에게는 무척 중요하고 심각한 일이지만 타인에게는 하등의 문제가 되지 않을 수 있다. 상대방의 인격을 존중해 주어야 하는 근거이기도 하고 외로울 수밖에 없는 속성이기도 하다.

지구촌에서 일어나는 갖가지 놀라운 사건들을 접하며 인간의 본질과 존엄성에 회의가 인다. 인간의 패악은 어디까지 이를 것인가. 개인을 보면 여우나 당나귀처럼 모두가 약한 존재들인데 무리를 보면 잔인한 사자같다. 집단 이기주의에 힘입어 폭언과 폭력을 거침없이 휘두른다. 모순과 혼란을 느끼기에 조금도 부족함이 없는 나날이다.

공동체를 사자로 표현하고 나니 씁쓸하다. 고통하는 이웃과 병든 사회를 치유하고 건강한 커뮤니티를 건설하고자 애쓰는 이들에게 미안해서다. 낮고 낮은 환경 속에서도 인간의 가치와 생명에 대한 경외의식을 내면화하고 실천하는 사람들에게 창피해서다. 영적인 삶을 위해 고민하고 아파하는 사람들에게 죄스러워서다. 안락을 위해서, 살아남기 위해서, 무엇을 하고 무엇을 피해야 하는가에 매달리는 여우의 일상이 부끄러워서다.

길을 잃고 표류하는 한국의 정치가 역겹고, 종전선언 후에도 전쟁 국면을 띠고 있는 이라크 소식이 슬프다. 인류 역사의 골마다 존재해왔던 인간성의 황폐화가 극을 향해 치닫고 있는 오늘이다. 당나귀도 여우도 사자도 되기 싫다. 아무 것도 보거나 듣지 않고 하늘만 쳐다보며 이 시대를 비켜가고 싶다.

비유티 신드롬

  미국의 만화영화를 보면 서양도 동양 못지않게 비유티 신드롬에 빠져 있는 것이 확실하다.『슬리핑 비유티(Sleeping Beauty)』,『백설공주(Snow White and the Seven Dwarfs)』,『신데렐라(Cinderella)』를 예로 들자면 각자 판이하게 다른 플롯을 이루고 있지만, 내면을 들여다보면 유사한 공통점을 지니고 있다.

  주인공들은 한결같이 아름다운 외모를 지니고 있는데, 그 아름다움 때문에 타인의 질시를 받고 무고하게 고난을 당하다가 종국에는 백마 탄 용감한 왕자가 나타나 죽음에서 부활하여 행복하게 산다는 이야기다.

  디즈니(Disney)나 드림웍스(Dreamworks) 영화사가 만들어 낸 이야기들 중에는 꿈을 심어주고 키워주는 이야기, 아름답고 감동적인 이야기도 많은 반면 오히려 악영향을 미치는, 허무맹랑하여 도무지 논리적이지 않은 이야기들이 많이 있다. 미와 추를 선과 악으로 나누는 흑백논리의 원형처럼 느껴진다. 몇몇 예외도 있지만 아름다운 사람은 선하고 추한 사람은 악하다는 의식을 심어주기에 충분한 플롯과 배경이 은근하게 깔려 있는 것이다. 미국에서 자란 청소년들이 선과 악의 가치체계를 정립하는 데 혼란을 느끼는 이유 가운데 이들 만화영화 배급사들의 책임도 간과할 수 없다는 생각이다.

백설공주는 자신의 미를 시기한 왕비에 의해 살해당할 위기에 처했으나 오히려 그녀를 가엽게 여긴 무사의 도움을 받아 숲 속으로 피신한다. 마음 착한 일곱 난쟁이들은 자신들의 목숨이 위험하다는 것을 알면서도 그녀를 가족으로 받아들인다.

그녀와 난쟁이들은 이미 알고 있었다. 왕비가 그녀를 찾을 것이라는 것을. 마법의 거울이 그것을 알려줄 것이므로. 난쟁이들은 공주에게 신신당부한다. 낯선 이에게 문을 열어 주지 말라고. 마침내 변장한 왕비가 백설공주가 머무르는 난쟁이들 집에 나타나 문을 두드린다. 그녀는 망설임 없이 문을 열어 주고 독이 든 사과를 받아먹는다. 그리고 죽는다.

공주는 아이큐가 낮은 것일까? 그녀는 생명의 위협을 충분히 인지할 만큼 성숙한 사람이다. 삼척동자라도 살고자 하는 기본적인 본능이 있거늘, 이미 죽음의 고비를 넘긴 악몽 같은 경험을 가지고 있는 그녀 아닌가. 보통의 상식만 지녔어도 그녀는 화를 당하지 않을 수 있었다. 그녀는 무사에게 목숨을 구걸할 때 교훈을 확실히 터득했어야 옳았다. 어느 누구든 그녀가 당한 끔찍한 경험의 반만 겪어도 그녀처럼 미련하게 행동하지 않았을 것이다. 그녀가 방심하여 문을 열어 준 것은 선한 것이 아니라 자신의 미련함을 백일하에 드러낸 실례다.

　공주가 난쟁이들의 당부를 까맣게 잊어버리고 왕비를 맞아들여 독이 든 사과를 먹고 죽는 것으로 끝났다면 훌륭한 지혜서 내지는 잠언서가 될 수 있었으리라. 공주처럼 미련을 자초하면, 자신을 사랑하는 이의 충고를 듣지 않으면, 죽어야 마땅하다는 교훈을 가르치는 교재로 쓸만하지 않은가. 미모만 믿고 머리를 쓰지 않으면, 신의를 지키지 않으면 생명을 잃는다는 것을 설득력 있게 알려 주는 이야기 중에 이처럼 흥미 있고 효과적인 이야기도 드물리라. 그녀의 경솔한 행동은 자신의 생명을 포기하면서까지 그녀의 목숨을 구해 준 무사와—생각해 보라, 포악한 왕비의 명을 어긴 무사의 운명이 어찌 되었을 것인가—생명의 위협을 무릅쓰고 받아 준 일곱 난쟁이 모두를 곤경에 몰아 넣는 것으로 그들의 순수한 사랑과 애정을 배반하는 것이다. 그런데 다른 이의 생명을 경솔히 취급하고 은혜를 짓밟은 백설공주는 아름답다는 이유 하나만으로 모든 것을 용서받고 죽음으로부터 부활까지 한다.

　잠자는 숲 속의 미녀는 또 어떤가. 굳이 만지지 말라는 물레에 손을 델 건 무언가. 그것도 16년 동안 한 번도 올라가지 않았던 성 꼭대기 방에, 하필이면 16세 되는 생일날 기어코 올라가서 손가락을 찔림으로 1백 년 동안 잠이 들어야 하는가(사실 그 나이가 되기 전까지는 그렇게 긴장할 필요가 없었다. 그토록 열심히 그녀를 지키고 보호하던 주변 인물들은 막상 중요한 순간에 모두 어디로 사라진 건가). 16년 동안 자라면서 그녀는 수없이 교훈을 받고 세뇌를 받아 그렇게 하지 않을 수 있는 의지력이 있었다. 이야기 전개로 볼 때 그녀의 머리가 나쁘거나 교육이 잘못되었다고 볼 수밖에 없다. 혹자는 운명론이나 예정론을 들어 인간의지로 극복할 수 있는 한계가 있다고 변명하리라. 혹은 금지된 것에 대한 인간 본연의 호기심을 들어 정당화할지 모르겠다.

문제의 핵심은 단순하지 않다. 이들은 결국 한낱 주술에 무릎을 꿇는, 인간의 나약성을 시인한 셈이 되었다. 생각해 보라. 아무리 노력해도 마술에 일단 걸리면 헤어날 방법이 없다고 생각하는 의식이 우리 자녀들에게 미치는 결과를. 나쁜 주술이나 마술을 인간의 의지와 교육으로 깰 수 있다는 논리는 동심의 세계에 어울리지 않는 컨셉인가.

신데렐라도 같은 맥락이다. 그녀는 실현불가능한 꿈을 가졌다. 왕세자비를 뽑는 간택 파티에 자신도 갈 수 있다고 생각하게 된 근원은 무엇일까? 자신의 미모를 믿고 그러한 꿈을 꾸어봄직 하다고 생각했을까? 그 나라의 모든 처녀가 동경하는 장소니까, 모든 처녀가 초대받았으니까, 꿈 많은 처녀니까, 라는 이유는 너무나 단순하고 무책임한 전개다. 언젠가는 행복해지리라는 꿈을 잃지 않았기 때문이라 할 수 있을지 모르지만, 황폐한 그녀의 삶 속에서 그것만이 유일한 소망이었을지 모르지만, 현실적으로 본다면 너무나 허황되어서 오히려 불행을 자초할 여지가 있는 꿈이 아니었을까?

모든 것 접고라도 꿈이 현실이 되었을 때, 그것을 꼭 붙들 수 있는 분별력은 최소한 지녔어야 하지 않을까. 아무리 왕궁의 파티가 황홀하다 해도 미련하지 않은 바에야 자신의 신분과 처지를 일초인들 망각할 수 있는가. 그토록 중차대한 현안을 한순간인들 잊을 수 있을손가. 약속한 시간이 되면 적어도 상황이 어떻게 전개될 거라는 인식 정도는 있어야 했다. 그 정도의 머리는 있어야 나라의 국모가 될 수 있지 않겠는가.

아무려나 그렇게 갑자기 찾아온 행운은 불안하다. 물론 신데렐라는 마음씨가 미모 못지않게 착하고 고운 여성이지만, 왕자와의 대화 가운데 그녀가 마음의 미를 드러내어 왕자가 반했다는 구절은 한 군데도 없다. 그저 마술로 단장한 한 처녀의 신비로운 아름다움에 정신 나간 철없는 청년과 그 청년에게 반하여 신분과 약속도 망각해 버린 철부지 처녀가 있을 뿐이다.

나중에 왕궁의 관리들로 하여금 유리구두 한 짝을 들고 나라 곳곳을 뒤지게 만든 것은 일대 희극이다. 가련한 국가의 모습이다. 오늘날 그런 왕자가 있다고 생각해 보라. 나라를 망해 먹을 것이 분명하다. 그러니까 백설공주나 잠자는 미녀나 신데렐라에 반한 왕자들, 즉 그들의 부군들은 하나같이 아이큐가 평균도 안 되는 여성들을 미모만 보고서 왕비나 국모로 간택한, 비유티 신드롬에 빠진 남성들이다.

현실은 어떤가. 똑똑한 여성은 미모를 갖춘 여인이라 할지라도, 외양만 좇는 남성을 경계하고 경멸한다. 자신을 상품 취급하는 것에 대하여 오히려 불쾌하게 생각한다. 자기인식이 있는 남성이라면 아무리 외모가 출중하다 할지라도 자기 생명에 대한 기본적인 보호의식도 없을 만큼 미련한 여성을 배우자로 맞고 싶어 하지 않는다.

혹여 그런 사람들이 있다 할지라도 그들의 운명은 불 보듯 뻔한 것이다. 아름다운 미모는 그에 못지않은 아름다운 영혼을 바탕으로 지와 선이 갖추어져 있을 때 더욱 빛나고 오래 가는 법이다. 머릿속이 빈 깡통 같은 여성, 빈 화분 같은 여성과 오랜 세월 같이 산다는 것은 생각만 해도 얼마나 피곤한 일인가. 미모 하나 믿고 유아적인 상태에 머물러 성숙하려 애쓰지 않는 여인들과의 사랑은 애석하리만치, 의아하리만치 짧은 순간에 끝나는 것이다.

약간 다른 각도에서 다루어진 영화가 「더 비유티 엔드 더 비스트

(The Beauty and the Beast)」인데 여전히 서운함이 남는 영화다. 비유티 벨(Belle)은 비스트를 짐승의 모습 그대로 사랑하였다. 굳이 비스트를 미남 왕자로 변환시킬 필요가 있었을까. 그들은 여전히 행복할 수 있었을 것이다. 외모를 선택하지 않고 마음을 보았기 때문에 더블로 주어진 보너스라고 생각할 수도 있지만 비스트는 외모만 짐승이었을 뿐, 인간이었다. 따뜻한 마음과 매너를 지닌 무엇보다도 순수한 사랑을 주고 받아들일 줄 아는 인격자였다. 엄청난 재물도 지녔다. 선택이 그리 어려웠으리라 생각지 않는다. 비스트를 비스트의 모습 그대로 두었더라면 좀 더 감동적이지 않았을까. 아름다운 사람들보다는 차마 아름답다고 말할 수 없는 보통 사람들이 더 많은 이 세상이기에 많은 공감을 이끌어낼 수 있었을 것이다. 좀 더 숭고하고 절절한 사랑이야기가 되었을 것이다.

그런 면에서 일 년여 전에 유행했던 만화영화 「쉬렉(Shrek)」은 신선하다고 할 만하다. 진실하고 통쾌한 사랑을 보여 주었다. 영화를 만드는 자문위원 중에 인간의 심리를 꿰뚫어 보는 혜안을 가진 유능한 학자가 분명히 있었으리라. 아름다움에서 비롯된 권선징악형의 스토리에 신물이 난 사람들을 확실하게 달래 주었으니 말이다.

못생긴 괴물 쉬렉은 아름다운 피오나에게 반한다. 마술에 걸려 밤에는 추녀로 변하는 그녀의 실체를 알아내고도 그의 사랑은 오히려 깊어진다. 마술에서 풀려나서도 피오나는 끝내 추녀로 머물게 되지만, 모든 어려움을 극복하고 그들의 사랑은 열매를 맺는다.

이 영화는 사랑이란 미남 미녀들이나 누릴 수 있는 특권이라도 되는 양 여겨왔던 이제까지의 편견과 관습을 일순간에 해체시켜 버리는 통쾌함을 안겨 주었다. 추녀가 아름다운 사랑을 만나 행복하게 되는 결말은 미국식 고전만화영화에 익숙한 관객들에게 충격이었다. 잘 나지 못하여 늘 피해의식에 시달렸던 보통 사람들에게 남모를 안도감과 대리 만족을 느끼게 해 주었다. 미에 알러지를 일으키는 사람들을 위한 반항 작품이라 단정짓기에는 너무나 아름다운 영화다.

왜 미에 멀미가 날까. 미가 아닌 것이 미의 자리를 차지하여 사람들을 속이기 때문이다. 미란 알면 알수록, 시간이 흐를수록 더욱 고상해지고 깊어지고 넓어져야 하는 것 아닌가. 미가 식상할 수 있는 여지가 있는 것이라면 인류가 그토록 갈망하고 집착하지 않았을 것이다.

앞서 언급한 클래식 만화영화가 안고 있는 문제는 '미는 선하고 선은 미련하다'는 논리를 폄으로써 자가당착에 빠진 점이다. 미인은 모든 것을 용서받을 수 있는 특권을 부여받은 양, 아름다우면 만사가 능사인 양 심지어 죽음도 넉넉히 정복할 수 있다는 위험한 의식을 암암리에 주입시킨 점이다. 이미 세뇌가 되어버린 걸까. 그들의 공작은 성공하여 어느 누구도 그 문제에 대하여 트집잡지 않는다. 오랜 세월 동안 부조리한 이야기 전개에도 조금도 이의를 달지 않을 만큼 전 세계인의 의식을 왜곡시켜 놓았다. 이의를 단다면 동심도 모르는 인색한이라고 지탄을 받을 것이 틀림없다.

이러한 이야기들을 권선징악의 표본이나 꿈의 대상으로 여기면서 자라난 청년들이 어찌 방황하지 않겠는가. 그래서 이미 아름다운 여성들은 더욱 아름다워지려고 애쓰고, 아름답지 못한 여성들은 아름다워지는 것을 생의 목표로 삼는 것이다. 아름다워지기만 하면 세상을 모두 얻을 수 있다는 잘못된 꿈을 갖게 되는 것이다.

용모가 아름다운 사람은 마음씨도 좋다는 논리는 전근대적이다.

자신의 생명을 위협하는 왕비에게 문을 따주고 독이 든 사과를 받아 먹는 것, 약속시간을 지키지 못하여 모든 꿈이 물거품이 되기 직전 어둠 속에서 숨을 졸이며 요행을 바라는 것, 운명에 굴복하여 물레에 손가락을 찔리는 것을 선이라고 생각하는 것은 모순이다.

선이 그렇게 미련한 토대 위에 세워지는 것이라면 허약하기 짝이 없다. 선의 추구를 인생의 목표로 정하여 매진하는 사람을 모욕하는 것이다. 선은 강한 것이다. 어느 것과 타협하지 않아도, 아무 해석이 없어도, 선 그 자체로 설명이 충분할 만큼 독립적인 것이다. 선의 수행은 뜬구름처럼 허황하지 않다. 지혜롭지 못해서 화를 자초하는 것은 선과 거리가 멀다.

순종과 신뢰는 지혜이고 아름다움이다. 이 두 가지를 소홀히 다루어 불행해진다면 스스로의 책임이다. 우리를 감동하게 만들어 주었던 여성 주인공들, 한결같이 사랑하는 이들의 말을 듣지 않고 순종하지 못하여 스스로 화를 자초한 반항아들의 명예를 회복시킬 수 있는 성숙한 영화가 다시 만들어져야 한다.

세상은 만화가 아니다. 영화가 아니다. 세상은 만화나 영화처럼 호락호락하지 않다. 세상은 호의적이지도 악의적이지도 않다. 내가 고른 색으로 내가 원하는 그림을 그리는 것이다. 신도 간섭할 수 없는 자유의지를 지닌 나를 추하다, 혹은 아름답다는 이유로 세상이 나를 외면하거나 우대한다면 슬픈 일이다.

마음을 보는 세상, 그래서 선한 마음을 가꾸는 일에 애쓰는 세상이었으면 한다. 선과 악, 미와 추를 제대로 평가할 수 있는 눈을 가진 사람들이 많았으면 한다. 적어도 삶의 화폭에 백학 한 마리 그려 넣겠다고 마음먹은 사람들이라면 그래야 한다.

스펠링 비

　　몇 달 전, 8학년 딸아이가 스펠링 비(Spelling Bee) 학교 대표에 도전해 보겠노라고 했다. 기뻤다. 11학년 큰아이를 비롯하여 5학년 막내둥이까지 한 번도 스펠링 비 학급대표를 가리는 콘테스트에 나간 적이 없었다. 경쟁이 싫고 스트레스가 많다며 아예 경연에 나설 생각을 하지 않았다.

　　미국의 장외 교육 시스템 중, 상대 평가를 좋아하는 한국인의 정서에 잘 어울리는 것이 스펠링 비다. 예선, 준결승, 결승으로 학교대표를 선출, 지역 대회, 주 대회를 거쳐 전체 우승자를 가리고 우승자에게는 현금부상과 함께 나라의 수도를 순회할 수 있는 특전이 주어진다. 이 세상에서 만들어진 영어 단어는 모두 왼다는 목표를 정하고, 개인 교습은 물론이거니와 밤을 새워가며 대회를 준비하는데 당사자들인 학생들보다 학부모들이 더 열성이다. 중학생이라면 누구나 한 번쯤은 스펠링 비가 되는 꿈을 꾼다.

스펠링 비라는 단어가 미국적인 용어로 대중 속에 자리잡게 된 것은 1870년대라 한다. 올해 77회째를 맞는 내셔널 스펠링 비는 1925년 켄터키 주 루이스 빌에서 처음으로 시작, 세계 2차대전 기간 이외에는 중단 없이 진행되어 왔는데 해마다 성장하여 미국 내 가장 규모가 크고 장기간 운영되고 있는 교육 프로그램이 되었다. 오하이오 주 신시내티에 본부가 있고 미국과 유럽 등지에 240여 스폰서 단체를 거느리고 있다. 비(bee)는 열심히 일하는 꿀벌을 의미하기도 하지만 학자들은 선(善)과 양(良)을 의미하는 연결형 단어인 bene로부터 시작되었다고 주장한다. 학업성취를 통하여 자긍심과 자부심을 키워주고 미래 교육과 직업을 위한 견고한 토대를 구축, 지역 사회에 봉사하고 선을 끼치게 한다는 명분이다.

학교대항 결승에 나선 친구를 응원하고 싶다는 아이들과 함께 해마다 스펠링 비 경연장에 가곤 했는데 아이들보다 내가 더 그 시간을 즐겼다. 낱말이 하나하나 발음될 때마다 탈락자들이 단을 내려오고 남아 있는 숫자가 점점 줄어들 때마다 관중들은 손에 땀을 쥐었다. 치열하고 숨 막히는 긴장감과 속도감, 매번 발생하는 기상천외한 돌발사태, 팽팽한 경쟁의식을 일시에 와해시켜주는 유머와 여유가 있었다. 눈물과 웃음과 재치와 끼가 한데 어울려 맘껏 발산되는 곳이었다. 실수와 실력이 확연히 구분되고, 우연이나 행운이 당치 않다는 것을 보여주는 곳이었다. 우승한 아이에게 반하여 그 자리를 뜨지 못한 때도 있었다. 스펠링 비 경연장에 갈 때마다 미국이라는 나라는 이렇듯 낱말 하나하나를 세심하게 돌보는 애정으로 인하여 굳건히 선 것은 아닌가, 하는 마음이 들곤 했다.

오늘 아침, 학교 대표 결승이 있다며 딸아이가 말했다. "절친한 친

구 마가렛하고 둘만 남으면 제가 기권할래요." "왜?" "마가렛은 지난
해 학교 대표였어요. 학교대항 날짜를 잘못 알아서 실력 발휘할 기회
를 놓쳤죠. 이번에 그녀가 나가게 하고 싶어요. 그래야 공평하고 내
마음도 편할 것 같아요."

맙소사. 감정이 복잡했다. 참 좋은 생각이구나, 하는 마음과 바보,
지금까지 열심히 했으니 끝까지 하면 좋겠는데, 하는 두 마음이 마구
싸웠다. 다른 집 아이가 아니라 내 아이를 응원할 수 있는 유일한 기
회를 박탈당할 것을 생각하니 고운 마음씨를 칭찬하기가 쉽지 않았
다.

집을 나서는 딸아이를 바라보며 현 상태를 기뻐하기로 했다. 나도
한때 아이와 같은 마음으로 살았던 적이 있었다. 아이는 내 나이가
되어도 지금처럼 자신보다 남을 먼저 배려할 줄 아는 사람이 되기를
희망했다.

나는 왜 글을 쓰는가

나는 왜 문학을 하게 되었을까. 그 쓸쓸한 작업을 왜 하게 되었을까. 운명이라기보다는 쓸쓸해서라고밖에 말할 수 없다. 나는 쓸쓸한 때가 많았다. 그러면 가슴이 답답해졌다. 그런 때, 책의 세상으로 도망하곤 했다. 독서를 하다보면 온갖 시름이 접혔다. 책 속에 묻히면 세상이 조금도 무섭지 않았다. 글 속의 풍부한 서정에 빠져서 살을 에듯 절실했던 슬픔과 고통은 어느새 저만치 물러나 파스텔 톤이 되어 있곤 했다.

어느 날, 가슴속에서 분출되는 생각들을 억누를 수가 없어 글을 쓰기 시작했다. 머릿속에서, 마음속에서 와글거리는 생각을 쏟아놓지 않으면 미치고 말 것 같았다. 글을 쓰면서 괴로운 적이 많았다. 뭔가 명확한 표현이 있을 법한데 생각나지 않을 때, 번개처럼 스쳐 지나간 영감과 느낌을 족집게처럼 집어주는 단어가 생각나지 않을 때, 불행했다. 나중에야 그 이유를 알게 되었다. 나의 사고가 부정확했기 때문이라는 것을.

간결하고 명료하게 쓰고 싶었다. 가장 적은 단어로 가장 절실한 의미를 전달하고 싶었다. 간결한 문장에 대한 집착이 참 유난했다. 기교적이고 화려한 글보다는 어떻게 하면 정확하게 표현할까, 고민했다. 격조 있는 문장에 대한 갈증은 수시로 절망에 빠지게 했다.

사람들은 책을 읽을 때 머릿속에서 문장을 발음한다는 말을 듣고 놀란 적이 있다. 리듬을 고려해야 한다는 말을 듣고 그가 시인이기 때문이라 생각했다. 오랜 후에, 리듬은 올바른 어순과 글의 구성에 있다는 사실을 알게 되었다.

외로움을 감추기 위하여 사람들과 어울리고 싶지 않았다. 외롭고 슬프더라도 차라리 혼자 있는 것을 선택했다. 그런 나에게 글처럼 만만한 것도 없다고 생각했던 것은 큰 오산이었다. 문학은 어지럽고 복잡한 유기체였다. 문학의 세계에 들어서려면 모든 희망과 허영을 포기해야 한다는 말은 적절한 충고였다.

시인 김영철 님이 말했던가. 자신의 사랑은 여전히 쑥스럽다고. 나는 여전히 글쓰기가 쑥스럽다. 그래도 쓸 수밖에 없다. 나를 표현할 수 있는 방법이 글밖에는 없다. 이기적이지만 다른 사람을 위해 글을 쓰지 않는다. 나를 위해 쓴다. 나를 살리기 위해서 쓴다. 외로워서 쓴다. 밤바다에 떠있는 섬처럼 느껴질 때 나는 외로웠던 영혼이 쓴 명상록들을 읽으며 '동감합니다' '당신이 옳습니다'를 쓰는 것이다.

초라하고 갇힌 느낌이 드는 내 글이 답답할 때가 많다. 버릴 수도 없다. 내 모습이므로. 나의 삶처럼 내 글도 흐릿하지만 후회는 하지 않는다. 내 글에 싫증이 날 때마다 글쓰는 사람은 자신의 작품을 멸시하지 않는 마음가짐을 갖는 것이 중요하다는 앙드레 모로아의 충고를 생각한다. 숙련된 문장을 위한 길이 험난하고 요원하다 해도 앞으로 나아가는 길 이외에는 다른 선택이 없다.

나는 왜 글을 쓰는가. 외로워서 쓴다. 외로워지면 오기가 난다. 세상을 이길 수 없다고 느낄 때마다 더 처절하게 살아야지, 결심하게 된다. 그래서 쓴다. 오기로 쓴다. 글이 사나워져도 할 수 없다. 남이 아니라 나를 위해서 쓰는 글이기에 눈치보지 않는다. 예술가나 작가를 창작에 매달리게 하는 주된 원인 중의 하나는 버려진 감정, 불안에 저항하는 반동의식이라고 시몬느 드 보봐르는 말했다. 나의 의식을 대변해 준 이 한 구절만으로도 그녀에게 찬사를 보내고 싶다.

실험 문학이 한창이다. 문학은 이제 시와 그림과 음악과 율동이 한데 어우러진 종합예술이 되어가고 있다. 내가 쓰는 수필도 예외가 아니다. 오래 전부터 퓨전 수필과 마당 수필이 시험되어 자리를 잡고 있고 있다.

나는 순수 문학에 머무를 것이다. 그림이 없어도, 시가 없어도, 그래서 읽어주는 이 적어도, 다른 장르의 예술의 도움을 받지 않는 독립된 글을 쓸 것이다.

나의 글은 문학이 지닌 고유의 속성을 깨끗하게 유지할 수 있도록 하고 싶다. 변명하고 싶을 때, 글이라는 수단을 이용하지 않을 것이다. 문장으로 나를 변명하는 것은 비굴한 짓이라고 생각한다. 어눌한 말로 싸우거나 혹은 침묵할 것이다. 글로 사람을 호리거나 글로 이득을 추구하지 않을 것이다. 나의 글은 그냥 순수한 글 자체로 남아 있게 하고 싶다.

나는 최후까지 글을 쓸 것이다. 글로 인하여 더욱 외로워진다 해도 쓸 것이다.

출판기념회를 마치고

지난 3월 6일, 첫 수필집을 발간하고 출판기념회라는 이름으로 조촐한 자리를 마련하여 문단의 어른들과 문인들에게 인사를 드렸다. 출판기념회를 치르겠다고 결정한 순간부터 불안한 시간들을 보냈다. 맞지 않은 남의 옷을 입은 듯하여 어디론가 도망가 버리고 싶은 때가 많았다. 그런데 그 순간들도 훌쩍 지나 이제 과거가 되었다.

지나고 보니 출판기념회를 가진 것이 오히려 잘 되었다는 생각이 든다. 많은 것을 배우고 깨닫게 되었다. 그 동안 책을 내고 출판기념회를 하신 분들에게는 과거 나의 무성의했던 행동이 너무나 죄스러웠는데, 이번 기회가 아니었다면 결코 배우지 못할 뻔했다. 뿌린 대로 거둔다는 말을 실감한 시간들이었고, 뿌리지 않아도 은혜를 입을 수 있다는 것을 알게 해준 계기가 되었다. 인사도 잘 드리지 못했던 선배 문인들이 많이 와주시고 기대치 않았던 많은 분들이 오서서 축하와 격려를 해주었다. 한 분 한 분이 참으로 소중했다. 울타리가 되어 준 문단의 소중함과 아름다움을 다시 한 번 체험하게 된 좋은 기회였다.

나는 평소에 출판기념회에 대하여 그다지 호감을 느끼지 못했다. 일과성적인 퍼포먼스 같았기 때문이었다. 연예인도 아닌데 여러 사람들에게 둘러싸여 수 시간 동안 집중적으로 스포트라이트를 받는 것은 자기 자신과의 끊임없는 싸움을 통해 다함이 없는 성장과 성숙을 추구하는 글쓰기 작업 성향과는 너무나 맞지 않다는 인상이 들었기 때문이었다. 무책임한 칭찬의 난무가 장본인은 물론이고 참석자들조차 피곤하고 어색하게 만들어 그 후유증이 만만치 않으리라는 생각이었다. 그렇게 어설픈 자리는 가급적 피해야 한다고 생각했었다. 작가는 오직 글로써 얘기해야 한다고 생각했었다. 조직과 질서의 덕성을 이해하지 못한데서 빚어진 오류였다.

많은 분들이 헌신적으로 도와주셨다. 미주 크리스찬 문협 이승희 회장님이 배너와 호텔 예약, 음식 등 일체를 맡아주셨다. 맨 처음 수필집을 묶을 수 있도록 독려해 주신 김영중 선생님은 수시로 전화해서 마음을 다독여 주셨다. 못난 원고를 한국으로 가져가 출판사와 계약을 해 주시고 책을 만드는 과정에 많은 조언과 격려를 주신 시인 송순태 선생님은 예쁜 초대장과 프로그램을 손수 디자인하여 만들어 주셨다. 초대장이 나가자 여러 문인들이 따뜻한 카드와 전화, 격려금을 보내 주셨다.

등단하신 분들이 성의를 다하여 순서를 아름답게 만들어 주셨다. 현숙 씨, 영라 씨, 김해용 선생님과 유숙자 선생님 등 동료 문인들이 진심을 다하여 프로그램을 맡아 주셨다. 나는 문단 선배들의 사랑과 동료 문인들의 우정에 깊은 감사를 느꼈다. 출판기념회의 막이 내리고 모든 분들이 돌아간 뒷자리, 친구 몇몇이 남아 자리를 정돈해 주었다. 고마웠다. 늦은 밤, 홀로 집에 돌아오는 길이 쓸쓸했다. 인사말에서 허둥지둥 "감사합니다"만 연발하고 내려온 것이 영 마음에 걸렸다. 나는 미처 다하지 못했던 저자 인사말을 허공을 향해 혼자서 했다.

"글을 쓰는 분들은 더욱 정진하여 좋은 글을 많이 쓰시기를 원합니다. 건필과 문운을 기원합니다. 이 세상의 추위를 녹이는 따뜻한 불씨들이 되시기를 원합니다. 이 미주 문단이 한국과 세계 문단의 교량 역할을 넉넉히 해내고 한국 문단 뿐 아니라 세계 문단의 인정과 주목을 받을 수 있었으면 좋겠습니다. 그것은 또 이 미주 문단의 사명이라고 생각합니다. 앞으로 더 열심히 공부해서 좋은 글, 부끄럽지 않은 글을 씀으로 미주 문단의 발전을 위해 힘쓰겠습니다. 앞으로 저에게 보내진 출판기념회 초대장은 허술히 다루지 않겠습니다."

올바르게 문학을 하겠다고 마음먹었다. 나의 문학에 필요한 핵심을 간파한 시인 송순태 선생님의 말씀이 울림이 되어 나왔다. "신의 의지에 순종하고자 하는 신앙과 인본주의 꽃인 문학은 언뜻 양립하기 어려운 적대관계인 것처럼 보이지만 창작자의 성숙도에 따라 얼마든지 아름다운 조화를 이룰 수 있으며 그 조화를 통해 오랜 생명력을 지닌 아름다운 신앙과 문학이 탄생할 수 있습니다."

생각할수록 귀한 말씀이었다. 신앙과 예술이 잘 조화된 글, 그것은 나의 문학에 있어서 평생의 목표이자 화두가 될 것이다.

3.

오늘 하루의 무게

고난을 바라보는 눈

성경을 읽노라면 신구약을 무론하고 유난히 자주 만나는 어구가 하나 있다. "It came to pass(고난은 지나가기 위하여 온다)." 힘들고 고통스러운 사건이 발생하기 직전, 문맥의 서두나 전환에 반드시 등장하는 문장이다. 보통 "Some time later(이 일 후에)"라고 번역이 되어 있지만 "It came to pass."가 원본에 가까운 해석이라 한다.

처음 이 문장을 만났을 때 얼마나 마음에 콱, 와 닿았던지 먹먹한 가슴에 통증마저 일었다. 오랜 기간 동안 아프고 긴장되어 있던 심신이 일시에 풀리는 느낌이었다. 네 마음 다 알고 있단다, 다독이는 것 같았다. 평범한 어구 하나에 이리도 큰 위로를 받을 수 있다는 사실이 놀라웠다. 그 뒤 힘들다고 느껴질 때마다, 외롭다고 느껴질 때마다, 스스로에게 주문을 걸듯 입 속으로 가만히 소리 내어 발음해 보곤 한다.

It는 고통, 어려움, 질병, 고난 등 모든 부정적인 이미지에 적용할 수 있는 대명사다. 사람마다 삶의 내용과 농도가 다르지만 어려운 시기가 때때로 닥치는 것은 누구에게나 공통적이다. 경제적인 것이든 심리적인 것이든, 그때마다 절실하고 순수한 고통이 된다.

"It came to pass." 사건은 아직 시작되지도 않았는데, 끝나지도 않았는데, 과거형태를 취하여 서두에 미리 언급되어 있다. 사건이 어떻게 전개되든, 결국 승리로 끝난다는 것을 암시해 주고 있다. 인류가 아무리 엄청난 일을 저지른다 해도, 이미 용서되었음을 전제하고 있다. 아직도 여전히 사랑받는 존재임을 잊지 말라는 강한 메시지가 내포되어 있다. 아들이 아비의 침상에 올라 어미된 자와 놀아난다 해도, 며느리가 시아버지의 아이를 낳는다 해도, 놀라지 말라. 이미 용서되었느니라. 너는 안전하니라.

아무리 힘든 일이라 할지라도 이미 지나간 과거는 일단 한숨을 돌리게 만든다. 가벼운 전율까지 느끼며 어떻게 그 힘든 고비를 넘겼을까, 스스로 대견스러워 한다. 현존은 고난과 싸워 이긴 자들의 특권이다. 아무리 과거가 힘들었다 할지라도 이미 그 고난을 극복해내었다는 복선이 내재되어 있다. 과거를 반추함은 삶의 마디가 되는 굴곡을 헤쳐 나와 현재라는 시간 속에서 멀리 보이는 미래를 바라볼 수 있는 위치에 있음을 의미한다. 그러니까 당신과 나, 이 시간 존재하고 있는 모든 생명들은 과거 언젠가 닥쳐왔던 고난들을 이겨낸 승리자들이다.

처음 이 말씀을 소개해 주신 분은 해석까지 멋지게 해 주셨다. 그것은 어둡고 캄캄한 터널 한가운데에서 멀리 터널 끝 가느다란 한 점 빛을 바라보는 것이라고. 희망과 용기를 지니고 그 빛을 향해 걸어가는 것이라고. 그래서 언젠가는 그 빛 한가운데에 서고야 마는 것이라고.

하늘 문이 닫힌 것 같은 고난 중에 있을 때 미래를 바라보는 것은 현재를 과거로 만드는 일이다. 고난 속에서 미래를 바라보는 것은 승리를 미리 맛보는 것이다. 어둠 속에 있을 때, 어둠 속에 있다고 주저앉지 않는다면 반드시 빛을 발견하게 된다.

고난은 지나가기 마련이다. 고통은 지나가고야 만다. 그것은 머무르지 않는다. 모든 힘든 일은 지나가기 위하여 존재한다. 어둠 속에 처했을 때 우리가 할 수 있는 유일한 일은 빛 가운데 있는 자신을 바라보는 것이다. 그렇게 믿는 것이다.

왜 고난이 닥치는가. 삶의 깊은 의미를 맛보기 위함이다. 타인이 흉내낼 수 없는 깊이 있는 인생을 향유하기 위해서다. 역경을 이겨낸 자만이 진정 인생의 단맛을 안다. 고난 속에서도 기뻐해야 할 이유가 여기에 있다.

참된 성공

한국에서는 쌍기역 4개가 있어야 성공한다고 한다. 꿈, 깡, 끈기, 끈. 어찌 한국에만 국한된 개념일까. 인간사회 어디서나 필요한 기본 정서요, 조건들이다.

꿈의 중요성은 아무리 강조해도 넘치지 않는다. 사람의 무게는 꿈의 무게, 사람의 크기는 꿈의 크기, 사람의 가치는 꿈의 가치에 따라 결정된다 했거늘, 꿈은 바로 그 사람이다. 사람의 됨됨이를 재는 척도다.

깡과 끈기는 같은 의미로 해석해도 무방할 것이다. 뒤돌아보거나 곁눈 팔지 않고 목표를 향해 내닫는 신념이 필요하다. 때때로 흔들리겠지만 꺾이지 않아야 한다. 때때로 고집으로 비칠 수 있겠지만, 느리고 부족해 보일 수 있겠지만, 확신을 붙잡고 전진할 때 어느새 자신이 원하던 고지에 다다랐다는 것을 깨닫게 되는 것이다.

끈에 대한 편견은 정당하지 않다. 아무에게나 끈의 효용가치가 통하는 것은 아니다. 무능한 자에게 주어진 화려한 끈은 재앙이요 무용지물이다. 자격과 능력을 갖춘 자만이 끈을 올바르게 활용하고 소화시킬 수 있다. 타인으로 하여금 자신의 든든한 끈과 배경이 되도록 하기 위해서는 자신이 먼저 타인의 훌륭한 배경이 되어줄 수 있을 만큼 갖추어져 있어야 한다. 좋은 인연을 만나려면 자신이 먼저 타인에게 좋은 인연이 되어야 한다. 인간관계를 넉넉하게 발전시키고 성장시킬 수 있는 사람이 성공하는 것은 당연한 귀결이다.

참된 성공을 아름답게 묘사한 사람이 있다. 랠프 에머슨이다. "자주 그리고 많이 웃는 것, 현명한 이에게 존경을 받고 아이들에게서 사랑을 받는 것, 정직한 비평가의 찬사를 듣고 친구의 배반을 참아내는 것, 아름다움을 식별할 줄 알며 다른 사람에게서 최선의 것을 발견하는 것, 건강한 아이를 낳든 한 뙈기의 정원을 가꾸든 사회 환경을 개선하든 자기가 태어나기 전보다 세상을 조금이라도 살기 좋은 곳으로 만들어 놓고 떠나는 것, 자신이 한때 이곳에 살았음으로 해서 단 한 사람의 인생이라도 행복해지는 것, 이것이 진정한 성공이다."

아름답다. 성공의 정의와 공식이 모두 들어 있다. 이 세상의 허무를 견딜 만한 적당한 이상주의와 이 땅에서 생명을 누리는 자가 예의로 갖추어야 할 현실감각이 알맞게 조화되어 있다. 행간을 읽노라면 성공이 결코 쉽게 얻어지거나 아름답게 즐기는 것만이 아님을 대번에 알 수 있다.

고통 중에 있을 때 유머감각을 잃지 않고 자주 웃을 수 있으려면 깊은 수양이 있어야 한다. 현명한 이에게 존경을 받으려면 현명한 사람 이상이 되어야 한다. 어린아이에게 사랑을 받으려면 어린이만큼 순수해야 한다. 친구의 배반을 참아내는 일, 커뮤니티를 조금이라도 살기 좋은 곳으로 만드는 일은 단순하거나 쉬운 일이 아니다. 눈물과 땀이 요구된다. 자신으로 인하여 단 한 사람이라도 행복해지기를 소망하는 것은 소박하면서도 아름다운 꿈이다.

흔히 성공을 위해서는 집중적인 주의력, 엄밀성, 신중과 대담성이 필요하다고 말한다. 벅차다. 쉽고 간단하게 성공할 수 있는 지침은 없을까. 아! 있다. 앙드레 모로아가 80평생을 산 후에 얻은 결론이다. "최소한의 것을 선택하여 완벽하고 철저하게 하라. 그 분야에서 최고가 될 수 있다."

무엇이 성공인가. 왜 성공하고 싶은가. 성공은 목적이 될 수 없다. 자기 자신과의 중단 없는 싸움과 극기의 과정 속에 절로 얻어지는 선물이다. 참된 성공은 나도 살고 타인도 함께 사는 것이다. 내가 성공하기 위해서 누군가가 마음이 아프고 실패해야 한다면 아름다운 성공이라 할 수 없다.

주변을 돌아보면 모든 사물이 말한다. 당신은 성공할 수 있어요. 타인을 향해 조금만 더 미소를 보여 준다면, 길거리에 흩어진 쓰레기 하나 줍는다면, 무숙자에게 깨끗한 지폐 한 장 건네준다면.

하루하루의 승리와 성공이 쌓여 언젠가 큰 성공이 될 것이다. 그 성공을 향한 노력은 오늘 시작해도 늦지 않다.

오늘 하루의 무게

"Yesterday is History. Tomorrow is a Mystery. Today is a Gift: That's why it's called the Present!"

어제는 역사, 내일은 미스터리, 오늘은 선물. 4주째 실습 중인 정신병동의 다이닝룸 칠판에 적혀 있는 글귀다. 세상의 온갖 번잡함이 사라지고 평안이 밀려온다. 어제와 오늘과 내일이 합세한 위력에 압도되지 말고 조금씩 살라고 다독이는 것 같다. 천천히, 한번에 하나씩 하라고 타이르는 것 같다.

지난 한 달 동안 정신질환을 앓는 사람들과 함께 대화하고 활동하면서 이론과 지식으로는 결코 해석할 수 없는 감동을 경험하고 영감을 얻었다. 그들은 이 세상의 오류와 부조리에 어울리지 않는 사람들이었다. 사회를 어떻게 해석해야 할지 몰라 방황하는 사람들이었다. 제정신으로는 견딜 수가 없어 깊은 우울증에 빠지거나 정신을 놓아버린 사람들이었다. 정상적이지 못한 가정에서 자라나 절망과 분노와 피해의식이 뿌리 깊은 사람들이었다. 내면의 바닥까지 송두리째 훤하게 드러내고 자신의 정서를 진실하고 담담하게 얘기할 만큼 순수하고 여린 영혼들이었다. 그들이 정신질환을 앓는 것은 살고자 하는 간절한 몸짓이었다. 미치지 않으면 죽을 수밖에 없으므로.

이제까지 망쳐버린 삶을 어찌 해야 하느냐고 발을 동동 구르는 D, 세상이 무섭다며 고개를 내젓는 R, 너무 외로워서 누군가가 자신을 사랑해 줄 사람이 있었으면 좋겠다며 엉엉 우는 L, 엄마에게 극심한 학대를 받는 동안 따뜻이 감싸준 아버지가 좋아서 남자가 되기로 결심했다는 가녀린 모습의 성 전환자 J, 영혼은 늘 여자였다며 여자로 사는 것은 쉽지 않지만 여자가 된 것을 후회하지 않는다는 K, 아버지를 엄마를 아내를 자식을 죽이라 끊임없이 명령하는 환청과 온갖 추악한 환각에 시달리며 순간순간 자살충동에 이끌리는 S와 N.

이렇게 살아서는 안 되겠다 결심하고, 죽고 싶지만 살고 싶어서, 대부분 제발로 걸어 들어온 사람들. 마약과 알코올과 담배의 금단현상에 울부짖으며 오늘을 견디는 사람들. 정신병에 겹쳐 각종 질병으로 심신이 괴로운 사람들. 태반이 HIV 양성 환자들로서 공포와 분노를 다스리느라 바쁜 사람들. 게이라고 레즈비언이라고 단호히 쳐내는 사회와 혈육을 여전히 그리워하는 사람들. 퇴원을 해도 갈 곳이 없는 그들. 퇴원 후의 목표에 대하여 얘기하다가 울어버리는 사람들. 그들은 거리로 내몰려 떠돌다가 어느 날 다시 이곳에 들어오리라. 병명이 하나 둘 더 추가되어.

그들은 우리가 염증을 느껴 벗어나고 싶어하는 이 사회에 속하고자 발버둥친다. 인정받고 이해받고 싶어한다. 자신과 동격이 아니면 추호의 망설임도 없이 냉담한 시선으로 쳐내며 일말의 가책도 느끼지 않는 사회. 아버지가, 오빠가, 엄마가 성폭행을 하는 사회. 그들은 오늘도 그 사회로의 복귀를 꿈꾸며 상처 난 몸과 마음을 달랜다. 자신을 사랑하는 방법을 배운다. 이들에게 오늘은 어제의 연장이 아니다. 순간순간이 절실한 미래요 꿈이다.

"오늘 당신의 목표는 무엇입니까?" 환자들에게 던졌던 그룹 테라피(Group Therapy) 인도자의 질문이 정곡을 찌른다. 오늘, 나의 목표는 무엇일까? 선물로 주어진 오늘, 아름다운 역사가 되고 희망 찬 내일의 거름이 될 오늘, 어떻게 살까. 쓰라린 어제도, 속임수로 가득한 미스터리의 내일도 오늘을 방해할 수 없으리라. 내가 숨쉬고 있는 이 순간만큼은 내 것인 것이다.

방금 선물로 도착한 오늘이 참 아름답다.

세 가지 후회

임종 때 사람은 세 가지를 후회한다고 한다. 왜 좀 더 베풀지 못했던가, 왜 좀 더 행복하게 살지 못했던가, 왜 좀 더 인내하지 못했던가. 언뜻 쉬운 일 같지만 많은 이들이 인생의 정신적인 완숙기에 이르러 육신이 약해 넘어지면서 아차, 하고 무릎을 치는 항목이고 보면 보통 사람들에게는 쉽지 않은 도전임에 틀림없다. 그러나 지금이라도 깨닫고 조금씩 실천해 나간다면 나중에 조금이나마 후회의 폭을 줄일 수 있지 않을까.

우리는 흔히 베풀기 위해서는 내가 남에게 줄 만한 무엇인가를 소유해야 하고 그 소유를 물질적인 것에 한정시킬 위험이 있다. 그러나 베푸는 일에 아무런 조건이 따르지 않은 것을 보면 그 소유가 물질적인 것이 아님이 분명하다. 물질보다 더 귀한 마음을 줄 수 있기 때문이다. 어쩌면 물질보다 마음을 주는 일이 더 힘들지 않을까.

상대방을 향한 이해와 용서와 긍휼과 봉사는 베풀고 나누는 일에 빠뜨릴 수 없는 중요한 요소이다. 나누는 일은 자신의 처지에 대하여 감사하고 타인에 대한 애정을 지닐 때만이 표현되는 것으로 삶을 영위하는 동안 끊임없이 실천해야 할 명제이다. 내게 주어진 감사의 조건을 찾을 수 있는 길이기 때문이다.

따뜻하고 애정 어린 관심에서 비롯된 칭찬은 깊이 있는 나눔이다. 우리 인간은 칭찬을 먹고사는 존재들로서 칭찬은 주는 자와 받는 자 모두를 행복하게 만들어 준다. 그런데 우리는 왜 그리도 칭찬에 인색할까. 충고 못지않게 신중해야 하기 때문이기도 하고 진정에서 우러나지 않은 겉치레 칭찬일 경우 오히려 모욕감을 줄 수 있기 때문일 것이다. 질투도 한 몫 하리라. 질투에서 벗어날 수 있는 길은 자부심을 기르는 것이다. 타인이 나를 어떻게 평가하든 내가 나를 있는 그대로 받아들이고 인정하는 자부심을 지닌다면 상대적인 자존심에 목숨을 걸지 않고 스스로 당당하고 떳떳하다. 상대방도 있는 그대로의 모습대로 기꺼이 인정해 줄 수 있는 아량을 지니게 된다.

행복의 조건이 외면적인 것이 아님은 확실하다. 온갖 종류의 부와 외적인 명예를 지닌 사람 모두가 행복하다고 말하지 않기 때문이다. 기실 행복이란 내면에서 우러난 자율성을 바탕으로 만들어진 것이다. 타인이나 환경에서 비롯된 것이 아니라 자신의 내부에서 생성된 의식으로 모든 것을 감사하게 받아들일 줄 아는 자만이 소유할 수 있는 것이다. 고통과 어려움을 겪은 자만이 진정한 의미의 행복을 느낄 수 있다는 방식을 도입해 보면 고통과 어려움이 불행만은 아님을 알 수 있다. 행복이란 불행한 일의 모든 경험이라고 카잔차키스는 말하지 않았던가. 행복은 어느 조건 아래서도 침범 당하지 않는다는 것을 시사해 준다. 행복이란 주인의 고통을 먹고 자라난 꽃으로서 훔칠 수도 살 수도 없는, 철저히 개인적인 것이다.

인내, 남에게 베풀고 스스로 행복을 느끼는 것보다도 더 어려운 것이 인내 아닐까. 이것은 멀리 임종시까지 기다릴 필요도 없이 날마다 수시로 피부로 느끼고 후회하는 항목이 아닌가 싶다. 우리는 어제, 아니 오늘 아침, 아니 방금 전, 참지 못한 것에 대하여 얼마나 후회하는가. 오죽하면 인내는 참지 못할 것을 참는 것이라고 공자는 말했을까.

우리는 남모르는 타인에게보다는 가깝고도 사랑하는 이들에게 인내를 실천하지 못하는 경우가 허다하다. 화를 참지 못하고 불쑥 뱉어버린 한마디 말로 상대방에게 상처를 입힌다. 그리고 기왕 꺼낸 말, 마지막 남은 한마디조차 쥐어짜서 상대방의 가슴에 비수를 꽂아야만 속이 시원해지면서 내 상처가 가시는 것 같고 승리를 쟁취한 것 같은 기분이 든다. 그 잘못된 생각과 습관이 조급하게 만들고 인내하지 못하게 만드는 것이다.

인내하는 사람은 바라는 바 무엇이든 손에 넣을 수 있다고 했던 프랭클린의 말을 되새겨 보아야 하리라. 미련하고 교만한 자는 입으로 매를 자청하고 지혜로운 자는 입술로 스스로를 보전한다는 성경 구절은 따끔한 일침이 아닐 수 없다. 노하기를 더디 하고 자기의 마음을 다스리는 자는 모든 시비를 그치게 하는 자로서 성을 빼앗는 용사보다 낫다 하지 않았는가.

어떻게 하면 베푸는 삶, 인내하는 삶을 소유할 수 있을까. 임종 때, 어떻게 하면 나는 기쁘고 행복하게 잘 살아서 행복하다라고 말할 수 있을까. 어려운 명제임이 확실하다. 그렇지만 포기해서는 안 될 일, 끊임없이 수련하고 연마하는 길 이외에는 다른 선택이 없다. 타인을

위한 것이라기보다는 나 자신의 행복을 위한 길이기 때문이다. 한 사
람 때문에 한 공동체가 몸살을 앓을 수도 있고 한 사람 때문에 그 공
동체가 복을 받을 수도 있다는 논리를 인정한다면, 대답은 명확해진
다. 나는 아름다운 공동체가 필요하므로. 아름다운 그 공동체 안에서
외로워지지 않으려면 그 길밖에 없으므로.

스티븐 호킹의 비애

스티븐 호킹 박사. 블랙홀의 비밀을 밝힌 증발이론으로 유명한 영국의 천체 물리학자이자 케임브리지대학 교수. 그의 가정사가 언론을 타면서 던지는 충격이 크다.

지난 수년간, 그는 손목이 부러지거나 목과 얼굴이 칼에 베이고 온몸에 멍이 드는 등 잦은 부상으로 병원 치료를 받아왔다. 1995년 자신을 돌보아왔던 간호사 출신 일레인과 재혼한 그가 부인으로부터 상습적인 폭언과 폭행을 당하고 있다는 여러 사람의 증언이 터져 나와 영국 경찰이 본격 수사에 나선 것이다.

옥스포드 대학의 물리학도로서 클래식 음악과 공상과학을 좋아하고 꿈이 많았던 그는 루게릭병으로 1, 2년밖에 살지 못한다는 선고를 받았다. 21세였다. 근육을 움직이는 운동신경 세포가 서서히 파괴되면서 온몸이 마비되는 진행성 신경근육 질환의 일종인 루게릭병은 미치 앨범의 『모리와 함께 한 화요일』로 인해 낯설지 않은 병이다.

올해 62세인 그는 두 손가락 외에 전신마비 상태지만 오늘까지 살아 있다.

"일레인과 나는 서로 사랑한다"며 항변하는 호킹. 자신의 목숨이 연장되고 있는 것은 전적으로 그녀 덕분이라며 그를 둘러싼 의문의 폭행사건들을 전면 부인하거나 침묵으로 일관하고 있는 그의 저의가 무엇인지 궁금하기도 하다. 지금까지 이룬 업적으로 볼 때 일레인이 아니더라도 그를 돌보겠다고 나설 전문 간호인들이 얼마든지 있을 터이기 때문이다. '서로 사랑한다'는 말의 무게를 생각해 보았다. 사실만 전할 뿐 논평을 보류하고 있는 조심스런 언론의 태도를 대하면서 새삼 호킹 부부의 마음을 생각해 보았다.

호킹의 부인은 너무나 유명한 남편을 간병하는 일에 그만 심신이 고달프고 지쳤는지도 모른다. 남편에게 쏟아지는 세상의 관심에 반하여 어느 누구의 관심이나 위로도 받지 못하는 그녀에게는 표현 못할 고통이 있었을지도 모른다. 올해 53세인 그녀는 어쩌면 중년기 장애를 심하게 겪고 있는지도 모른다. 전문가들은 그녀가 어린아나 중환자를 돌보는 간병인이 주변의 이목을 끌고자 환자에게 상처를 입히는 '먼초전 신드롬(Munchausen Syndrome by Proxy)'이라는 희귀 정신질환을 앓고 있을 가능성이 높은 것으로 보는데, 가능한 해석이다.

때때로 달려드는 삶의 외로움과 고달픔으로 힘들 때, 부드럽게 위로해 주는 배우자의 낮은 목소리, 가볍게 등을 어루만져 주는 그의 손길 한 번은 모든 수고와 피로를 넉넉히 덮어준다. 일레인은 남편의 현실을 인정하면서도 한편으로 표현할 수 없는 갈증과 갈등으로 괴롭고 외로웠을 수 있다. 호킹은 헌신적이고 고마운 아내에게 그러한 사랑을 능동적으로 표현하지 못함으로써 죄의식과 비애를 느낄 수 있다. 아내의 폭력을 견디는 것이 그나마 자신이 채워주지 못하는 부분을 보상하는 방법이라고 생각할 수 있다. 아니, 그들은 어쩌면 사실적인 과학자의 대명사격인 호킹이 선언한 대로 깊은 사랑의 유대로 묶여져 있는지 모른다. 호킹은 이 시대의 살아있는 자존심이다. 그같은 인물은 그리 쉽게 나타나지 않는다. 그러나 그의 가정의 내면의 진실을 알지 못하면서 명사 신드롬에서 비롯된 무조건적이고 일방적인 편애나 편견, 혹은 편 가르기는 금물이다. 세계적인 석학이자 인류의 재산인 호킹이 아내에게 폭행을 당한다는 사실에 일차적인 반사작용이나 호기심을 보이는 것은 성급한 자세다.

부부 문제는 부부가 가장 잘 안다. 그들의 고통은 오직 둘만의 몫이다. 진정한 애정에서 비롯되지 않은 충고나 비난은 공허한 메아리일 뿐이다. 호킹과 그의 아내가 누려야 할 가정의 신성 불가침한 권리를 보호해 주는 자세가 필요하다. 한 인간이 느끼고 고통 하는 세계를 인정해 주고 잠잠히 지켜보아 주는 것이 동시대를 살아가는 사람으로서의 예의일 것이다.

두 사람 모두에게 동정이 간다. 어차피 언론에 노출된 이 기회를 호기로 삼아 일레인이 마음의 상처를 치유 받고 새로워진 사랑으로 호킹의 곁을 끝까지 지킴으로 지구촌에 사는 사람들에게 감동을 선사해 주기를 원한다. 그들의 사랑이 계속 진행될 수 있기를, 그래서 호킹 박사가 자신이 지닌 천재성을 맘껏 발휘하여 인류 발전에 큰 몫을 감당할 수 있기를 희망한다.

펭귄 아빠를 위한 찬가

미스터 펭귄.

몇 년 전, '신비한 동물의 세계'에 관한 자료 수집을 위해 도서관에 갔다가 당신을 알게 된 뒤부터 나는 당신을 존경하게 되었지요. 일 년의 중심 6월에 가정의 중심 아버지의 날을 맞아 당신의 삶을 재조명해 봅니다. 당신이 주는 실물 교훈을 통하여 이 땅의 모든 인간 아버지들이 위로와 영감을 얻기 원합니다.

당신은 매년 짝짓는 시기가 되면 지난해 연인을 만났던 장소를 찾아갑니다. 당신은 언제나 먼저 도착하여 그녀를 기다리죠. 지난 2년 동안 당신은 똑같은 배우자를 맞이했습니다. 행운이었지요. 몇몇 당신 친구의 연인들은 멋진 새 남성에게 홀딱 반하여 새살림을 차렸잖아요. 당신은 올해도 그녀가 나타나기를 간절히 기원하면서 발길을 재촉합니다.

당신은 운이 좋군요. 그녀가 도착했습니다. 한 달간의 밀월 기간이 순간에 지나갑니다. 마침내 수정이 이루어지고, 5월경 미세스 펭귄은 한 개의 알을 낳지요. 산란하자마자 그녀는 먹이를 찾아 떠납니다. 당신을 만난 이후, 6주 동안 아무 것도 먹지 않아—당신도 마찬가지이긴 하지만—40퍼센트의 몸무게를 잃은 그녀지요. 그녀는 두 달 동안 1백 마일을 여행하면서 몸을 살찌우고 7파운드의 먹이를 짊어지고 돌아올 겁니다. 그녀가 당신보다 더 멋진 남성을 만나지 않을 경우에 한해서 말이죠. 모든 미세스 펭귄들은 정조관념이 희박하여 누구도 앞날을 예측할 수 없잖아요.

당신의 숭고한 삶이 시작되었네요. 예비 아버지가 된 겁니다. 당신은 발등 위에 알을 얹은 다음, 주머니처럼 늘어진 배의 주름을 아래로 끌어내려 그 알을 포대기처럼 완벽하게 덮지요. 알은 외부환경과는 전혀 상관없이 섭씨 32도의 따뜻한 깃털 속에 싸입니다. 알은 바깥 세상에 나왔지만 엄마의 뱃속에 있을 때처럼 평안하고 무심하기만 합니다. 한 걸음도 움직이기가 쉽지 않은 당신, 매서운 바람을 등지고 석고상처럼 서 있는 당신은 성자의 모습입니다. 놀라운 부성애입니다. 잠을 이룰 수도 없습니다. 졸다가 알을 떨어뜨리기라도 하면 어쩌겠어요.

6월과 7월은 남극의 일 년 중 온도가 가장 낮은 한겨울 아닌가요. 햇빛도 없는 때여서 캄캄하죠. 그녀와 사랑에 빠져 지내는 동안 한 끼도 먹지 못한 당신은 이미 지치고 힘든 몸이죠. 굶는 것은 당연합니다. 움직일 수 없으니까요. 단 한순간이라도 잘못하여 알을 얼음 위에 떨어뜨리면 큰 낭패죠. 깨지거나 얼어 죽으니까요. 작년에 당신은 실수하여 알을 깨뜨리고 말았지요. 소용없다는 것을 알면서도 당신은 깨어진 알 조각을 품고 하염없이 눈보라 속에 서 있었지요. 두 달 후에는 사랑하는 그녀가 돌아올 거라는 소망을 품고 인내하는 당신, 4개월 동안 아무것도 먹지 못한 당신은 이제 평소 몸무게의 절반 상태가 되었네요. 불행하게도 몇몇 당신의 친구들은 굶어 죽었습니다. 아내가 영 돌아오지 않았기 때문이죠.

마침내 새끼가 부화했군요. 당신은 재빨리 배주름으로 새끼를 덮습니다. 아내가 돌아오기를 손꼽아 기다리면서 당신과 아기는 필사의 노력을 합니다. 당신은 굶주린 당신의 위에서 액을 짜내어 아기를 먹입니다. 그녀가 한시라도 빨리 돌아오지 않으면 둘 다 죽음에 이를 수밖에 없는 절박한 순간들입니다.

아, 당신은 정말 행운아입니다. 때마침 그녀가 돌아왔군요. 당신은 아직도 그녀에게 가장 멋진 남성임에 틀림이 없습니다. 물론 운도 좋았지요. 그녀가 돌아오는 도중에 엄마 없는 아기를 발견했거나 아내 없이 아기를 키우는 남성을 만나지 않았으니까요. 만약 그랬다면 십중팔구 그녀는 다른 사람의 아내나 엄마가 되었겠죠. 그래요, 여성 펭귄들은 정조관념이 희박한 것이 아니라 어쩌면 마음이 연하고 약하여 딱한 처지에 놓인 이웃들을 그냥 지나치지 못하는 것인지도 모릅니다.

6주가 지났습니다. 당신은 그제야 비로소 당신의 아기를 이 땅 위에 처음으로 내려놓습니다. 얼마나 감격스러운 순간인지요. 당신이 아니었더라면 이 세상에 결코 태어날 수 없는 생명 아니던가요. 이 땅의 모든 아가 펭귄들은 당신과 같은 헌신적인 아빠를 가짐으로써 비로소 생명을 얻게 된 것이 아니던가요. 당신은 경이에 차서 당신의 분신을 바라봅니다.

이제 가족을 부양해야지요. 당신은 사냥을 나갑니다. 아기는 수천

수만의 아기들을 돌보는 탁아소에 맡기구요. 아내는, 글쎄요. 친구들과 마실 나갔는지 알 수 없군요. 아내가 당신과 함께 먹이를 구하러 나설 때면 이 세상을 다 얻은 것처럼 행복해 하는 당신. 그러나 아내에게 같이 일해야 한다고 강요하지 않습니다. 전적으로 그녀의 의사에 맡기는 거지요. 아무려나 당신들은 저녁에 다시 만날 겁니다. 저녁 무렵, 당신이 가족을 찾을 때 그 요란한 소음 속에서도 당신은 당신의 그녀와 아기의 목소리를 정확하게 알아내지요. 신기한 것은 미세스 펭귄과 아기는 당신이 그들을 찾을 때까지 둥지를 찾아가지 않고 당신을 기다리는 것입니다.

미스터 펭귄.

당신으로 인하여 아버지라는 이름을 가진 이 땅의 모든 사람들에게 사랑과 존경을 보냅니다. 한 가정의 행복과 안정을 결정하는 아버지의 위치는 그 어떤 것으로도 훼손할 수 없습니다. 정말 위대한 분입니다. 인간 아버지들을 격려해 주십시오. 그들은 많이 지쳐있습니다. 당신 못지않은 책임감과 깊은 정이 있습니다. 아내와 자녀들을 정당하게 돌보지 않는 아버지들도 많지만 존경할 만한 아버지들이 더 많습니다. 그대의 커뮤니티와 우리 인간 사회가 자매결연이라도 맺으면 어떨까요. 물론 인간 여성들은 미세스 펭귄을 닮지 않을 겁니다. 남편을 도와 자녀양육과 가정을 지키는 일에 최선을 다할 것입니다.

백아(伯牙)와 종자기(鐘子期)

　가끔씩 자신이 지은 시를 전화로 읽어 주는 분이 계신다. 한두 편이 아니요 서너 편씩, 어느 때는 그 두 배가 넘는 시를 낭송해 주는데 장거리 요금은 피차가 개의치 않는다. 그의 시를 지면으로 대하는 것만 해도 행복한 일인데, 저자가 한 사람을 대상으로 마치 1천 명을 앞에 둔 것처럼 성의가 깃든 낭송을 해 주니 감읍이 된다. 맑고 정갈한 그의 생각과 마음이 차분한 목소리에 실려 그대로 전달된다. 짧지 않은 삶의 길목에서 건져 올린 생수 같은 지혜들이 아름다운 시어로 다시 태어나 내게 다가와서는 지난 며칠 동안 흔들렸던 마음을 가라앉혀 준다. 시를 쓴 배경까지 듣고 나면 그가 느꼈던 사물의 영상과 그 행간에 서린 정서까지도 길어 올릴 수 있다. 고맙다는 인사에 자기의 마음을 읽어 주는 종자기가 있어서 백아가 된 듯 당신도 행복하다고 말한다.

　백아(伯牙)와 종자기(鐘子期). 오랫동안 잊고 있었던 여씨 춘추 고사를 떠올리며, 진실한 우정에 갈증을 느낀다. 오랜 옛날 두 사람이 빚어낸 주옥 같은 우정이 오늘을 사는 나의 심금을 울리는 것이다.

중국 춘추시대에 거문고의 명수 백아가 살았다. 그에게는 자신이 타는 거문고의 음을 잘 알아주는 친구 종자기가 있었다. 그가 거문고에 실어내는 희로애락의 정서를 종자기는 한 가닥도 놓치지 않았다. 그래서 백아는 행복했다. 그가 높은 산과 큰 강을 그리며 현을 뜯으면 곁에서 조용히 듣고 있던 종자기의 입에서 탄성이 연발했다.

"아, 멋지다. 하늘 높이 우뚝 솟는 그 느낌은 마치 태산(泰山)같군."

"음, 훌륭해. 넘칠 듯이 흘러가는 그 느낌은 마치 황하(黃河)같군."

두 사람은 그렇게 마음이 통했다. 그런데 불행히도 종자기가 병으로 죽고 말았다. 그 뒤 백아는 거문고의 줄을 끊어버리고 다시는 거문고에 손을 대지 않았다.

이 고사를 통해 수많은 성어들이 쏟아져 나왔다. 백아와 종자기라는 이름 그 자체만으로도 훌륭한 우정의 대명사가 된다. 백아가 거문고의 줄을 끊었다는 백아절현(伯牙絶絃)은 서로 마음이 통하는 절친한 지기(知己)의 죽음, 혹은 참다운 벗을 잃은 슬픔을 의미한다. 지기(知己)를 가리켜 지음(知音)이라 일컫는 것도 이 고사에서 비롯되었다. 심기상합(心氣相合), 이심전심(以心傳心)의 친구 사이를 얘기할 때도 뺄 수 없는 고사다.

오늘, 우리가 이렇게 강파른 상실감과 외로움에 시달리는 이유는 지난 세월 우정 없이 살아온 탓은 아닐까. 우리 주변에서 진정한 백아와 종자기를 찾기 힘들기 때문인지도 모른다. 그것은 내가 상대방에게 백아나 종자기가 되지 못했다는 의미이기도 하다. 진심을 다하여 친구의 이야기를 들어주고 성의를 다하여 그의 감성에 다가서려

는 노력이 내게 얼마나 있었던가. 참 슬픈 일이다. 허방으로 보내버
린 세월이 짧지 않기 때문이다. 지금 이 순간, 깨달음을 얻었다 해도
갑자기 백아나 종자기가 될 수 있는 것은 아니지 않은가 말이다. 또
다른 종자기와 백아가 있어야 하는 상대성 때문이다.

허전한 일상이 유난히 초라하게 느껴지는 요즈음, 바삐 달려왔던
발걸음을 천천히 늦추고 이쯤에서 한 번 멈추고 싶다. 친구가 괴로운
속내를 내보이고 싶어하는데 나 살기 바빠 그의 섬세한 정서의 흔들
림을 애써 부인하고 지나쳐 버린 못된 종자기는 아니었는지, 아름다
운 음으로 친구의 아픈 마음을 달래 주려는 백아의 노력을 한 번만
이라도 해 보았는지, 돌아보고 싶다.

오늘 하루만이라도 내 이야기는 잠시 접어두고 친구의 말에 귀를
기울이고 싶다. 친구의 이야기를 들어주는 것은 내가 종자기가 되고
친구를 백아로 만들어 주는 귀한 의식이 될 수 있으리라. 그것은 또
현대판 백아와 종자기가 다시 탄생하는 엄청난 사건이 될 수 있을
것이다.

유머의 가치

달포 전, 샌프란시스코 인근에서 열리는 남가주 지역 교회 연합 야영회에 일주일간 참석했다가 멋진 강사 한 명을 만났다. 깊은 명상과 치열한 독서력이 뒷받침된 그의 강연은 한 마디 한 마디가 놓치기 아까운 보석 같았다. 언어가 주는 심미적인 뉘앙스에 유난히 약한 나는 그의 농축된 표현력에 넋을 놓았다.

놀라운 점은 문학도이자 철학도였던 그가 신에게 감전된 이후, 골방에서 수없이 눈물 흘리고 씨름하면서 쌓은 깊은 영성과 해박한 지식을 군중들에게 유연하고 감칠맛 나는 유머로 유감 없이 풀어내는 것이었다. 이른 새벽, 사람들을 잠에서 깨워 그에게 집중하게 하는 힘은 그의 유머였다. 나는 고요히 무릎 꿇고 명상하는 대신에 첫새벽부터 낄낄거리고 웃었으며 그것에 대하여 조금도 후회하지 않았다. 그의 말대로 몰핀보다 수백 배 강력한 천연 마약이 뇌에서 활발히 생산되어 일주일 내내 즐겁고 행복했다.

그의 유머에는 기상천외한 기발함이 있어 좋았다. 양념처럼 등장하는 성(性)이 없어도 넉넉했다. 그러기에 오히려 가볍거나 유치하지 않았다. 그의 유머는 옆으로 힘없이 새거나 흐르지 않았다. 그가 말하고자 하는 취지나 주제를 조금도 훼손시키지 않았으며 오히려 훌륭하게 받쳐 주었다. 그의 유머는 듣는 상대로 하여금 부끄럽게 하거나 분위기를 썰렁하게 만들지 않았으며 듣는 사람 모두의 기분을 좋게 만들어 주는 고단수 무공해 유머였다.

그는 여러 명의 주 강사들을 제치고 단연 인기 0순위였다. 유머 때문이었다. 그의 강연을 듣고 나오는 사람들의 얼굴은 모두 활짝 피어 있곤 했다. 사람들은 웃기를 원했다. 아이들은 하루에 300번, 어른들은 13번 웃는다는 통계가 무색할 만큼 눈물까지 흘려가면서 신나게 웃었다. 누가 어른들을 웃지 않는다고 비난하는가.

타운이 발전하여 이제는 계절을 타지 않고 수시로 고급 행사가 열린다. 그 때마다 유머가 많은 일류급 사회자는 기천 불을 아까워하지 않고 모셔가기 경쟁이 벌어진다. 웃고 싶어서다. 2부 순서의 사회를 누가 맡느냐에 따라 행사의 성패가 가름난다고 생각하는 것도 같은 맥락이다. 웃게 만들었다면 일단 성공한 케이스로 보는 것이다. 주최측에 대한 예의 때문에 바쁜 시간 쪼개어 별 관심 없는 행사에 체면 세우러 가서 비싼 회비 내고 입에 맞지 않는 서양 요리를 먹으며 억울하다는 생각이 들었다가도 어느 순간 기분이 좋다고 느끼는 이유는 유머가 주는 엔돌핀 효과 때문이다. 사회자들이 성(性)을 주재료로 삼지 않고도 얼마든지 아름답고 재미있는 유머를 창출할 수 있다는 것을 깨닫는다면, 유머에도 수준이 있고 그 유머를 즐기는 사람들도 등급이 있다는 것을 인식한다면, 훨씬 인기의 수명이 긴 사회자가 되리라는 생각이다.

유머는 아무리 힘든 상황이라 할지라도 이를 극복할 수 있는 지혜와 방법을 모색할 수 있게 만들어 준다. 결국 내가 처한 형편이 그리 나쁜 것은 아니라는 것을 깨닫고 주저앉았던 자리를 털고 일어나게 해준다. 웃음을 통해 숨 돌릴 여유를 만들고, 웃을 수 있음은 아직은 희망이 있다는 의미로 받아들이게 된다. 유머는 사태를 조금도 변화시키지 못하지만 상황을 이해하는데 도움을 주어 결국 반전의 효과를 가져다주는 것이다.

요즘, 웃고 싶은데 웃을 일이 별로 없다. 경직된 사회, 경직된 세상에 심각하고 소름 끼치고 무서운 이야기들만 난무한다. 상대적으로 아름다운 이야기, 감동적인 이야기라도 있으면 숨통이 트일 텐데 그런 일조차 찾기 힘들다. 어린아이처럼 걱정거리가 단순하든가 내용이라도 가벼워야 털어버리고 웃기라도 하지, 지구성에는 도무지 해결의 실마리가 보이지 않는 일투성이다.

실컷 웃어 얼굴 근육 좀 펼 일 어디 없을까? 오늘, 힘들게 보낸 하루지만 어느 누군가가 배꼽이 빠질세라 붙잡는 일에 바쁘게 만들어 준다면 만사 제치고 달려갈 것이다.

15초 웃으면 생명이 48시간 연장된다는 통계에 혹해서가 아니라, 난자와 정자가 만날 확률은 1조분의 일, 그러니까 1이라는 숫자에 동그라미가 12개나 붙은 숫자 중의 1만큼 높은 경쟁을 뚫고 얻은 목숨이니 잘 살아야 한다는 강박관념 때문이 아니라, 지금 당장 괴롭기 때문이다. 웃음으로 인해 무거운 현실을 털고 잠시나마 행복해지고 싶기 때문이다.

일 년의 중심, 7월이다. 한 해의 절반을 헛살아왔나 싶어 괜히 뒤돌아보아지는 7월의 길목엔 온갖 기화요초가 화려하다. 밝고 화사한 여름의 한복판에 서서 추위를 느끼는 사람이 어디 한둘이랴. 끊임없이 흔들리는 정체성 속에 우울한 사람도 적지 않으리라.

7월이 휴가철의 대명사격이 된 데는 그만한 이유가 있을 것이다. 앞만 보고 달리던 걸음을 잠시 멈추고 숨을 고르기 위한 쉼표 같은 달이 아닐까. 남은 시간들은 지난 6개월보다 더 빨리 흘러 우리는 조만간 12월의 끝자락에 서게 될 것이다.

침잠의 시간을 가져도 좋을 일이다. 한 번쯤, 왜 수시로 이렇게 마음이 스산해지는지, 시간의 흐름을 바라보는 마음이 왜 이렇게 어지러운지, 생각해 볼 일이다. 신년 벽두에 수립했던 계획과 목표가 이제 와서 요원하고 허황되어 보이는 이유에 대하여 고민해 볼일이다.

어느 하룻밤쯤 잠들지 않고 하얗게 지새어 보는 것도 좋을 것이다.

생각의 고삐를 풀어 그 속에 나를 맡겨볼 일이다. 항상 무엇에든지 참되며 무엇에든지 경건하며 무엇이든지 옳으며 무엇에든지 정결하며 무엇에든지 사랑받을 만하며 무엇에든지 칭찬받을 만하게 살 수만은 없는 일 아닌가.

한 번쯤 외로워도 될 일, 그때 제일 먼저 생각나는 사람에게 편지 한 통 띄울 수 있을 것이다. 외로움이 극에 달하는 날, 말을 하면 더욱 외로워지는 법, 하루 종일 말하지 않는 날로 정하여 침묵의 시간을 가져보는 것은 어떨까.

침잠과 고요 속에 홀로 있는 시간을 마련할 수 있다면 더욱 복된 일이다. 홀로 있음은 순결하고 자유롭고 홀가분하다는 의미. 스스로 당당한 상태. 고독한 시간과 공간의 마련은 삶의 진행에 필수요건이다.

한 번쯤, 복잡하고 바쁜 모든 일을 손에서 내려놓고 공원 잔디밭에 드러누워 볼일이다. 삶의 무거운 짐들이 대지 위에 내려앉는 것을 느낄 수 있다. 마음을 내려놓으면 순수와 만난다. 지난 6개월 동안 때때로 삶이 서럽다고 느낀 적이 많았으리라. 삶이 주는 중압감으로 지치고 힘든 적도 있었으리라. 모든 것 손 놓아버리고 싶었던 때도 있었으리라. 지난 삶을 반추하며 세월의 무게를 버텨온 가치들에 대하여 생각해 볼일이다. 고통조차 달콤한 회상으로 다가올 것이다.

힘들 때면 타인의 눈으로 자신을 바라보는 것도 좋을 것이다. 고통을 벗어나기 위한 타협이나 포기가 아니다. 객관적인 눈으로 자신이 처한 상황을 있는 그대로 응시하는 것이다. 방치해 두었던 또 하나의 나를 만나는 것이다. 고통은 겸손의 어머니, 와르르 무너지는 비참한 경험 속에 눈물을 먹고 자라나는 희망과 성숙의 잎사귀를 바라보는 것은 행복한 일이다.

휴가철을 맞아 어디로든 나가야 한다고 조급해할 일이 아니다. 높은 구름이 흐르는 하늘이 바라보이는 창가에 앉아 시간이 둥글게 흐르는 모양을 바라보아도 좋을 일이다. 앞으로 닥쳐올 미래에 대한 어수선한 생각들을 내부의 수면 아래 가라앉히고 담담하고 아름다운 생각 하나 샘물 길어 올리듯 건져 볼 일이다.

삶이 주는 여러 문제로 머리가 아픈 이들이여, 가끔씩 바닷가 식당에 가서 맛있는 음식을 주문해 보는 것은 어떤가. 넓은 창 너머로 끝없는 수평선이 펼쳐지고, 마치 얼음 위에서 스케이트를 지치듯 물위를 날으는 물새들의 가벼운 모습을 보면서 삶을 관조해보는 것은 어떤가. 끊임없이 움직이며 속살거리는 바다, 은린처럼 뒤채는 바다를 느껴보는 것은 어떤가.

화사한 7월의 태양이 대지에 가득하다. 그 빛줄기 하나하나에 삶의 본질들이 매달려 있다. 사랑하는 그대여. 잠시 아무것도 하지 말고 아무 생각도 하지 말고 7월의 소리에 귀 기울여 보라. 삶의 메시지와 에너지를 받으라. 아직도 살아가야 할 6개월이 남아 있으니.

불의 선물

역경에 부딪쳤을 때 무조건 낙망할 필요는 없을 것 같다. 고난을 잘 극복해내면 더욱 깊어진 눈, 성숙한 눈으로 세상을 바라볼 수 있기 때문이다. 재난이나 시련 속에서 살아남아 감사와 성찰을 느끼면 이중의 복이 된다.

2003년 가을, 산타 아나(Santa Ana) 바람의 영향 아래 샌버나디노, 샌디에고, 시미밸리, 빅베어 인근 지역 등 남가주 곳곳에서 동시다발적으로 일어난 산불은 3천여 채의 가옥들을 태우고 20여 명 이상의 인명 피해를 내었다. 안전지대로 어렵게 소개를 하고 악몽 같은 순간들을 겪다가 몸도 집도 온전하게 보전한 이들에게는 살아 있음에 대한 희열과 의미가 남다른 기간이었을 것이다.

산등성이마다 붉은 화염이 치솟고 연기와 재와 구름이 하늘을 덮을 때 긴장과 전율을 넘어 일순 공포마저 느끼지 않았던가. 마치 불의 도시 한가운데 사는 것 같았다. 그 기간 동안에는 지는 해도 핏빛이었다. 산불은 결국 인간의 사투에 감응한 신의 은혜인 양 한 차례 쏟아진 비로 그 막을 내렸는데, 자연은 단순하면서도 강력한 그의 속성을 유감없이 드러내 보여 주었다.

이번 산불이 기승을 부렸던 장소 중의 하나인 매직 마운틴 인근에 살고 있는 지인 미세스 오는 자신의 경험을 이야기하면서 가슴을 쓸어내렸다. 몇 년 전 노스리지 지진 때 집이 망가지고 아끼던 물건들이 일순 쓰레기로 변하는 현장을 목격하는 아픔을 겪었던 그녀는 이번 산불로 인한 소개를 준비하면서 유난히 힘들었다고 했다. 보험이 있다 해도 모든 것이 원상 복구될 수도 없고 특히 정신적인 보상은 그 어디에서도 받을 수 없다는 것을 경험을 통해 익히 알고 있기 때문이었다.

노스리지 지진 이후, 잃으면 가슴 아플 만큼 비싸고 귀한 물건, 장식용 물건은 아예 소유하지 말자, 실용적인 물건들만 소유하자, 작정하고 살아온 그녀지만 막상 정든 집을 다시 떠나려 했을 때 혼란스러웠다고 했다. 차 한 대에 실을 수 있는 물건의 양이 얼마나 될 것인가. 혼란의 틈바구니 속에서 무엇을 선택할 것인지 우선순위를 정하고 가족들이 만날 장소를 숙의하는 동안, 무엇이 인생에서 중요한 것인가를 다시 한 번 되돌아보는 계기가 되었다 했다. 다행히 화마를 피하고 감사의 마음을 안고 서 있는 그녀를 바라보자니 그 절절함에 손끝이 아려왔다.

그녀는 자신의 가족이 얼마나 많은 사람들로부터 사랑을 받고 있는지 이번에 실감했다. 주변 사람들의 우정과 염려와 관심에 깊은 감동을 받은 그녀는 차제에 일주일 중 일정한 시간을 떼어 내어 이웃들에게 안부전화를 하기로 했다. 그들과 삶을 나누고 그들을 위한 기도의 시간을 마련하기로 했다 한다.

그녀의 얘기를 들으며 친구 메리가 생각났다. 1985년 기독교와 이슬람간의 치열한 싸움이 벌어졌던 대시민 전쟁 당시, 레바논에 거주했던 그녀가 종교 탄압을 피해 이스라엘로 향하는 피난길에 오르면서 지녔던 물건은 물병 하나와 여벌옷을 담은 백팩 하나가 전부였다던가.

그 뒤, 그녀의 인생관은 완전히 바뀌었다. 언제든 미련 없이 가볍게 떠날 수 있는 마음으로 살게 된 것이다. 일회용, 혹은 '99센트 스토어' 물건을 사용하며 살아도 삶의 질에는 하등 차이가 없고 오히려 지난 세월 동안 보지 못했던 것들을 볼 수 있는 눈이 열렸다고 했다. 그녀는 정말 중요한 것은 눈에 보이지 않는 것임을, 그것은 어떤 강한 외부의 힘에도 빼앗기지 않는다는 것을 살면서 더욱 확신하게 되었다고 했다. 그녀와 대화를 하다보면 마음이 늘 부자가 된 듯한 느낌이 드는 이유를 알게 되었다.

미세스 오와 메리에게는 공통점이 있다. 아픈 체험을 통해 삶의 진정한 가치를 발견한 사람들이라는 점이다. 가까운 이들과 사랑을 확인하면서 물질로부터 자유로워지는 길을 연습하면 자유와 여유로 보답된다는 것을 깨달은 사람들이다. 사물을 향한 성숙의 눈은 그만한 대가를 통해 이루어진다는 것을 보여주는 모델들이다.

나의 따뜻한 관심과 말 한마디가 상대방으로 하여금 삶에 대한 감사를 느끼게 할 수 있다면 얼마나 귀한 일인가. 사랑하는 이들에게, 힘든 상황에 처한 이웃들에게 열심히 안부할 일이다. 그래서 상대방으로 하여금 그들이 얼마나 귀하고 소중한 사람인가를, 얼마나 사랑을 받고 있는가를 알게 해주고 확인할 수 있도록 할 일이다.

　눈앞에서 자신의 집이 벌겋게 타는 것을 속수무책 바라보아야 했던 사람들의 심정이 오죽했을까. 이번 산불로 인한 상처가 속히 가시고 그로 인한 선물 또한 오래도록 간직하기를 염원해 본다.

왜 인간인가

요즘 한국 신문 사회면이 어지럽다. 황폐와 건조라는 단어가 서슴 없이 튀어나온다. 인간의 존엄성은 인류 역사 어느 시기를 막론하고 끊임없이 유린당해 왔지만, 현대는 그 어느 때보다도 그 강도와 범위 가 크고 넓고 깊다는 생각이다.

주먹을 휘둘러 아내를 살해하고 권총으로 남편을 살해한다. 30대 엄마가 살고 싶다고 아우성치는 자녀들을 13층 아파트 창문으로 던 지고 자신도 뛰어내린다. 여대생들은 자신의 젊음과 성을 여름 휴가 비용과 교환하고, 남정네들은 친구 집에 놀러갔다가 친구의 13살 난 딸아이를, 혹은 친구가 술에 취해 거실에서 자고 있는 사이 친구의 아내를 성폭행 한다. 인도네시아 국제학교에 다니는 한국인 고교생 들은 학교 경비원을 매수, 학교 교무실에 보관 중이던 학기말 시험 문제지를 빼돌린다.

살생과 강간과 약탈행위가 우리 인간에게 원래부터 자연스런 의식이었던가. 유린당하고 상처 입은 내면의식들의 반항은 아닐까. 왜 인간인가, 라는 스스로의 질문에 대한 정의를 재정립이라도 하고 싶은 마음이다. 강도 짙은 그늘이 있음은 곧 그만한 빛이 있다는 반증, 생명주의와 인간주의가 아무리 흑암에 빠졌다고는 하지만, 삶의 정수를 건지는 일에 이만한 환경도 없으리라는 생각이다. 아무리 망가져도 인간일 수밖에 없는 증거를 붙잡고 싶은 것이다.

인간은 고래처럼 본능적으로 태어난 바다를 찾아갈 수 있는 능력도 없고 연어처럼 수천만 리 자신의 고향에 찾아가 알을 낳을 줄도 모르며, 작은 새처럼 한시도 쉬지 않고 수만 마일 길도 없는 하늘을 날아서 제 갈 곳을 가지도 못한다. 맹수처럼 날카로운 이나 발톱도 없다. 카멜레온처럼 자기보호색도 없다. 도마뱀처럼 잡히면 꼬리를 스스로 자르고 도망할 재주도 없다. 송아지처럼 태어나자마자 걸을 수도 뛸 수도 없다.

짐승은 불면증으로 괴로워하지 않는다. 짐승은 부모가 혹은 자식이 죽었다고 눈물 흘리지 않는다. 짐승은 사랑을 잃었다고 식음을 전폐하고 의욕 없는 나날을 보내지 않는다. 짐승은 살고 싶지 않다고 금문교 다리 아래로 떨어지지 않는다.

그렇지만 인간은 고통하지 않는 짐승을 부러워하지 않는다. 짐승이 아닌 인간으로 태어난 것에 대하여 추호의 불만도 갖지 않는다. 아무리 고통 중에 있는 인간이라 할지라도, 아무리 불행하다고 느끼는 인간이라 할지라도 인간은 자신의 인간됨을 서러워하지 않는다. 인간보다 더한 존재가 없다는 것을 안다.

인간만이 미래를 꿈꾸고 계획하며 희망을 품는다. 인간만이 예술을 창조한다. 그림을 그리고 글을 쓰며 영상으로 마음을 표현한다.

노래를 하고 악기를 다룬다. 예술이란 무엇인가. 선을 추구하는 것이다. 선이란 무엇인가. 의로움과 진실과 빛의 세 가지 열매를 지닌 인간 최고의 경지 아닌가.

인간을 구성하고 있는 유기물의 주파수를 소리로 바꾸면 42옥타브가 된다고 한다. 그것은 1초에 570조 번이나 진동한다는 의미이다. 사물을 인지하고 느끼는 능력이 상상할 수 없을 만큼 예민한 존재이다. 우리 인간의 몸은 그 자체가 대우주 교향곡이라고 어떤 이는 감탄하지 않았던가.

알바라도 블러버드와 윌셔 스트릿이 만나는 곳, 그 코너에 서서 누추한 형상, 초점 잃은 눈동자를 지닌 무숙자들을 바라보며 오히려 인간다운 삶에 대한 희망과 존엄과 기쁨을 꿈꾼다. 고귀함과 숭고함과 가치와 예절과 교육과 그 모든 긍정적인 단어들이 다 함께 모여 맑은 호수처럼 느껴지는 사회를 꿈꾼다.

오늘도 한국과 타운에는 엄청난 일들이 벌어질 것이다. 그러면 우리는 아, 인간이 이럴 수도 있구나, 알게 될 것이다. 그리고 고개를 떨어뜨릴 것이다. 그래도 인간에게 실망하지 않을 일이다. 우리는 인간이니까. 인간이라는 그 어떤 것으로도 바꿀 수 없는 귀한 것이니까. 자신의 선한 의지를 굽히지 않기 위해서, 잘못된 의식과 제도에 합류하고 싶지 않아서 몸부림치는 선한 인간들이 오늘도 함께 숨쉬고 있으니까.

4.

화장을 하면서

패사데나 시티 칼리지 유정

심리학 기말시험을 끝으로 패사데나 시티 칼리지 봄학기가 종
강되었다. 문제의 범위가 어찌나 방대하고 심오(?)한지, 오픈 북 테스
트였음에도 불구하고 학과 시험이 아니라 마치 인생의 고난도 시험
을 치르는 기분이었다. 교수님께 답안지를 제출하면서 당신의 클래
스를 정말 즐겼노라고, 당신의 강의를 들을 때마다 불꽃 같은 삶의
영감들을 경험했노라고, 말해 주었다. 매 시간마다 인생에 대한 명제
와 정의들을 은혜처럼 쏟아내던 백발의 교수는 그 많던 말들을 모두
어디에 가두어 두었는지 "메이 유 해브 어 굳 라이프(May you have a
good life)"라는 짧은 답례 이외에 연신 고개만 끄덕였다.

힘들었던 학기를 마치고 교실을 나서는 감회가 무척 컸다. 포기하
고 싶은 적도 많았고 회의가 든 때도 있었다. 일주일이 멀다 하고 치
러야 하는 시험들, 각종 숙제와 작문 프로젝트들, 이 모든 것들이 벅
차서 주저앉고 싶은 적도 있었다. 적당히 공부하여 적당한 점수를 받

아도 되지 않겠는가, 하는 유혹도 있었다. 그런데 나이가 들면 집착이 는다는 말은 진실인가.

그토록 예민하던 감성과 그 많던 열정도 먼지 끼고 이끼 끼어 한없이 허술해졌는데 허물어진 그 틈 사이로 조금도 타협할 수 없는 고집이 생겼다. 어설프고 뚫린 구석이 많아서 별명이 맹순이인데 언제부턴가 어느 부분에서는 적당히 넘어가지 못하는 습성이 붙은 것이다. 특히 공부하는 자세에 있어서 적당히, 라는 말은 스스로에게 용납할 수 없는 것이었다. 최선을 다했음에도 불구하고 이해할 수 없는 문제들이 많다면 아이큐를 탓할 수도 있고, 공부하는 방법을 모르는 것일 수도 있고, 언어장벽도 핑계 댈 수 있으리라. 강의의 핵심이 무엇인지, 무엇을 어떻게 공부해야 하는지 알고 있으면서도 여건이 허락하지 않아 준비되지 않은 상태로 시험에 응하는 것은 괴로운 일이었다. 쓸데없는 고집 때문에 고생하긴 했지만 자투리 시간을 활용하고 그에 집중하는 연습을 실컷 했다.

이번 학기는 유난히 학교생활을 즐길 수 있었다. 진지하게 삶을 응시할 줄 아는 사람들을 많이 만났고, 학문하는 자세의 진수를 보여주신 훌륭한 교수님들을 만났다. 익숙해진 학교 시스템들을 최대한 활용할 줄 알게 되어 좋았고, 교수님들의 나이가 내 나이 또래여서 학과목과는 상관없이 그들이 추구하는 인생의 방향과 의미를 깊이 느끼고 공감할 수 있어 좋았다. 지식이 쌓이면 고뇌가 더 많아진다고, 더 외롭고 괴로워진다고 말하는 교수님에게 아는 것이 많아지면 자랑스럽고 행복해져야지 왜 그렇다는 것인지 도대체 이해가 안 된다고 따져 묻는 17세 어린 소녀에게 어떻게 대답을 해야 할지 몰라 난감해 하는 교수님의 눈을 바라보며 고개를 끄덕여 전적으로 동감

한다는 의미의 메시지를 무언으로 전달할 수 있었다. 세월의 무게가 결코 가볍지 않다는 것을 서로가 인식할 수 있는 기회가 많았다.

좋은 학교였다. 공부하고자 하는 사람들을 위한 시설과 인력을 확보하고 그들에게 한없이 가깝게 다가가고자 노력하는 모습이 역력하게 보이는 학교였다. 한 유닛 당 11달러를 내고 박사학위를 지닌 UCLA 교수의 강의를 들을 수 있는 학교, 실험실마다 대당 기천불이 넘는 특수전자 현미경이 학생 수보다 더 많이 비치되어 있고, 기초생리학 실험시간에 인간의 사체가 제공되는 학교, 교수들과의 만남과 토론이 언제나 가능한 학교였다.

파킹 랏으로 발길을 재촉하다가 문득 걸음을 멈추었다. 캘리포니아의 오월이 캠퍼스 화단에 가득 펼쳐져 있었다. 온통 장미꽃으로 소담스러웠다. 아니 캠퍼스에 웬 장미가 이렇게 많담. 언제 이렇게 벙그렀나.

화단에 쭈그리고 앉아 꽃들을 쳐다보았다. 넝쿨장미의 개량종인 듯, 작은 꽃잎들이 겹겹으로 뭉쳐 피어 있었다. 연분홍과 흰빛이 얼마나 서로 잘 어울리는지, 화사하다 못해 눈이 부셨다. 장미 꽃잎 한 장 한 장마다 어찌 그리 선이 고운지, 향은 또 얼마나 달콤한지, 맑고 탐스러운 꽃송이들을 바라보며 감탄사가 저절로 나왔다. "바쁘게 지나친 시간 사이로 꽃들은 이렇게 피고 지고 또 피어났구나! 바람이 머물다 지나간 자리도 알겠다."

파킹 랏 옆에 서 있는 나무들에게, 화단의 장미꽃들에게, 그리고 모든 낯익은 사물들에게 작별 인사를 했다. "방학 잘 보내. 열심히 살다가 3개월 후에 또 만나자."

집에 돌아오면서 장미꽃처럼 곱고 향내 사는 세상, 그 아름다움을 놓치지 않을 만큼 천천히 사는 세상을 생각했다.

내 이름은 제인입니다

이번 봄 학기 간호학 클리닉 교수는 미세스 더글러스(Mrs. Douglas)다. 오글오글한 머리를 짧게 잘라 노랗게 염색한 그녀는 언뜻 보면 남자처럼 보이지만 부드럽고 윤기나는 피부에 날렵한 몸매를 지니고 있어서 볼수록 매력적인 아프리칸―어메리칸이다.

그녀는 출석을 부르기 전 우리들의 이름을 정확한 발음으로 알고 싶으니 각자가 자기 이름을 말해 보라고 주문했다. 나는 한국이름을 말하고 나서 제인으로 불러주기를 원한다고 말했다. 그녀는 내 한국이름을 발음해 보아도 되느냐고 물었다. 발음이 여느 미국인과 달리 정확했다. 정말 놀랍다며 고맙다 했더니 제인이라는 이름을 선호하는 특별한 이유라도 있느냐고 물었다.

좋은 기회다 싶어 배경을 설명했다. 내 한국 이름은 듣기만 하여도 정다운 어떤 이미지가 연상되는데 대부분의 미국인들이 발음을 잘못하여 쫑까, 쩡까, 쩡가 라고 부른다, 그러면 격음으로 발음되는 내 이

름처럼 나의 존재 자체가 망가지고 훼손되는 느낌이 들어 한국 이름
을 불러주는 것이 그리 반갑지가 않다 했더니 그녀는 고개를 끄덕였
다. 자기 이름도 로이스라는 발음에 가까운 Lois인데 사람들이 묻지
도 않고 루이스로 불러서 그때마다 교정을 시키며 애를 먹는다고 했
다. 그냥 넘어갈 수만도 없는 것은 자신의 이름이기 때문이라며 나의
고충을 이해한다 했다.

　20년 전, 한국으로 결혼하러 나온 남편은 한국에 마땅한 거처가
없어서 결혼 전날 밤까지 우리집에서 기거했다. 어느 날 아침 엄마랑
부엌에서 아침을 짓고 있는데 소란한 기운이 나서 자세히 들어보니
남편될 사람이 건넌방에서 나를 부르는 소리였다. "하정아!" 나는 깜
짝 놀랐다. 내가 왜 하정아란 말인가. 24년 동안 익숙해진 내 이름이
이렇게도 한순간에 바뀔 수 있다니 놀랍기만 했다. 내 이름이 다른
사람의 성과 어울려 불려질 수도 있다는 사실에 충격을 받았다.

　아니, 배짱이 두둑해 보이지도 않는 저 남자가 간이 부어도 단단히
부었구나, 어디서 감히 방에 누워 크게 소리를 지른단 말인가. 다른
데서도 아니고 처갓집에서. 아니, 아직 결혼도 하지 않았으면서, 어렵
고 어려운 장인장모 앞에서, 미국이라는 나라는 여성이 결혼하면 남
편의 성을 따른다는 의식이 아직 생소한 그분들 앞에서, 타인의 성을
함부로 바꾸어 부른단 말인가. 부모님께 송구해서 머리를 들 수가 없
었다. 딸은 이미 다른 사람의 몫이니 하루라도 빨리 체념하시라고 일
부러 그랬다는 남편의 얘기를 나중에 듣고 실소할 수밖에 없었다.

　남편은 한국에 머무는 동안 수도 없이 아무 데서나 내 이름을 불
러대었는데 이름 앞에 반드시 자신의 성을 붙여 불렀다. 부모님 면전
에서 받은 수모와 충격이 너무 강했던 것일까. 그 뒤부터 나는 하정

아를 아무런 거부감 없이 받아들이게 되었다. 그보다 더 이상 놀랍고 부끄러울 일이 무언가 하는 자포자기 심정이 되어버린 것이다. 그러다보니 나는 어느새 하정아가 되어 있었다.

성이 바뀌고 나니 삶이 바뀌었다. 고국을 떠나야 했고 한 남자와 한 침대를 쓰고 밥도 같이 먹었다. 엄마를 비롯, 세 자매들 속에서 알콩달콩 살았던 나는 남자들의 생각과 행동에 익숙해 있지 않았다. 막내둥이 남동생은 너무나 어렸고 아버지는 한없이 어려운 분이었다. 결혼하고 나서 남편의 손을 잡고 길을 걷노라면 살며시 웃음이 나오기도 했다. 만일 결혼도 하지 않은 내가 남자랑 팔짱을 끼고 대낮에 이렇게 대로를 활보하는 것을 아버지가 아신다면 어떤 반응을 보이실까, 생각하니 고소하기도 했다. 아버지는 밖에서 친구들과 술 마시고 늦게 들어오시면서도 저녁 무렵이면 딸들이 모두 집에 들어왔는지 전화로 늘 확인하시곤 했다.

딸들이 해 떨어지기 전에 집에 들어오지 않았으면 아버지는 불호령을 내렸다. 밤늦게까지 야간학습을 한다는 것은 꿈도 꾸지 못할 일이었다. 중학교 3학년 때, 담임선생님과 진학담당 선생님이 집에 찾아오셨다. 아이가 늘 특수반 성적을 내는데 학교에 마련된 특별학습에 한 번도 참여하지 않으니 아이의 장래를 생각해서 공부를 할 수 있게 해달라고 부탁하셨다. 아버지는 일언지하에 거절하셨다. "내 딸을 공부만 하는 기계로 만들고 싶지 않소. 나는 당신들보다 내 딸을 더 사랑합니다." 두 분은 아무 성과도 없이 그냥 돌아가셨다. 얼마나 선생님들께 송구스러웠는지, 얼마나 아버지가 원망스러웠는지, 한숨만 쉬었다.

대학에 합격했을 때 엄마는 신신당부하셨다. 연애하지 마라, 네가 공부에 힘쓰지 않고 연애라도 하는 날엔 대학공부 끝이다, 네 여동생들 앞길도 막힌다, 장녀인 네가 처신을 잘해야 네 동생들도 대학에 갈 수 있으니 신세 알아서 하라고 엄포를 놓았다.

다방에서 남학생과 마주 앉아 차를 마시노라면 불안했다. 내가 동생들의 앞길을 막는 것은 아닐까. 형, 언니 하면서 잘 지내다가도 상대 남학생이 고민하기 시작하면 곤혹스러웠다. 조만간 땡땡, 이별의 종을 쳐야 했기 때문이다. 참 이상했다. 남자들은 왜 괜찮다고 생각하는 여자들과의 관계를 좁게 한정지으려 하고 그들과의 기분 좋은 우정을 포기하는 걸까. 남자들은 아름다운 관계를 서둘러 종결짓고 싶어 했다. "나는 연애 하면 안 된다"는 말을 들은 한 남학생은 박장대소 했다. 나에게 연애라는 것이 어떤 것인가를 가르쳐 주는 것이 자기 인생의 사명처럼 느껴진다며 한동안 괴롭혔는데, 좋은 추억으로 남아 있다. 남들이 어떻게 받아들이든 나는 참 진지했다. 동생들의 운명이 걸린 일 아닌가. 생각하면 억울한 일이다. 멋진 남자들과 깊은 연애 한 번 해 보지 못하고 늘 뒤돌아서야 했으니까. 여동생들 셋은 모두 대학에 들어갔다. 자기들의 앞날을 위하여 큰언니가 얼마나 크고 피나는 희생을 했는지 결코 알지도 못하면서.

남편은 미국 땅에 막 도착한 내게 제인(Jane)이라는 이름을 지어주었다. R이나 F가 들어가지 않아서 발음하기도 쉽고 나의 한글이름의 이니셜과 같은 알파벳이어서 무리가 없을 것 같다 했다. 나는 다른 의미로 제인이라는 이름을 수용하기로 했다. 이미 성까지 바뀌어버린 마당에 이름 하나 바꾸는 일이 대순가, 영어 이름을 갖는다고 미국 사람이 될 것도 아닌데, 싶었다. 생각해 보면 그때부터 나의 운명은 서서히 그 궤를 달리 하지 않았나 싶다. 옛 선조들은 이름을 무척 중요하게 여기지 않았던가. 사람의 성격과 운명이 문자적인 이름 속에 예견되어 있다고 보는 성명학에 비추어 보면 이름을 바꾸거나 다른 이름을 갖는다는 것은 예사로운 일이 아닐 수 없다. 이름이 바뀌면 사람도 바뀐다는 사실을 그때는 몰랐다.

제인이라는 이름을 사랑하게 된 다른 이유도 있었다. 샬로트 브론테의 『제인 에어』였다. 한 사람을 향해 그토록 고뇌에 찬 사랑을 했던 여성의 이름이 제인이었다. 상대의 환경이나 배경이 열악하게 바뀌었어도 그를 향해 더욱 순수하고 강하게 타오르는 사랑을 했던 사람이 제인이었다. 외롭고 불행했지만 아름답고 성숙한 내면의식을 지닌 그녀, 자립과 자유를 향한 끊임없는 소망을 지닌 그녀가 제인이었다. 그녀가 외모적으로 아름다운 인물이 아니어서 더욱 좋았다.

또 있다. 제인이라는 발음은 어찌 들으면 '죄인'처럼 들린다. "내 이름은 죄인입니다." 청승스럽기도 하지만 좋은 말이다. 다른 사람이 내 이름을 부를 때마다 나는 죄인임을 생각하고 겸손을 연습할 수 있으니 말이다. '나는 죄인'이라는 인식은 자신을 돌아보게 만드는 촉진제가 되는 것이다.

제인이라는 이름에 나타난 스테레오 타입도 나쁘지 않다. '용납하는 사람' '감추어진 사람'이라는 뜻이 있다. 세상을 용납하며 숨어서 조용히 누구의 간섭도 받지 않고 자유롭게 살고 싶은 내 의지와도 딱 맞아떨어지는 이름이다.

미국에 와서 한인교회에 나가니 출석하는 여성들 대부분이 고유의 성을 쓰고 있었다. 남편이 얼마나 좋으면 자존심도 없이 성까지 바꾸었느냐며 핀잔처럼 묻곤 했다. 설명하기가 복잡해서 남편을 너무너무 사랑하거든요, 하며 웃고 말았다.

글쎄, 나는 왜 내 성을 지키지 못했을까. 뼈대 있는 왕족의 후예가 왜 근본 없는 사람처럼 행동했을까. 능동적이지는 않았다 하더라도 거부하지 않고 수용했던 이유는 무얼까. 순전히 남편 탓이라고 원망하기에는 조금 미안하다. 내가 원했다면 굳이 성을 바꾸라고 하지 않았을 것이기 때문이다. 언젠가 한 분의 도움으로 성을 찾아볼까도 했었지만 때가 너무 늦어버렸다. 오히려 사람들이 더 어색해했다. 과거의 성보다는 현재의 성이 이름과 잘 어울리고 훨씬 예쁘다고 했다. 멀리 펼쳐지고 화통한 느낌이 든다고 했다. 시집을 잘 온 거라며 오히려 한술 더 떴다. 모음조화현상이라고 설명하고 싶지 않았다. 당신들이 남편의 성과 잇대어진 현재 이름에 너무 익숙해진 탓이라고 말하고 싶지 않았다.

정말, 아무도 강요하지 않았는데, 나는 왜 성은 그만두고라도 이름조차 바꾸어 버렸을까. 미국 땅에 살기 때문은 아니었다. 이 땅에 이민 온 모든 여성들이 나처럼 성과 이름을 모두 바꾸지는 않기 때문이다. 그보다 더 내면적이고 근본적인 이유가 있지 않았을까. 청년 시절의 어두움을 이 기회에 모두 떨쳐 버리고 싶었던 것은 아닐까. 다시 태어난 기분으로 살고 싶었는지도 모른다. 새로운 땅에서 새로운 삶을 시작하면서 희망을 갖고 싶었는지도 모른다.

또 하나, 지난 세월 나에게 너무나 부담스러웠던 예쁜 이름을 떼어버리고 싶었는지도 모른다. 이름이 터무니없이 예뻐서 이름만 생각하고 나를 만난 사람은 늘 실망하는 눈치였다. "이름이 너무 예뻐요." 그 뒷말은 항상 내가 잇곤 했다. "그런데 이름과 실물이 너무 다르죠?" 그들은 피식 웃곤 했다. 지금은 "얼굴이 예쁘지 않으니 이름이라도 예뻐야 덜 억울하잖아요"라고 능청을 떨지만 옛날에는 내가 예쁘지 않아 상대방에게 실망을 안겨 준 것이 미안하고 속상했다. "이름처럼 예쁘고 이지적인 얼굴" "볼수록 이름처럼 정이 가는 얼굴"이라는 남편의 말 한 마디에 감격해서 넘어가 버린 것을 보면 나는 순전히 이름 때문에 그와 결혼한 것은 아닌가, 싶다. 이름으로 인한 상처를 일순간에 보상받은 느낌이었던 것이다.

어렸을 적부터 나는 예쁘다는 생각을 해 본 적이 한 번도 없었다. 어쩌다가 누가 예쁘다고 하면 놀리는 줄만 알았다. 상처를 받기는 꽤 받은 모양이다. 예쁘게 낳아주지도 않았으면서 이름만 예쁘게 지었느냐며 엄마에게 원망도 많이 했었다. 유난히 예쁜 여동생들 셋과 함께 살면서 늘 외로웠다.

중학시절, 학교 가는 길목에 연탄 공장이 하나 있었는데 내가 지나가면 언제 나타났는지 "우리 이쁜이, 오늘은 3분 빨리 왔네" "이쁜이, 니 어제는 왜 학교 안 왔나, 눈 빠지는 줄 알았다" 하는 아저씨가 한 분 계셨다. 시커먼 작업복 차림의 연탄공장 아저씨가 나에게 관심을 갖는 것이 기분 나쁜 것이 아니라 예쁘지 않은 나를 예쁘다고 하는 것에 늘 화가 났다. 그분은 중학교를 졸업할 때까지 나를 이쁜이라고 불렀는데 난 한 번도 그 단어가 지닌 의미대로 받아들이지 않았다. 나와는 상관없는 일이라 아예 신경을 쓰지 않았던 것일까. 아저씨 보기 싫으니 다른 길로 돌아서 학교에 가야겠다는 생각을 한 번도 하지 않았다. 아저씨는 졸업식 날 꽃을 한 다발 사들고 와서는 내 친구들을 모두 몰아 포장마차에 데리고 가서 꼬치와 호떡을 양껏 사주셨다. 그날 하얀 와이셔츠를 입은 아저씨가 다시 보여서 한참 웃었던 생각이 난다.

24년 동안 한국에서 살았고 이제 외국 땅에서 산 지 19년이 되었다. 미국인 친구들은 나를 제인이라 부른다. 그들은 내 이름을 부르면서 토닥여 주고 안아 주고 같이 울기도 한다. 전화 자동응답기에 제인이라는 단어가 자연스럽게 흐른다.

하정아와 제인이라는 이름 사이에는 엄청난 강물이 있다. 하정아는 단정한 정장 차림에 화장을 하고 머리를 잘 손질한 사람이다. 제인은 화장기가 없어 여드름 자국이 그대로 드러나 깨끗하지 않은 얼굴, 클립으로 바짝 추켜올려 묶은 생머리, 슬리퍼에 청바지를 입고 백팩을 맨 사람이다. 나를 제인으로 알고 있는 사람들은 어쩌다 내가 정장 차림을 하고 나타나면 눈을 크게 뜨고 다른 사람 같다며 놀란다. 참 재미있다. 원하는 바는 아니지만 결과적으로 나는 극과 극을 달리며 사는 이중인격자가 되었다. 나는 두 인격 사이를 오가며 자연스럽게 그 위치에 맞는 행동과 말을 한다.

이 땅에서 사는 동안 성과 이름이 바뀐 것 못지않게 의식 또한 많이 변했다. 다른 사람이 된 것이다. 아무려나 한국에서 살면서 이름을 바꾸지 않았다 해도 20년 전의 젊음과 열정을 가진 사람으로 결코 돌아갈 수 없을 테지만, 한국에서 살면서 겪었을 변화와는 확연히 다른 모습으로 분명 변했다고 생각한다. 나의 의식이 과거 한국에서 살던 때의 의식으로는 결코 돌아가지 못할 것이다.

일전에 한국에서 방문 오신 엄마는 내가 많이 단단해지고 명석해졌다고 하셨다. "아니야. 엄마, 나 원래 단단한 사람이었어요. 엄마가 단지 모르셨을 뿐이라고요" 말씀드리면서 웃었다. 엄마는 어렸을 적 순하고 어수룩하고 울기 잘하던 나의 모습을 도무지 떨치지 못하셨다. 짚신짝에 물 나듯 네 눈물은 마르지도 않는구나. 안 아프면 간도 빼줄 아이라고 늘 나무랐던 당신의 가치체계에 혼란을 느끼시는 것 같았다.

지난 번, 똑똑한 따님을 두셨습니다, 라는 어느 분의 인사에 엄마는 도무지 믿어지지 않는다며 충격을 받으셨다. 3개월을 함께 지낸 뒤, 엄마는 당신의 딸이 가슴에 이토록 뜨거운 불을 담고 있는 사람인지 여태껏 몰랐다고 하셨다. 글쎄, 엄마에게 들켜 버린 뜨거운 불이란 무엇일까. 나도 알지 못하는 그 불을 엄마는 어떻게 아시는 걸까. 엄마는 새로운 나를 보는 것 같다고 하셨다. 이름이 바뀌었으니 당연히 엄마가 알고 있는 사람이 아닌 영판 다른 사람이라고 말씀드렸다. 정말이다. 문화는 언어 속에 녹아 있다고 볼 때 영어이름을 갖는 것은 단순하거나 만만한 일이 아니다.

이름을 바꾼 것에 대하여 이토록 장황해야 하는 이유는 무엇일까. 갑자기 번거롭고 구차하다는 생각이 든다. 변명하다 보면 오히려 상대방에게 특별한 인상만 심어주는 것 같다. 미세스 더글라스가 대표적인 경우다. 그녀는 첫 만남부터 내가 이름 하나 가지고 까다롭게 군다는 인상을 받았는지 나의 일거수일투족을 단순히 넘기지 않는다. 9명의 동료 학생들에게 일일이 수술 환자의 심리상태에 대하여 얘기해 보라고 주문하더니 맨 마지막에 "제~인"을 부르는데 '제'라는 발음에 유난히 힘이 들어가 있다. 지금까지 클래스가 언급한 것 이외의 것을 말해 보라 한다.

그녀가 큰 눈을 더욱 크게 치켜뜨고 제~인을 부를 때면 가슴이 철렁 내려앉는다. 그녀가 예리한 질문을 퍼부을 때면 심장이 얼어붙는 것 같다. 이른 새벽, 병원 실습도중 자신이 돌보아야 할 환자의 질병과 약들을 충분히 공부해 오지 않았다고 클라뎃(Claudette)을 울려서 집으로 돌려보낸 선생님 아닌가. 아침 10시, 환자들에게 약을 주어야 할 시간인데 다른 아홉 명의 학생들은 제쳐 두고 나만 붙잡고 늘어지는 선생님의 속셈을 알다가도 모르겠다. 나를 훌륭한 간호사로 만들어야겠다고 작정이라도 하신 것일까. 내게 쏟는 관심이 긍정적인 것인지 부정적인 것인지 아직 종잡을 수가 없다. 이번 학기가 쉽지 않을 거라는 불길한 예감이 든다. 맨 처음 그녀가 내 한국이름을 잘 발음해 주었을 때 그 이름을 선택하겠다고 얘기하지 못한 것이 불찰이다. 아니, 처음부터 이름을 바꾼 것이 잘못이다. 이 일을 어찌하면 좋단 말인가.

화장을 하면서

저녁에 외출할 일이 있어 화장을 하기 위해 거울 앞에 섰다. 분을 바르고 눈썹을 그리려다말고 웃음이 나왔다. 결혼하던 날, 난생 처음으로 미용사가 한 번 다듬어 준 이후, 전문가의 손이 한 번도 닿지 않은 눈썹이 제멋대로 무성했다. 가까이 지내는 지인 한 명은 스킨케어 센터에서 피부 마사지, 잔주름 제거, 속눈썹 이식과 속눈썹 퍼머까지 하고 자연스런 라인으로 눈썹 태투도 했는데, 아직도 해야 할 것이 많다고 했다. 나이와 상관 없이 모두들 예쁘게 가꾸며 사는데 나는 예외구나 싶어 쓸쓸한 마음이 되었다. 그것도 잠시, 립스틱을 바르면서 갑자기 이 모든 것이 얼마나 부질없는 것인가를 생각했다. 생명이 멈추면 그만인 것을. 시간이 흐르면 그 어느 것도 아름답게 남아 있지 않을 것이다.

오후에 있었던 생리학 수업이 생각났다. Observation of Human dissection이라는 학습 주제 아래 한 여인의 사체를 공부하였다. 포르

말린 용액에 절어 차마 썩지 못하고 누런 황톳빛 표본으로 누워서
타인들에게 근육 하나 장기 하나 낱낱이 들춰지고 있는 모습을 바라
보노라니 인생은 그대로 한 줌 흙이라는 말이 실감났다. 연민과 존경
심 등이 얽혀 복잡한 심정이 되었다.

62세의 그녀는 자궁암에서 전이된 폐암이 심장을 압박, 관상정맥
마비로 사망했다는 기록이 있었다. 얼마나 숨쉬기가 고통스러웠을까.
암으로 파괴된 오른쪽 폐는 아예 흔적도 없고 왼쪽 폐는 검은 반점
으로 심하게 얼룩져 있었다. 클래스는 그녀가 심한 흡연가였을 거라
느니, 오염된 LA 공기 때문이라거니, 말이 많았다.

사는 날 동안, 이분은 얼마나 많은 기쁨과 슬픔을 경험했을까. 어
느 한 부모의 딸, 여러 자녀들의 어머니, 아니 어쩌면 혼자서 인생을
살아온 사람인지도 모른다. 이 여인은 몸맵시가 무척 날렵했을 것 같
다. 그리고 아름다운 눈과 외모를 가지고 있었을 것이다. 깊은 속눈
썹과 각지지 않은 작은 얼굴, 가지런한 치아와 곱게 다듬어진 눈썹,
좁은 어깨와 반듯하고 균형 잡힌 몸매, 상처 하나 없는 다리 근육이
그것을 말해 주고 있다. 한 번도 면도를 하지 않은 듯, 양다리에 나
있는 가느다란 솜털들이 나를 슬프게 했다. 그녀는 다른 이들에게 외
모를 빌어 생계를 유지하는 직업이나 또는 그런 것에 자만을 가지고
살았던 인생은 아니었던 듯싶다. 발톱도 상하지 않고 발바닥 근육이
부드럽고 고운 것을 보니 험한 인생은 살지 않은 것 같다. 아니다.
어쩌면 이분은 암으로 오랜 세월 동안 병상에서 고통하느라 땅바닥
에 발을 디뎌 볼 틈조차 없었을지도 모른다. 기름기 하나 남김없이,
물론 다 걷어내기도 했겠지만, 마지막 한 방울의 지방이 다 소모할
때까지 힘겹게 투병했을는지도 모른다.

이제 다 망가진 몸이나마 후배 인생들을 위해 신체를 기증함으로 편안히 흙으로 돌아가지 못하고 이렇듯 뭍학생들의 손에 시달림을 당하고 있다. 그녀의 인생이 어떠했는가는 아랑곳없이 일련의 번호로 불리는 과학연구 재료가 되어 있는 것이다. 이제 어느 정도 시간이 지나면 강한 포르말린으로도 막을 수 없을 만큼 파손되어, 더 이상 의학적 표본으로서의 연구가치도 없어지겠지.

우리들은 폐와 여러 장기와 은밀한 부분까지 샅샅이 탐구했다. 난소 속에 아직도 고이 자리잡고 있는 난자들도 보았다. 스펀지 감촉의 폐를 꾹꾹 누르고 주물거리며, 사토리스 근육을 붙들고 장난스레 흔들면서 췌장이 생각보다 크고 횡격막이 생각보다 두텁다며 떠들어대는 후배 인생들의 방자한 대화를 그녀가 듣는다면 어떤 심정이 될까.

눈을 치뜨고 마스카라로 속눈썹을 칠하려다가 그만두었다. 분을 발라 깨끗지 않은 피부와 잔주름을 감추고 탈색된 입술 위에 분홍빛 립스틱을 발라본들 무슨 의미가 있는가. 언젠가는 흙으로 돌아가리라.

삶과 죽음이 이렇듯 가까이 있는데, 왜 이렇게 인생은 고달파야 하는 것일까. 흙에 누우면 모든 것이 편안해질 터인데. 자존심은 무엇에 쓰나, 모든 것이 허방인 것을. 사랑하는 이들을 한 번이라도 더 안아주고 사랑한다는 말을 아끼지 말아야지.

눈물이 난다.

살며 사랑하며

오늘은 영아 병동에서 일하는 날. 이제 막 부모가 된 부부를 병원 현관까지 배웅했다. 태어난 지 27시간 된 아기를 카시트에 앉힌 뒤, 부서질세라 조심조심, 어찌할 바를 모르고 허둥대는 남성의 등을 바라보며 그의 어깨에 지워진 짐을 생각해 보았다. 아기에게 필요한 모든 것을 공급하느라 당신은 일을 더욱 많이 하게 되리라.

따가운 햇볕 아래, 땀을 흘리며, 연신 고개를 갸웃거리며, 애쓰는 모습을 바라보자니 연민이 일었다. 그래요. 그렇게 헤매면서 사는 거예요. 땀 흘려가면서, 안타까워하면서. 남편의 하는 양을 물끄러미 바라보며 잠잠히 기다리고 있는 여인을 쳐다보았다. 그대여, 지금처럼 인내하는 마음과 따뜻한 눈빛으로 끝까지 당신의 남편을 바라보기를 원합니다.

아기를 바라보았다. 한 줄기 연한 바람에도 눈이 부신 듯 도리질한다. 작은 몸이 사랑스럽고 아름답다. 아가야. 너의 순수와 연약함이 가시고 온갖 세파에 단단해지기까지, 너와 네 부모 모두 얼마나 많은 땀과 눈물을 흘려야 할 것인가. 사랑스럽고 평화롭기만 한 너의 표정은 근심과 걱정과 불만으로 일그러지겠지.

그들이 떠날 채비가 끝났다. 휠체어를 돌리며 부탁했다. "인내하세요. 인내해야 할 일이 많을 거예요. 인내를 통해 진정한 부모가 되지요." 마치 그들의 부모라도 된 듯 한 마디 더 붙인다. "아기를 기르다가 힘들 때면 맨 처음 아기를 안았을 때 느꼈던 감정을 생각해보세요. 고귀한 보물처럼 다루던 그대의 손길을 기억하시기를 바랍니다."

젊은 부부는 그러겠노라 연신 고개를 끄덕인다. 새 엄마와 아빠의 얼굴은 기쁨과 희망으로 반짝인다. "아기가 당신들에게 큰 선물이 되기를 기원합니다. 새 아가와 함께 행복하고 아름다운 가정 이루세요." 환하게 웃는 그들에게 손을 흔들며 진심으로 행복을 기원했다.

그래요, 당신들은 몰라도 됩니다. 우리 인간의 심장이 일 년에 3천만 번 이상 뛴다는 사실. 수많은 종류의 피톨들이 8만 킬로미터가 넘는 혈관을 따라 달리면서 생명이 유지된다는 사실. 1백억 개의 신경 세포들이 각자의 역할을 훌륭하게 수행함으로 우리로 하여금 이 세상을 넉넉하게 느끼고 사랑할 수 있게 해 준다는 사실.

그대들은 촉촉이 젖어 아름답게 빛나는 눈동자, 반짝이는 피부, 자극에 민감하게 반응하는 근육들이 조화롭게 움직이는 모습을 보고 감탄만 하면 됩니다. 모든 것이 협력하여 살아 움직이는 걸작품을 보면서 감사만 하면 됩니다. 감탄과 감사가 있는 한, 삶은 그리 힘들지 않을 겁니다.

오늘, 그렇게 6쌍의 부부를 배웅했다. 서로 아끼고 조심스러워 하고 따뜻하게 대하는 모습들을 보면서 행복했다. 어떤 방법으로든 세계를 다시 장식해 보겠다고 나선 사람들 아닌가. 넘어지고 깨지고 부서지면서 아하, 이것이었구나, 어느 날 깨닫게 되리라. 신비와 경이에 찬 눈으로 예전에는 몰랐다는 말을 때때로 하게 되리라. 아기가 자랄수록, 삶의 연륜이 쌓일수록, 생각이 많아지리라. 속절없는 인생살이에 슬픔을 느끼고, 인간의 조건이 지닌 비극성 때문에 서러움을 느낄지라도 중단 없이 살아갈 것이다.

모두가 끝이 있는 삶. 인간 형제를 향한 연민과 관용하는 마음이 있다면 얼마나 좋을까. 이제 막 태어난 아기 다루듯, 조심스런 태도와 마음을 평생 유지한다면 얼마나 좋을까. 서로 신뢰하고 존중한다면, 남에게 상처를 주지 않으려 애쓴다면, 남을 향해 무섭게 눈을 부릅뜨지 않는다면, 얼마나 아름다운 세상이 될까.

생명의 시작과 끝

　　마음이 울적할 때면 오래된 사진첩이라든가, 묵은 자료집을 펼쳐 놓고 쳐다보는 습관이 있다. 그중에 몇 년 전 직장 동료가 건네준 「생명을 구하는 포옹」이라는 짤막한 글과 사진이 있다. 삶이 고달프다고 느껴질 때, 나는 이 낡은 종이를 꺼내어 오랫동안 바라보곤 한다. 인큐베이터에 든 쌍둥이 아기들이 엎드린 자세로 서로를 바라보고 있는 사진인데 한 아기가 다른 아기의 목을 팔로 감싸 안고 있다.

　　"태어난 지 일주일이 된 쌍둥이 한 쌍이 있었다. 이들은 각각 인큐베이터에 들어가 있었는데 그 중 한 아기는 살아날 가망이 없었다. 간호사는 병원의 규정을 어기고 두 아기를 한 인큐베이터에 넣어 두었다. 그때 건강한 쌍둥이가 자신의 왼팔을 그의 자매에게 뻗어 그를 다정하게 껴안았다. 그러자 상대방 아기의 심장 박동률이 안정되기 시작했고 체온 또한 정상을 향해 올라갔다."

　　이 글은 가망 없던 한 아기가 결국 죽었는지 살았는지 밝히지 않았다. 단지 마지막으로 한 문장을 더 첨가해 놓았을 뿐이다. "우리가 사랑하는 사람을 껴안아 주는 것을 잊지 말자."

이주 전, 학생 간호사 이름표를 달고 학교 인근의 양로병원에 첫 실습을 나갔다. 내가 돌보아야 하는 환자는 1세기를 사신 분인데 치매를 앓고 있어 수시로 난폭해지고 혼돈을 일으켜 여러 가지 약을 복용하고 있었다. 그녀는 봄을 씻기고 밥을 먹이는 동안에는 양처럼 온순했다. 그런데 신체상황을 점검하는 일로 자신의 몸에 다른 이물질이 닿는 것은 무척 싫어했다.

지난 며칠 동안 나는 그녀에게서 직접적인 자료를 얻을 수가 없어 숙제를 할 수가 없었다. 오늘은 마지막 기회였다. 그래서 용기를 내기로 했다. 체온을 재고 싶다 했더니 그러라고 했다. 그런데 온도계가 혀에 닿자마자 그녀는 내뱉어 버렸다. 미안하다, 다음에 하자며 그녀의 팔을 쓰다듬어 주는 나를 향해, 그녀가 갑자기 있는 힘을 다하여 친을 뱉었다. 입안에 가득 고인 침에 방금 복용했던 진갈색 약이 섞여 있어 내 하얀 유니폼은 일시에 더러워져 버리고 말았다. 목과 얼굴에도 튀어 한동안 정신을 차릴 수가 없었다.

흐르는 물에 얼굴과 유니폼을 대강 닦은 다음 그녀에게 물을 권했다. 그녀는 그 컵을 손으로 탁 차버리더니 또 침을 뱉었다. 그리고는 소리를 지르며 입에 담지 못할 욕지거리를 하기 시작했다.

나는 그때 알았다. 무력한 노인에게도 사람에게 상처를 줄 수 있는 강력한 무기가 있다는 것을. 자신이 싫어하는 상황에 대하여 침을 뱉을 수 있고 욕설을 퍼부을 수 있었다.

그녀를 바라보는데 이상하게도 아무런 감정의 변화가 일어나지 않았다. 속이 상한다든가, 기분이 나쁘다는 느낌이 조금도 들지 않고 그저 있는 그대로의 상황이 받아들여졌다. 그녀의 행동을 나 개인에 대한 증오심으로 해석하지 않고 병으로 인한 혼돈으로 인식했기 때문이었을 것이다. 아니면 목욕을 시키고 옷을 갈아입히고 머리를 빗기고 밥을 먹이는 동안 무력한 그녀에게 느꼈던 애정이 전의를 상실하게 만든 것일까. 그녀는 다른 사람의 보살핌이 없으면 당장 목숨이 위태로운 상태에 빠질 만큼 약한 존재였다. 그녀를 돌보면서 인간에 대한 존엄성과 인내, 생명을 대하는 자세에 대하여 생각하던 참이었다.

집으로 돌아오는데 「생명을 구하는 포옹」이 자꾸만 생각났다. 생명의 시작과 끝에 대한 생각으로 이어져 몹시 우울해졌다. 삶이 시작되었을 때 약한 사람을 본능적으로 껴안을 줄 아는 인간이 왜 인생의 마지막 고비에 서면 증오와 미움으로 가득 차게 되는 것일까. 나이가 들면 자신이 지녔던 약점이 모두 드러나면서 왜 신앙과 교육과 지성이 아무런 힘이 되어주지 못하는 것일까. 그만큼 아픔이 많았던 세월을 대변하는 것은 아닐까.

사랑하는 이들을 좀 더 진지하게 사랑해야겠다고 마음먹었다. 그 상처에 못 이겨 자신도 모르게 나를 공격할 때는 이해해 주어야겠다. 모두가 상처받은 사람들이니까. 나에게도 세상의 상처에 대하여 무의식적이고 원초적인 나의 반응을 견디고 받아주고 이해해주는 사람들이 역시 있으니까.

이 세상에서의 삶은 상처투성이임을 다시 한 번 확인할 수 있는 하루였다.

교육 제언

창의적이고 적극적인 학생들을 선발하기 위해 지역균형선발제를 실시하고 신입생 수도 줄여 교육의 내실을 기하겠다는 서울대학 총장 J씨의 의지에 박수를 보낸다. "현행 진공 분과 중심 교육 체제는 세계화, 정보화 시대에 바람직하지 않다"며 기초 중심의 폭넓은 교육을 위해 2005년부터 일부 대학에 1, 2학년이 전공 배정 없이 각종 교양, 기초과목을 이수한 뒤 3학년 때 전공을 선택하는 학부대학제를 도입, 운영할 계획이라고 밝혔다.

한국의 교육계가 이제야 제대로 갈 길을 찾는구나 싶다. 적성에 맞는 공부를 할 수 있게 된 한국의 학생들에게 축하의 박수를 보내고 싶다. 교육이 정도를 걸으면 미래 사회의 전망 또한 밝을 수밖에 없는 것, 조국의 성숙을 눈앞에 그려보며 마음이 설렌다.

한국의 교육계가 열리고 깨어야 한다는 생각은 어제오늘 이야기가 아니다. 20여 년 전 한국의 교육 시스템이 얼마나 답답하고 부조리했는가는 그 당시에 공부한 사람은 물론이거니와 한국 땅을 떠나 미국 땅에서 단 몇 년만 공부한 사람이라면 확연히 느끼게 된다.

내가 대학에 다니던 1980년초 교육계 시스템은 한 치 앞이 안 보이는 혼미한 정세만큼이나 답답했다. 고등학교 2학년 때부터 이과와 문과로 나뉘어 공부해야 했던 시절, 나는 적성이 문과였음에도 불구하고 시골학교의 사정상 이과반에 들어가게 되었다. 내가 다녔던 학교는 신생학교로 후기모집이었는데 좋은 장학제도를 마련, 각 시골 중학교의 우등생들을 섭외하였으므로 학생들의 면학 분위기에 큰 차이가 있었다. 선생님은 면학 분위기가 마련된 이과 특수반에서 공부하다가 대학에 입학할 때 문과를 지원하면 된다고 조언해 주셨다. 순종이 미덕이라고 교육받았던 나에게는 별다른 선택이 없었다.

2년 후 고등학교를 졸업하고 대학에 입학원서를 내려했을 때 정책은 또 바뀌어 있었다. 고등학교에서 이과를 공부한 사람은 문과를, 문과를 공부한 사람은 이과를 지원할 수 없다는 것이었다. 내 경우 적성에 맞지 않는 이과 공부를 하느라 힘들었고 학교에서 가르쳐 주지 않은 문과 공부를 혼자 하느라 애먹었는데, 문과 지원은 안 된다는 것이었다. 그럴 경우 예비고사 성적에서 30점을 깎는다는 것이었다. 30점은 보통 숫자가 아니었다. 예비고사 1, 2점이 얼마나 인생의 희비를 엇갈리게 했는가. 나는 이미 문과를 선택했을 때 가능하게 받을 수 있는 점수에 비교하면 형편없는 이과 점수를 가지고 있었다. 모든 형편을 고려하여 내가 선택할 수 있는 공립대학은 한정되어 있었다. 떨어지더라도 문과를 지원하고 싶었다. 원서를 쓰려고 학교에 갔더니 담임선생님은 이미 이과 쪽으로 내 원서를 작성해 놓고 기다리고 계셨다. 여분의 원서도 없었고 새원서를 사려면 도회지로 시외

버스를 타고 한동안 가야 했다. 이미 결정된 상황을 바꾸기에 나는 터무니없이 약했다.

나는 시골 고등학교의 명예가 걸린 존재였지만 입학시험에서 떨어지기를 바랐다. 그것만이 내가 반항할 수 있는 최선의 방법이었다. 그런데 불행하게도 합격이 되었다. 그리고 외로운 대학생이 되었다. 내겐 그 모든 것을 거부하고 다시 시작할 만한 용기와 힘이 없었다.

가두어진 교육, 좁고 유연성이 없는 교육으로 세상을 통합적으로 바라보고 자신의 앞날을 자유롭게 결정할 수 있도록 가르치지도 않았으면서, 만 17, 8세의 어린 나이에 평생의 직업과 삶의 질을 결정짓는 이과 문과를 선택하게 한 다음 대학에 입학할 때 기존에 그나마 시행되어 왔던 정책을 바꾸어 이제까지 준비해 온 노력과 선택의 기회를 아예 닫아버린 한국 교육계의 야만행위를 나는 지금도 성토한다. 나는 그 당시에는 몰랐었다. 혼란한 시국 속에 살아 있는 것만으로 감사하면서 내 고달픈 운명만 서글퍼했었다.

미국에 이민하여 세 자녀를 낳아 기르고 학교에 보내면서, 나 자신이 수년간 대학에서 공부하면서, 나는 한국교육계를 대상으로 소송이라도 걸고 싶은 심정이었다. 세월이 갈수록 분하고 원통했다. 미국은 건국 200년 동안 교육의 목표와 기본 시스템은 근본적으로 변하지 않았다. 어느 분야보다 탄탄한 시스템이 교육계다. 지역마다 학교마다 조금씩 다른 점은 있지만 기본 틀은 변하지 않는다. 더구나 어떤 정책을 새로 입안하여 변경을 시행하기까지는 수많은 조사와 안내와 실험 단계를 거친다. 부분적인 변경이 불가피할 경우, 4~5년 전부터 홍보와 안내를 함으로써 미리 준비하고 대처할 수 있게 한다. 어느 누구도 법을 몰라 잘못 선택하거나 우왕좌왕하거나 법의 변경으로 득을 보거나 해를 입는 경우가 없다. 법이 시행되기 전 이미 진로를 결정한 학년들은 그 법의 영향을 받지 않는다.

내가 중고등학교에 다닐 때 일 년에 두 차례나 문교부 장관이 바뀐 적이 있었고 장관이 바뀔 때마다 새로운 정책을 수립하여 교육계를 혼란에 빠뜨리곤 했다. 어느 장단에 맞추어 대학 진학을 준비해야 할지 알 수 없었다. 왜 문교부 장관은 그리도 자주 바뀌고 바뀌는 장관마다 새로운 제도를 설립하여 자기의 이름과 족적을 남기려 했을까? 반만년 유구한 역사를 자랑하는 한국은 그렇게 중심 없이 가벼운 나라가 아니었을 텐데.

나는 대학에 들어가서도 포기하지 않았다. 전과를 할 수 있는 길이 있는지, 아니면 인문 과목을 청강이라도 할 수 있는지. 여러 사람을 만났고 상담도 했다. 길이 없었다. 인문계 교수들은 한결같았다. 그럴 거면 왜 이과로 입학했느냐는 것이었다. 그리고 어느 누구 한 명 청강을 허락하지 않았다. 20여 년이 흐른 지금도 나는 그 배타적이고 이기적인 태도를 성토한다. 상담교수라는 사람은 돈을 내라 했다. 그러면 인근의 사립대학으로 원하는 과에 당장 편입시켜 주겠다고 했다. 나는 그 자리에서 물러나왔다.

한 선배는 화학을 전공하였고 대학 4학년 때 교생실습까지 마쳤지만 자신의 길이 아니다 싶어 학교를 그만두었다. 다른 방법이 없었다. 그 용기에 박수를 보냈지만 선배는 그 결정 때문에 얼마나 고통스런 삶을 살았는지 모른다. 편입의 문도 꽉 막혀 있었다. 선배는 체력장까지 다시 보아서 원하는 과에 1학년 신입생으로 입학하였다.

커뮤니티 칼리지에서 2년간 공부하면 세계적으로 명성 높은 UC 계열의 학교에 3학년으로 편입할 수 있는 열린 기회가 부럽기만 하다. 전공을 바꿀 수도 있고 아예 전공을 정하지 않고 대학에 들어가이 공부 저 공부하면서 자신의 적성을 찾을 수도 있다. 이곳 친구들이나 학교 선생님들에게 나의 학창시절을 얘기하면 상상할 수 없다며 놀라서 입을 다물지 못한다. 그들의 반응에 또 다시 부끄러워지곤한다.

한국의 교육계는 알아야 한다. 왜 그 많은 부모들이 수많은 어려움과 따가운 눈총을 감수하면서 기를 쓰고 자녀들을 미국이나 타국으로 유학보내려고 하는지. 부모의 사정권을 벗어난 십대 자녀들이 어떻게 될지 불안해 하면서도 떠나보내려고 하는지. 기꺼이 기러기 아빠가 되는지. 곱지 않은 시선을 받으면서도 굳이 많은 돈을 들여 미국에서 원정출산을 함으로 자녀를 시민권자로 만들려 하는지. 그들의 의식이 잘못되었다고 감히 누가 나무랄 수 있단 말인가.

요즘 한국의 교육 정책을 생각하면 깊이 염려가 된다. 이렇게 많은 인재들을 외국으로 끝없이 방출하고 어떻게 미래를 꾸려나가려고 하는 것일까, 궁금할 때가 많았다. 멀지 않은 미래에 다가올 심각성은 생각하지도 않고 수수방관하는 자세, 혹은 눈치도 못 채는 것 같은 분위기가 안타깝기만 하다. 국가 차원에서 대책이 있어야 한다. 한국의 교육계가 변하지 않는 한 비록 한국의 대학에서 성실하게 공부했던 사람이라 할지라도 기회만 닿으면 외국으로 빠져나가려고 할 것이다. 그렇게 되면 한국은 비싼 돈을 주고 외국에서 외국인 석학들을 사들여 와야 한다는 결론이 된다. 이미 그런 징조가 만연하고 실제로 그런 상황이 일어나고 있다.

중국이나 일본의 교육계는 이미 그러한 사태에 대비하여 연구 작업을 시작한 지 오래다. 그네들은 자국의 인재들을 붙잡기 위하여 뼈를 깎는 노력을 하고 있다. 외국에 나간 자국의 인재들을 불러들이기 위해 온갖 방법을 동원하고 있다. 한국의 교육계는 깨어야 한다. 아직까지는 문제가 선명하게 드러나지 않았다 해서 아무 대책도 세우지 않고 팔짱 끼고 있다가는 뒤늦게 후회가 클 것이다. 다른 선진 정책들과 좋지 않은 문화는 잘도 모방하면서 왜 좋은 교육 시스템은 도입하지 않는지 의문 중의 의문이다.

공부하는 학생들은 미숙한 교육 제도의 모순에서 빚어지는 일들로 괴로워할 것이 아니라 진정한 학문을 위한 경주에 혼신의 힘을 다하는 분위기가 조성되어야 한다. 정책이 안정되고 유연하며 기회가 활짝 열려 있을 때 교육은 발전할 수 있다. 어떻게 하면 요행이나 행운을 얻어 잘 헤쳐 나갈 수 있을까, 연구하는 것은 옳지 않다. 공평하지 않기 때문이다. 확고한 제도 안에 안정된 마음이 되어야 안심하고 공부할 수 있고 미래를 선명하게 그릴 수 있다.

왜 이공계에서 공부하는 사람은 문학이나 철학이나 심리학, 시론이나 삼단논법이나 소설 작법 강의를 들을 수 없단 말인가? 전공에 필요한 필수과목을 이수하는 학생이 원한다면 어느 과목이든지 들을 수 있도록 문을 열어 놓아야 한다. 시간을 얼마큼 투자하든, 학생의 역량이고 재량 아니겠는가. 이과대 학생이 문과 쪽을 기웃거린다고 바보 취급을 하거나 동물원 원숭이 보듯 해서는 안 된다. 진로와 적성 문제로 고민하는 학생들을 마치 자기 갈 길도 제대로 파악하지 못한 미숙아 취급을 하거나 돈으로 해결을 보려는 태도는 옳지 않다. 그러한 의식을 가진 교육자와 지도자들이 대학에 버젓이 교수라는 이름으로 자리잡고 있는 것은 서글픈 일이다.

인간은 이공계와 인문계로 나누기에는 너무나 복잡하고 세미한 감정을 지닌 존재이다. 기회가 주어져야 한다. 창의력과 독창성, 문제 해결 능력, 지도력, 책임감은 반드시 교육과 병행되어야 하는, 교육의 한 부분으로 따로 떼어 생각할 수 없는 것이다.

그대는 한국에서 받은 명문 교육을 이 사회에서 얼마나 가치 있게 활용하고 있는가. 인맥과 간판과 명예 이외에 얼마나 인생에 도움을 받고 있는가. 그러한 요소들은 굳이 학교가 아니어도 성취될 수 있는 것이 아니었던가. 교육 그 자체로 놓고 본다면 얼마나 질적으로 내세울 것이 있겠는가 말이다.

아이비리그도 아니고 주립대학도 아니고 비싼 사립대학도 아닌, 캘리포니아 주 커뮤니티 칼리지에서 몇 년째 공부하면서 감사와 감탄을 느끼는 나로서는 한국에서 받았던 16년 교육을 생각하면 억울하고 화나고 분통이 터진다. 나는 내 자녀들의 교육을 결코 한국의 교육 기관에 맡기지 않을 것이다. 한국 교육계의 의식이 바뀌지 않는 한.

학문을 하는 이유

학문이 인간의 삶과 뗄 수 없는 불가분의 관계를 맺고 있다는 것을 단적으로 보여준 유명한 실화가 있다.

1970년대, 미 서부의 목장주들은 그들의 목장에 무단으로 침입하여 양들을 해치는 야생 코요테 떼의 횡포에 골머리를 앓고 있었다. 그들이 유일하게 대처할 수 있는 방법은 하루 종일 양들을 지키고 있다가 침입해 오는 코요테들을 무자비하게 총으로 쏘아 죽이는 일이었다. 농부들은 밤새 잠을 이루지 못하고 노심초사 양들을 지키느라 다른 일들은 경영할 엄두를 내지 못했다. 언제까지 야생 코요테들과 신경전을 벌일 수도 없는 일이었다. 그렇게 한다고 해서 상황이 별반 나아지지도 않는다는 것을 결국 알게 되었지만 별다른 방법 또한 없었다. 오히려 시간이 흐름에 따라 예상치 않았던 문제들이 꼬리를 물고 일어났다. 수적으로 줄어든 코요테로 인해 먹이사슬의 균형에 조화가 깨어져 견제세력이던 작은 짐승들이 극성을 부림으로 목장 운영에 또 다른 문제가 야기되었던 것이다.

이 때 거스타브슨(Gustavson)이라는 한 심리학자가 나섰다. 그는 동료들과 함께 양떼와 코요테들을 동시에 보호할 수 있는 방법을 연구하였다. 그들은 양의 시체에 리티엄 클로라이드(Lithium chloride)라는 약품을 발라 코요테들이 출몰하는 길목에 두었다. 클로라이드는 코요테들로 하여금 심한 몸살을 앓도록 했지만 생명에 지장을 주는 것은 아니었다. 이 계획은 너무나 성공적이었다. 코요테들은 단 한두 번의 경험만으로도 얼마나 그 인상이 강렬했던지 그 이후부터는 양을 쳐다만 보아도 아프게 되었던 것이다.

거스타브슨의 연구는 이것으로 마무리가 된 것이 아니었다. 그는 코요테들이 다른 음식에 대해서는 양에서 느꼈던 두려움이나 거부감 없이 정상적으로 섭취하게 함으로써 생명을 지속할 수 있게 해야 했다. 그의 연구팀은 결국 그 일에 성공을 거둠으로 농촌생활에 괄목할 만한 성장과 변화를 가져오게 되었다.

물리적인 폭력이나 무자비한 희생이 따르지 않으면서도 최선의 결과를 이끌어내는 일에 심리학이 이룬 공헌 중 대표적인 사례로 꼽히는 이야기다. 학문의 매력은 이처럼 신사적인 데 있지 않나 싶다.

인간이 인간답게 살 수 있는 유일한 길은 교육을 하고 학문을 발달시키는 것이다. 모든 학문의 목적은 인간이 누릴 수 있는 행복을 최대한 이끌어 내는 데 있다. 인간의 삶을 풍요롭고 행복하게 만드는 일에 얼마나 공헌을 했느냐에 따라 학문의 가치가 판가름 난다 해도 과언이 아니다. 순수학문이라 할지라도 결국 응용학문을 위한 기초가 되므로 근본적으로는 인류의 삶과 밀접한 관계를 가지고 있다 할 것이다. 어떤 경로로든 인간의 생활에 적용이 되어야 진정으로 학문의 목적을 달성했다고 말할 수 있는 것이다. 학문만을 위한 학문은 엄밀하게 없는 셈이다.

대학에 원서를 내놓고 초조하게 기다리는 청소년들이 주변에 많이 있다. 자신이 진정 좋아하는 학문을 하되 그 선택이 나와 가족의 명예만을 위한 것이 아닌 이웃과 공동체에 유익이 될 수 있는 장치가 되었으면 하는 바람이다. 아니다. 모든 학문이 인간을 위한 것일진대, 학과목이 문제이겠는가. 중요한 것은 마음가짐일 것이다. 대학에서 날아오는 편지를 기다리는 동안, 기쁨과 실망이 엇갈리는 시간을 맞이하기 전, 왜 내가 이 학문을 하려는 것인지 다시 한 번 점검해 보았으면 하는 것이다.

학문을 제대로 하는 인물이 많아질 때 사람과 사람, 사람과 자연이 좀 더 조화롭게 어울려 살 수 있는 방법이 창출될 것이다.

사랑의 방정식

"당신을 사랑하는 사람이 이 세상에 일백 명이 있다면 그 중의 한 명은 바로 나입니다. 당신을 사랑하는 사람이 이 세상에 열 명이 있다면 그 중의 한 명은 바로 나입니다. 당신을 사랑하는 사람이 이 세상에 단 한 명 있다면 그는 바로 나입니다. 이 세상에 당신을 사랑하는 사람이 아무도 없다면 그것은 내가 이 세상에 더 이상 존재하지 않음을 의미합니다."

참으로 절절한 시다. 이 세상에 오직 단 한 사람 당신을 사랑하는 사람이 있다면 그대여 그것은 나입니다, 라는 고백은 언뜻 들으면 참으로 달콤하다. 그런 사랑 바칠 만한 사람 하나 있었으면, 아니 그런 사랑 한 번 받아보았으면, 혹은 그런 지순한 사랑 한 번 해 보았으면, 생각할 수 있다.

곰곰이 생각해 보면 참 치열한 이야기다. 사랑하는 이가 어떤 연유로 사랑에 반응할 수 없는 상태가 되었을 때, 이 세상 어느 누구도 그를 사랑할 수 없을 만한 상황이 되었을 때, 변함없이 그를 사랑하기란 쉽지 않다.

요즘 실습 중인 병원에서 내가 돌보는 환자는 여러 가지 합병 증세로 고통하는 L이다. 그녀는 배에 호스를 연결하여 음식물을 제공받는다. 그녀를 돌보는 간호보조원은 30대 초반의 건장한 남성 J다. 커다란 키, 커다란 눈에 선이 굵은 그는 힘든 일을 쉽게 척척 해낸다.

어제 L에게 호스를 통해 약을 투여하다가 튜브 저항이 심해 주사기가 튀면서 약이 역류하는 바람에 그녀의 가운과 침대 시트를 모두 더럽히고 말았다. 자신의 몸을 조금도 움직이지 못하는 환자가 누워 있는 침대의 시트를 혼자서 바꾸려니 도저히 엄두가 나지 않았다. 할 수 없이 그를 찾아 도움을 요청했더니, 큰 눈을 동그랗게 뜨고 오 마이 갓, 너 죽여 버릴 거야, 를 연발하며 그 자리에서 몇 바퀴나 빙빙 돌았다. 금방 새것으로 바꾸고 돌아서는 길이라고 했다. 살려주세요, 싹싹 빌었더니 정말 무섭냐며, 자기가 진짜 화가 난 것처럼 보이더냐며, 그렇다면 연기자 학교에 들어갈 수 있겠다며 낄낄거렸다.

오늘은 L을 목욕시키는 날이었다. 그와 함께 좁은 목욕탕에 들어가 그녀를 씻길 일이 민망해서 나 혼자 해 보겠노라 했더니 그렇게까지 내외할 필요가 있느냐며 빙글거렸다. 두고 보자, 나 부르면 죽인다, 그래도 문 밖에서 기다릴 테니 필요하면 언제든 부르라고 했다. 중간에 나는 그를 부를 수밖에 없었다. 몸을 부려버린 160 파운드의 환자를 씻기는 일은 쉽지 않았다. 그는 능숙했다. 젖가슴도, 은밀한 부위도 아무렇지 않게 함부로, 쉽게쉽게 씻었다.

목욕이 다 끝나 타월로 몸을 닦아 주는 중에 L은 큰일을 치렀다. 우리는 한참을 기다렸다가 그녀가 일을 다 끝낸 후, 다시 몸을 닦아

주었다. 둘이서 L을 들어 힘겹게 침대로 옮긴 후 기저귀를 채우려는 찰나, 그녀는 또 일을 보았다. 새로 바꾼 침대리넨을 바라보며 어떡하니, 하면서 안타까워 했더니 그는 괜찮다며 순식간에 침대보를 바꾸고 모서리를 단정하게 정리했다.

J가 나간 후 L을 바라보았다. 깨끗한 얼굴의 그녀는 표정이 없었다. 젊었을 때는, 아니 아프기 전에는 예쁜 얼굴이었을 것 같다. 좋은 인생이었으리라. 어느 누군가로부터 지독한 사랑을 받는 여성이었을 것이다. 그러나 이제 그녀는 벌거벗어도 이성의 마음을 설레게 하지 못한다. 젊은 J가 L을 혼자 목욕시켜도 어느 누구 하나 신경쓰지 않는다.

그녀를 바라보면서 문득 사랑의 방정식 시구가 생각났다. 그리고 그것은 그저 시에 지나지 않는 것은 아닐까, 하는 생각이 들었다. 그러다가 머리를 흔들었다.

무너진 육신 속에 갇혀 고통하는 영혼을 바라보고 그 영혼을 끝까지 사랑하는 일은 쉽지 않지만 가능케 하는 것이 있다. 사랑이다. 사랑은 방정식이므로. 등식이 성립되려면 똑같은 분량의, 혹은 그와 상응하는 양의 내용이 있어야 한다. 그러니까 내가 상대방을 사랑하면 그 사랑은 반드시 돌아온다. 사랑은 거짓이 없으므로.

사랑하는 이를 끝까지 사랑하기 위해서는, 아니 내가 끝까지 사랑을 받기 위해서는, 오늘 사랑과 인내를 연습해야 한다. 언젠가 누군가 낯선 이의 손길로 씻겨지고 다루어진다 할지라도, 사랑이 있으면 그대는 영원히 아름답다. 그러니까, 시처럼 비현실적이라 할지라도 아직은 사랑할 일이다. 사랑한다는 말을 아끼고 있다면 그대여, 오늘 말하라. 사랑한다고.

학생 간호사가 십대 미혼모에게 주는 편지

시드니.

창백한 네 얼굴을 바라보노라니 슬픔이 앞선다. 너의 상황을 받아들이기가 힘들지만 나는 오늘 하루 동안 네 결정을 존중하고, 절대 간호가 필요한 너를 돌보아 주어야 한다.

16세. 꽃다운 나이. 음악처럼 예쁜 이름을 가진 너. 이름보다 더 예쁜 외모를 지닌 너. 칠흑 같은 긴 생머리를 휘날리며 친구들과 해맑게 웃거나 혹은 SAT공부, 혹은 AP학점 때문에 골머리를 앓아야 할 11학년. 그런데 너는 집에 두고 온 18개월짜리 큰아이 걱정을 하며 병상에 누워 있구나. 어제 태어난 두 번째 아이를 안고서.

그래. 너는 알 리가 없지. 무통분만을 위해 척추 마취를 했으니까. 커튼으로 가려 너는 보지도 않았으니까. 마취의사와 간호사가 너를 돌보는 가운데, 의사가 네 배를 가르고 아기를 꺼낼 때 너는 기분 좋게 산소를 공급받으며 네 말대로 배가 약간 출렁거리는 압박감을 잠시 느꼈을 뿐일 테지.

저토록 많은 피가 쏟아지고 있는데. 의사의 날카로운 칼날이 너의 부드러운 배를 가르고 3개의 복막을 지나 자궁을 찢고 있는데. 간호사가 넓은 철주걱으로 두터운 지방을 젖혀 자궁이 드러나도록 안간힘을 쓰고 있는데. 의사가 아기를 끄집어내던 겸자를 놓쳐서 피가 사방으로 튀고 있는데. 아기의 머리가 나오지 않아 다른 의사 한 명이 팔꿈치로 네 배를 쾅쾅쾅, 눌러대고 있는데. 지혈을 하느라 레이저핀으로 혈관을 지져가면서 의사가 네 자궁을 꿰매고 있는데. 살타는 냄새, 피가 튜브 안으로 빠르게 흡입되는 소리, 튀는 핏방울 때문에 머리가 어지러워 나는 금방이라도 쓰러질 것 같아 몇 번이나 눈을 감았다가 뜨곤 했는데. 너는 날씨 얘기를 했던가?

시드니.

네 학교에는 네가 수업을 받는 동안 너와 친구들이 낳은 아이들을 돌보아 주는 탁아실이 있다지. 교정 어느 곳이든 조그마한 공간만 있어도 남자친구와 자유롭게 사랑을 나눌 수 있다는 말, 믿어지지 않았다. 5번 임신, 3번 낙태. 자궁혹 절제술. 맨 처음 너에 관한 진료기록을 읽으면서 얼마나 놀라고 당황했던가. 11세에 첫 임신을 하면서 겪은 일들은 너에게 너무나 무거운 짐이었겠지.

그래, 안다. 너는 통계적으로 보면 평범한 십대다. 미국에는 해마다 1백만 명의 10대 소녀들이, 혹은 10명의 소녀 중 4명이 임신을 하지. 매년 50만 명의 아기들이 정서적, 심리적, 경제적으로 준비가 되지 않은 십대 미혼 엄마에게서 태어난다고 한다. 임신 경험이 있는 10대 소녀들의 많은 수가 1년 안에 다시 임신을 하고 그중 40퍼센트가 낙태를 한다는 통계, 정말 믿고 싶지 않았다.

일각에서는 10대 엄마들에게 도덕과 인성교육을 좀 더 철저히 시켜야 한다고, 무통 분만이 임신을 부추기는 요인이기도 하니 고통도 맛보게 해야 한다는 연구도 있다는구나. 그래, 어른들의 잘못이다. 책임을 통감한다. 어른들이 뭔가 잘못된 환경을 마련해 줌으로 어린 너희들이 고통을 당하는 것 아니겠니.

시드니.

너는 내일이면 퇴원할 거고 나도 내주부터 다른 병원으로 옮기니까 다시는 너를 만날 일이 없으련만 왜 나는 네 병실을 떠나지 못하고 네 주변을 맴도는 걸까. 사랑하기 때문이다. 너는 웃는구나. 그래, 이 세상은 나의 일부분, 그러니까 내가 모르는 어느 한 사람이 생명을 잃으면 나의 일부를 잃는 것이라는 생각을 가지고 있는 사람들의 병이기도 하지. 너는 나의 일부란다. 당연히 너를 사랑할 수밖에 없다.

시드니.

이 세상은 넓고 아름답다. 너의 젊음은 다시 오지 않는다. 나는 네가 적어도 고등학교를 마치고 기술을 습득하여 자립능력을 갖추기를 원한다. 네가 내 나이쯤 되었을 때 너의 젊은 시절을 후회하지 않기를 바란다. 너의 앞날이 복되고 아름답기를 빈다. 두 아기 건강하게 잘 키우렴. 안녕.

생명을 위하여

　며칠 전, 한 작은 음악회에 다녀왔다. 1940년대, 어느 난파선에서 자신의 구명재킷을 벗어 낯모르는 이들에게 양보하고 죽어간 이름 모를 네 명의 신사들을 기리는 연주 순서가 있었다. 난파 직전, 승객들은 선장의 지시에 따라 모두 구명재킷을 입었다. 그런데 네 명을 위한 재킷이 모자랐다. 그때 재킷을 입었던 사람들 중 한 명이 자신의 재킷을 벗어서 공포에 질려 있는 한 어린아이에게 건네주자 다른 신사 세 명도 앞을 다투어 재킷을 벗기 시작했다.

　물 속으로 가라앉는 배의 갑판 위에서 재킷을 입은 사람들이 재킷을 벗어준 네 명의 손을 붙잡고, 배가 침몰하여 물이 목에 찰 때까지 눈물로 불렀다는 노래. 마음과 영혼을 쿵쿵 울려 깨우는 듯한 튜바의 무거운 선율과 북소리를 듣노라니, 자신의 몫이었던 생명을 훌훌 벗어 낯모르는 이에게 양도했던 아름다운 사람들의 영혼이 느껴지는 듯 했다. 깨어 있는 영혼의 가치가 도달할 수 있는 높이는 어디쯤일까, 상념에 빠져들게 하는 연주였다.

낮게 가라앉은 음악을 감상하노라니 생명의 소중함과 맞물린 예화 하나가 생각났다.

힌두교도가 주 종교인 인도와 회교가 주 종교인 파키스탄은 인접 국가다. 국경 지역에 파키스탄 청년이 한 명 살고 있었다. 회교도인 이 청년은 마침 인도에서 넘어온 소 한 마리를 보고 잡아먹었다가 인도인에게 붙잡혀 태수 앞에 서게 되었다. 사형선고는 당연했다. 그런데 이 청년이 태수에게 용서를 비는 것이었다. 고향집에 연로하신 어머님이 계시는데 자신이 죽으면 그를 봉양할 사람이 없다는 것이었다. 태수가 알아보니 그의 말은 진실이었다.

태수는 청년의 어머니를 생각하여 기회를 주기로 작정, 시험을 통과하면 목숨을 살려주겠노라 했다. 청년에겐 선택의 여지가 없었다. 기름이 가득 담겨 넘치기 일보 직전인 컵이 내어졌다. 태수는 명령했다. "이 컵을 들고 동리를 한 바퀴 돌아오너라. 기름을 한 방울도 흘리지 않으면 살려주마."

암담했지만 자신이 살 수 있는 유일한 기회이기도 했다. 얼마나 느리고 조심스런 발걸음이었겠는가. 해가 저물 무렵, 그는 동리를 한 바퀴 돌아 태수 앞에 다시 섰다. 기름은 단 한 방울도 컵 밖으로 넘치지 않았다.

태수가 물었다. "동네를 돌아보니 풍물과 인정이 어떻던고?"

청년은 고개를 푹 수그리며 대답했다. "죄송합니다. 컵 속에 든 기름을 흘리지 않으려 조심하느라 다른 것에 신경을 쓰거나 쳐다볼 엄두를 내지 못했습니다."

그는 결국 집으로 돌아갔다.

생명은 이렇게 다른 것들을 쳐다볼 엄두가 나지 않을 만큼, 온통 집중을 하여도 지나치지 않을 만큼, 귀한 것이다.

자신의 생명이 귀한 만큼 다른 이의 생명도 귀하다는 평범한 이치를 몸으로 실천하는 사람들, 자신과 타인의 생명을 동일시하여 자신의 생명을 아낌없이 희생할 줄 아는 사람들을 우리는 성인이라 부른다. 범인도 성인이 되는 길이 있는 셈이다.

난파선의 네 신사들처럼 낯모르는 이들을 위하여 자신에게 배당된 생명을 내어주는 것만이 가치가 있겠는가. 사랑과 이해와 관용과 용서는 생명을 키우는 원동력이다. 타인을 위해 하나밖에 없는 생명을 주기란 쉽지 않지만 마음을 주고 용서를 베푸는 일은 어렵지 않다. 그것은 결국 자신을 위한 것이므로. 살아 있는 모든 존재를 향한 안쓰러운 시선이 있다면 넉넉히 생명을 살릴 수 있다.

오늘, 생명에 대한 가치 인식과 겸손으로 어둡고 우울하고 비인격적인 세상 논리에 맞서는 하루가 되기를 원한다.

인생의 우선순위

삶의 난제들에 부딪히면 늘 당황한다. 신기한 것은 사는 동안 시시때때로 수없이 많은 어려움을 만나고 헤쳐 나왔건만, 닥치는 일마다 항상 새로워서 면역이 되지 않은 문제들투성이라는 것이다.

그럴 때 인생의 우선순위(priority)를 생각한다. 무엇을 선택해야 가장 적게 잃고 아니, 가능한 한 아무것도 잃지 않고 이 난관을 극복할 수 있을까. 어느 것도 포기하지 않으면서 무언가를 성취한다는 것은 불가능한 일, 그렇다면 무엇을 버리고 무엇을 취해야 이 고난을 통하여 값진 삶의 지혜를 얻을 수 있을까.

누구에게나 인생의 우선순위가 있고 그 내용은 천차만별이다. 세상을 바라보는 눈이 다르기 때문이다. 그러나 그 순위를 정하는 공식은 똑같다. 중요한 일을 먼저 하고, 그 후에 나머지 것들을 돌보는 것이다.

얼마 전, 인생의 우선순위에 대한 퍼포먼스를 접할 기회가 있었다.

그것은 무척 단순했지만 영감적이고 감동적이었다.

간호학 교수 미스 서벤카는 어느 날 강의실에 들어서더니 투명하고 커다란 항아리 모양의 빈 유리병을 교탁 위에 올려 놓았다. 그녀는 준비해 온 골프 볼을 그 안에 가득 채웠다. 병을 흔들어 두어 개의 골프 볼을 더 넣은 다음 우리에게 물었다. 볼이 병 안에 가득 찬 것 같은가. 그렇다는 대답에 그녀는 준비해 온 자갈들을 그 항아리 안에 쏟아 부었다. 자갈은 골프 볼로 인하여 더 이상 공간이 없어 보였던 항아리 속으로 상당량 들어가 볼과 볼 사이를 채웠다. 병을 흔들어 자갈을 조금 더 집어 넣은 다음 그녀는 같은 질문을 반복했다. 이 병이 가득 찬 것에 동의하는가? 그와 같은 방법으로 모래를 넣고 마지막으로 4병의 맥주를 부으니 마침내 그 통은 더 이상 아무것도 받아들일 수 없을 만큼 꽉 차게 되었다.

그제야 미스 서벤카는 우리를 둘러보며 웃었다.

"이 항아리는 인생을 얘기하고 있습니다. 골프 볼은 인생에 있어서 중요한 것들을 의미하지요. 가족, 배우자, 건강, 자녀, 친구 등, 열정을 쏟아야 할 대상들입니다. 다른 모든 것을 잃었다 해도, 다른 것들이 일부 갖추어지지 않았다 하더라도, 이들이 존재하는 한 여러분의 인생은 여전히 충만할 것입니다."

"자갈은 직업이나 집, 자동차 등의 물질을, 모래는 앞서 말한 것들 이외의 하찮은 것들을 의미합니다."

"이 통을 제일 먼저 모래로 채워 버린다면 어떻게 될까요? 골프 볼이나 자갈을 위한 공간은 사라져 버립니다. 인생도 마찬가집니다. 여러분의 귀중한 시간과 에너지를 하찮은 것에 모두 낭비한다면 중요한 것들을 위한 공간은 결코 마련할 수 없게 됩니다."

"여러분에게 행복을 가져다 주는 중요한 일들에 관심을 기울이세요. 자녀들과 놀아주고 정기적인 건강검진을 놓치지 마세요. 사랑하는 사람과 함께 하는 시간을 내야 합니다. 일할 시간, 집안을 청소할 시간, 파티를 베풀 시간, 고장 난 수도꼭지를 고칠 수 있는 시간은 언제든지 존재할 것입니다."

인생의 항아리에 무엇을 얼마만큼 채울 것인가도 중요하지만, 그 순서는 더욱 중요하다는 것을 실감할 수 있었다. 소중한 것을 먼저 하면 다른 것을 위한 공간은 저절로 마련된다는 이치는 새로운 발견이었다. 중요한 것들로 채운다면 나머지가 부족해도 그렇게 허전한 인생이 아니라는 논리는 고무적이었다. 더구나 무엇으로 인생을 채우든, 그 순서가 어떻든, 인생의 재미로 표상되는 맥주의 공간이 언제나 존재한다는 사실은 얼마나 큰 위로가 되었는지.

삶의 우선순위가 확실하고 명쾌한 사람은 행복한 사람이다. 마음 하나 고쳐먹으면, 순서 하나 바꾸면, 문제가 해결되고 세상이 달라지는 일이 얼마나 많은가. 마음이 어수선할 때면 인생이란 그저 단순한 빈 항아리에 불과할 따름이니 겁먹지 말고 우선순위를 먼저 돌보라던 미스 서벤카의 목소리가 들리는 것 같다.

5.

샐 위 댄스?

'예수의 수난' 유감

너무나 기대가 큰 탓이었다. 그토록 심각한 영화를 보고도 눈물 한 방울 흘릴 수 없었던 것은. 목이 곧고 마음이 무디어서인가, 「십계」나 「벤허」 같은 고전전인 분위기를 기대했던 편견 때문인가, 지상에서 보냈던 예수의 마지막 시간을 그린 「예수의 수난(The Passion of the Christ)」은 큰 실망을 안겨 준 영화였다.

펑펑 울었다, 불이 켜져도 일어설 수 없었다, 영화관 바닥에 무릎을 꿇고 회개 기도를 올렸다는 사람들의 얘기를 듣고 몹시 구미가 당겼다. 어느 교회에서는 눈물을 닦을 냅킨에 교회 주소를 인쇄, 영화관 입구에서 나누어 주며 전도까지 했다니 보통 영화는 아니지 싶었다. 멜 깁슨이 부귀명예를 누리면서도 인생의 허전함을 다스리지 못하다가 신과의 관계를 회복한 뒤 이 영화를 만들었다는 뒷이야기도 퍽 영감적이었다.

낭자한 선혈과 폭력만으로도 충격은 충분했다. 공포영화에나 나옴

직한 으스스한 음향 효과, 괴기 어린 사탄의 등장은 모든 배우가 아람어와 라틴어를 구사한 성의를 무색하게 만들었을 뿐만 아니라 잘 절제된 영상 속에 암시와 묵시로 전하려 했던 성스런 메시지를 가림으로 영화의 질을 몇 등급이나 낮추어 버린 듯한 느낌이었다. 뱀, 밀랍인형의 섬뜩한 미소, 유다를 괴롭히는 어린아이들로 표상된 사단은 희화적이기까지 했다.

예수와 사단의 관계는 심각하고 극렬한 선악간의 대쟁투이다. 사단은 간교할 망정 괴기스런 모습은 아니다. 사단이 무섭고 음침한 모습이라면 누가 사단에게 현혹될 것인가. 예수가 죽음으로 값을 치러야 했을 만큼 사단의 위력은 강하다. 사단을 영화에서 표현된 밀랍인형 정도로 인식한다면 낭패에 빠질 것이다. 그의 존재를 좀 더 고전적으로 표현할 수 없었을까, 아쉬웠다.

전체적으로 템포가 처진 영화였다. 로마의 군인들이 예수에게 당신이 그냐고 묻고나서 유다가 그에게 천천히 다가가 입맞춤을 하는 장면이 대표적이다. 확인이 필수였다면 순서가 잘못되었다.

그 시대를 혼미케 하던 예수를 붙잡는 일에 차출된 로마의 군인들은 정예의 인물들이었다. 추호의 실수라도 피하려 미리 군호까지 짰던 그들은 그토록 중요한 예수는 방치한 채 도망치는 세 제자들을 쫓느라 난투극을 벌이다가 나중에야 정신을 수습하여 멍히 서있는 예수를 붙잡는 바보들이 아니었다. 붙잡혔던 제자들은 어찌된 일인지 영화에서 자유롭게 행동하는 것을 보게 된다. 성서에 충실했더라면 그러한 모순은 벗어날 수 있었으리라. 베드로가 로마 군인의 귀를 자르는 과정 또한 그토록 난삽했을까 싶지 않다.

차마 눈뜨고 볼 수 없는 장면들을 끝까지 지켜보았던 마리아와 막

달라 마리아의 표정에서는 심장이 찢기는 아픔을 전혀 느낄 수 없었다. 인간적인 모습이 전혀 느껴지지 않았다. 신의 아들이지만 30년을 넘게 동고동락한 아들, 목숨을 구해 준 스승의 고난 앞에 선 두 여인의 초연하고 절제된 모습은 오히려 리얼리티를 반감시킨 것 같다. 그들을 성인화시키지 않고 인간 본연의 모습으로 그렸더라면 영화는 그나마 따뜻했을 것이다.

금욕적인 분위기가 압도적인 영화였다. 예수의 고난이나 죽음의 의도를 제대로 표현하기보다는 예수가 인간의 죄를 위해 그토록 극심한 고통을 당했으니 회개하라고 강요하는 것 같았다. 인간도 누군가를 위해 그런 희생을 치른다면 구원이 가능하다는 암시로 받아들였다면 지나친 억측인가. 인간의 선한 행위나 자학으로 어떤 형태의 면죄부를 보장받을 수 있다고 생각하는 것은 오류이다.

인간에게 구원이 주어진 것은 예수가 영화에서 보여준 것처럼 극심한 신체적 고통을 감당했기 때문이 아니다. 대중들이 그의 고난에 열광하느라 그의 진정한 메시지는 외면하는 것은 아닌지 우려가 컸다. 예수가 흘린 피와 그의 사랑을 생각하면 가슴이 찢어지지만, 그가 당한 고통의 강도 때문에 우리의 구원이 이루어진 것은 아니다. 영화는 마치 예수가 그토록 처절하게 수난을 당했기 때문에 인간에게 구원이 주어진 것처럼, 그렇게 당하지 않았다면 구원이 있을 수 없었다거나 약해질 수도 있는 것처럼 느끼게 만들었다. 답이 분명함에도 불구하고 '행위로 말미암는 의'와 '믿음으로 말미암는 의'에 대한 갈등과 혼란을 느끼게 만들어 주었다.

예수의 생애는 멜 깁슨의 「예수의 수난」보다 훨씬 더 극적이었다. 외롭기가 한량없었고, 이 세상에서의 마지막 12시간뿐만이 아니라 한순간 한순간이 수난과 고통의 연속이었다. 신체적인 아픔보다는 그의 메시지를 받아들이지 않는 불쌍한 영혼들로 인한 정신적 고통이 더 많았다. 인류를 사랑함으로 그가 당한 수모와 박해는 영화에서 받은 태형 이상이었다. 영화 속의 예수는 신체적인 고통을 감당하느라 본래의 목적은 안중에도 없어 보였다.

결론이 미흡한 영화였다. 예수의 힘든 수난을 목격한 대중들의 변화된 모습은 영화의 백미요 필수적인 결론일진대, 부활 장면을 짤막하게 처리, 암시한 것은 아무래도 아쉽다(예수가 부활한 것을 보여준 것만으로·천만다행이라는 생각이 들어 가슴을 쓸어내렸다. 십자가에서 죽음을 당한 것으로 막을 내렸다면 반그리스도적 영화의 기수가 되었을 것이다. 부활을 배제한다면 기독교처럼 가련한 종교가 없을 터이기 때문이다). 골고다의 언덕에서 숨을 거두기까지 그토록 세밀하게 묘사를 했으면서 왜 회복 단계는 보여주지 않았는가.

영화 속에서 베드로는 세상에 없는 파렴치한이 되고 말았다. 부활 후 예수는 그에게 나타나 당신을 사랑하느냐고 세 번을 반복하여 묻고 당신의 양을 먹이라고 세 번 부탁함으로 예수를 세 번 부인했던 그의 과거가 모두 용서되었음을 공중 앞에서 확인함으로 그의 위상을 회복시켜 주었다. 베드로가 진정 거듭나는 순간이었다. 예수의 한없는 신뢰와 사랑에 감읍한 베드로는 그 뒤 복음을 위해 평생을 고난 속에 보내다가 십자가에 거꾸로 매달려 순교를 당했다. 영화가 아무리 길어진다 해도 치유 받은 베드로의 상처는 언급되었어야 했다. 상처를 싸매 주고 회복시켜 주는 것은 기독교가 진정 지향해야 할 태도이기 때문이다.

땅이 갈라지고 무덤이 열리며 하늘이 얼굴을 가릴 만큼 예수의 죽음은 평범하지 않았다. 예수의 죽음을 목격한 사람들이 단순히 놀람과 공포에서 그쳤다면 잘못된 것이다. 수많은 사람들이 회개하고 회복되었다. 이천 년이 지난 오늘까지 기독교가 살아 있는 이유는 예수의 죽음 이후 사람들이 겪은 근본적인 변화 때문이다.

기독교는 무궁무진하여 결코 다함이 없는 종교이다. 예수의 생애는 다각적으로 연구되어야 한다. 어느 한 면에만 집중하면 오류에 빠진다. 거짓이 조금이라도 섞이면 이미 진실이 아니다. 예수가 원했던 바를 인류가 하나씩 깨달아갈 때 이 세상은 그만큼씩 변화한다. 기독교인들의 책임이 크다. 좀더 성숙해야 하고 좀 더 진지해야 한다.

영화는 기독교의 현 주소를 그대로 제시해 주는 듯 했다. 기독교가 성숙하면 그에 준하는 영화가 나올 것인가. 언젠가는 진정한 예수를 그린 영화를 만날 수 있기를 기대한다.

마지막 사무라이

　마지막이라는 단어는 사람의 마음을 애잔하게 만든다. 마지막 만남, 마지막 편지, 마지막 공연, 마지막 황제, 마지막, 마지막….

　요즘에 뜨고 있는 화제작이라는 평가보다는 마지막이라는 말에 끌려 보게 된 영화 「마지막 사무라이」는 내가 싫어하는 폭력이 난무하고 헐리웃 영화의 조잡성과 취약성을 역시 벗지 못했지만, 몇몇 영상들이 마음속에 남아 있어 나쁘다고 단언할 수가 없다. 사랑과 의리에 대한 인간의 감정을 상처로 성숙해진 인물들을 통해 물 흐르듯 자연스럽게 그려내었고, 동양의 영감적인 선사상을 기저로 정신세계를 터치한 의도와 노력에 점수를 주어야 한다고 생각했다.

　신식 군대 훈련과 현대 정부에 반기를 든 사무라이 부족을 토벌하기 위해 일본 정부에 의해 고용된 미국의 캡틴 올그린은 싸움터에서 사무라이들에게 사로잡혀 그 부족들과 몇 달을 함께 지내는 동안 사랑과 존중과 가치의 정서를 배운다. 정부군에게 인계된 후, 일본 정부가 제시하는 돈과 명예를 거절하고 사무라이 마을로 다시 돌아온 그에게 어린 소년이 묻는 장면이 있다.

"적이 쳐들어오면 우리를 위해 싸워 주실 건가요?"

"그래."

"당신의 나라에서 백인들이 쳐들어 온다면 어떡하실 거예요?"

"여전히 이 땅을 위하여 싸울 거다."

"왜죠?"

"내가 사랑하는 사람들이 사는 마을을 파괴하러 온 사람들이니까."

그의 대답으로 나는 오랫동안 마음속에 담아 두었던 숙제 하나를 시원하게 푼 기분이었다. 왜 인간은 전쟁이라는 살인극을 벌여야 하는지, 어떻게 인간 형제의 가슴을 향해 총부리를 겨눌 수 있는지, 조금도 이해하고 싶지 않았던 마음에 그럴 수도 있겠다, 라는 의식이 살며시 스며들었던 것이다.

우리는 우리가 소속되어 있는 곳을 사랑한다. 자신이 몸담고 있는 곳을 사랑할 수밖에 없는 것은 우리 인간이 지닌 속성이다. 그것을 지켜야 하는 것은 당연한 일인 것이다!

우리의 한인 청년들이 미 군복을 입고 이라크까지 원정을 가서 목숨을 걸고 싸울 수 있었던 것, 미국의 역사를 평가하는 일에 그토록 조심스럽고 죄스러웠던 것, 시민권 선서를 하면서 미국이 위험에 빠지면 싸울 것인가에 대한 물음에 고개를 끄덕일 수 있었던 것은, 자기보호본능 때문이었다. 그것은 힘에 대한 굴복이 아니라 내가 사랑하고 아끼는 이들이 살고 있는 땅에 대한 애정이요, 그들이 위험에 빠지는 것을 막고자 하는 인간 본연의 반사작용인 것이다.

모든 인간의 역사는 다양한 생각과 생각의 만남, 그 사이에서 발생하는 시너지로부터 비롯되었다. 그 시너지가 창조적이고 긍정적일 때 인류는 예술과 문화를 꽃피웠고, 부정적일 때 전쟁을 하는 고통과 불행을 겪었다. 그러니까 전쟁과 예술 창조는 언뜻 보면 상반적이지만 백짓장 한 장만큼의 생각 차이 아닐까.

생각과 이념의 차이는 참으로 진지한 것이다. 성격차이라는 개념이 진부하게 느껴지는 이유는 그 의미가 오용되어 왔기 때문이다. 이념과 생각이 맞지 않으면 부부는 이혼하고, 회원은 탈퇴하며, 나라와 나라는 전쟁을 한다. 그런 때 이념은 혈연을 능가한다.

영화를 보면서 또 하나 느낀 점은 역시 인간은 사랑을 먹고사는 존재라는 것이었다. 모든 인간은 사랑 앞에 무릎을 꿇는다. 그 사랑은 청춘 남녀간의 허약한 사랑이 아닌, 주고받는 방정식 같은 사랑이 아닌, 오랜 세월 꺾이고 흔들리면서도 지킨 사랑, 고난과 역경을 통해 다져진 신뢰에서 비롯된 강한 사랑이다.

영화관을 나오는데 목젖이 따끔거렸다. 흘러간 과거, 흘러간 가치, 흘러간 전통에 대한 향수와 안타까움으로 쓸쓸하고 허전해진 마음에 장자의 일갈이 울려왔다.

"삶의 참모습에 능통한 자는 삶이 어떻게 할 수 없는 일을 애써 찾지 않고, 하늘의 운명의 참모습에 밝은 자는 지식으로는 어떻게 할 수 없는 일을 애써 하려 하지 않는다."

20퍼센트의 희망

　미주 중앙 USA닷컴이 한인 네티즌 6백50여 명을 대상으로 혼전 동거에 대한 의식을 조사한 결과, 응답자의 약 60퍼센트가 '가능하다'고 답했다 한다. 구체적으로 세분하면 '해도 무방하다' 35퍼센트, '결혼을 전제로 한 동거는 가능하다' 25퍼센트였고, '절대 반대' 20퍼센트, '잘 모르겠다' 20퍼센트였다고 한다.

　배우자간의 순결과 신뢰, 가정의 신성함 등을 운운했다가는 신선이나 바보 취급을 받는다는 것쯤 모르는 바 아니지만 한숨이 절로 나온다. '좀더 안전한 결혼을 위해서'라는 빈약한 이유마저 설득력이 없어 보인다. 미리 살아 보고 결혼하는 추세라면 과거보다 이혼율이라도 낮아야 할텐데, 내가 아는 두 가정 중의 하나가 깨지지 않으면 그 이혼은 내 몫이라는 확률은 어찌된 것인가 말이다.

　본국에서는 대학과 중고교를 무론하고 상아탑마저 성의 상품화 마수에 놀아나고, 묻지마 관광보다 더 무서운 부부 스와핑이 성행한다

하니, 그에 비하면 이곳 한인 네티즌들의 반응은 어쩌면 고전적이라고까지 말할 수 있겠다.

나는 60퍼센트에 속한 사람들에 대한 논평은 보류하고 싶다. 오히려 나의 관심은 '절대 반대'라고 응답한 20퍼센트의 사람들에게 있다. 새삼 그 무게에 대하여 생각하고 싶은 것이다. 이탈리아의 경제학자 파래토의 80/20법칙이 생각났기 때문이다. 한 나라 인구의 20퍼센트가 그 나라 부의 80퍼센트를 지배한다, 20퍼센트의 행동에서 80퍼센트의 결과를 낸다, 20퍼센트의 세일즈맨이 사업 수입의 80퍼센트의 실적을 올린다, 회사의 20퍼센트의 생산품이 80퍼센트의 수입을 가져온다, 등의 공식이 역설적인 희망으로 느껴졌기 때문이다.

파래토의 법칙에 의존해 보면 60퍼센트의 결과에 놀라서 지레 겁을 먹거나 세상 다 되었다고 한탄할 일이 아닌 것 같다. 20퍼센트에 희망을 걸어볼 만한 것이다. 네티즌이 누군가. 컴퓨터에 익숙한 세대, 그러니까 젊은 세대 아닌가. 그 세대의 20퍼센트가 절대 안 된다고 응답한 것은 결코 간과할 수 없는 비율이다.

20퍼센트의 절대가치 지지자들을 눈여겨 보면, 그것은 어쩌다 우연히 얻어진 비율이 아니라 인류 역사가 시작된 이래부터 지금까지 도전과 응전의 과정에서 파생된 어떤 법칙과 같은 것으로 어느 사건에나 존재해왔고 앞으로도 여전히 그 몫을 고수할 비중이다.

최근에 커다란 논란을 일으킨 앨라배마 주 대법원의 돌 십계명 비 철거문제에 대비해 보면 길바닥에 길게 눕거나 엎드려 열렬히 철야 농성을 벌인 철거 반대자들과 찬성자들, 그리고 그게 무슨 대수로운 문제냐며 시큰둥한 반응을 보인 비율이 20/60/20이라는 예사롭지 않은 분류의 법칙에 이끌렸다.

앞서 언급한 '절대 안 된다'의 20퍼센트가 타운에서 그들의 영향력을 좀 더 발휘할 수 있기를 진정 바란다. 그들의 존재로 말미암아 타운이 건강함을 유지할 수 있다고 믿기 때문이다. 자기 고집을 위해서가 아니라 흔들리지 않는 근본적인 가치를 위하여 투쟁하는 사람들이 되기를 원한다. 그래서 60퍼센트 아니, 더 나아가 '잘 모르겠다'고 대답한 20퍼센트의 사람들에게까지 영향력을 행사함으로 좀 더 진지한 사회가 되기를 희망한다.

세상이 아무리 가벼워져도 아직 희망이 있다. 20퍼센트가 있기 때문이다. 20퍼센트밖에 안 된다고 실망하거나 낙심치 않을 일이다. 20퍼센트는 결코 작은 몫이 아니다. 20퍼센트의 희망만 있어도 80퍼센트의 어려움을 극복할 수 있다. 20퍼센트의 꿈만 가지고 있어도 80퍼센트를 성취할 수 있다. 20퍼센트만으로도 이 사회는 충분히 존엄성과 그 가치를 유지할 수 있다.

20퍼센트의 절망과 고통과 낙심너머 80퍼센트의 희망과 사랑과 가치가 살아 있다는 것을 기억한다면 우리는 좀 더 밝고 기운차게 오늘을 시작할 수 있을 것이다.

‘희망의 도시’에서 만난 사람들

시티 오브 호웁(City of Hope) 메디컬 센터 심장병동의 환자 대기실에는 비발디의 「사계」 중 ‘겨울’이 흐르고 있었다. 휠체어에 앉은 백인 할머니 뒤에 세 명의 중년부인들이 따라 들어왔다. 푸짐한 몸집, 엇비슷한 나이에 얼굴 표정이 모두 닮아 있다. 조금 후에 은발의 신사 한 명이 들어왔다.

병원 스텝이 할머니의 이름을 호명하자 세 명의 부인들이 이구동성으로 말했다. “엄마, 단 15분 떨어져 있는 거라우. 걱정 마세요. 우리 모두 여기에 있을 게요.” 자매들이냐 물으니 그렇다면서 세 자매가 더 있다 했다. 폐암을 앓는 87세의 어머니가 병원에 검사차 오실 때면 원근 각처에 사는 딸들이 거리불문 달려와서 세 명 이상이 항상 호위한다고 했다.

책을 읽고 있던 신사도 흐뭇했는지 대화에 끼어들었다. R대학에서 미국 역사를 가르친다는 그는 학교가 종강되는 내주에 전립선암 수

술을 받는다고 했다. 기말시험 문제 출제가 거의 끝나 마음이 홀가분
하다며 수술과 함께 기분 좋은 휴식을 취할 거라고 했다.

'다음 주에 나 휴가 간다'는 투의 담담한 억양이었다. 걱정되지 않
느냐, 물으니 희망의 도시에 왔으니 희망을 가질 수밖에 없다며 어깨
를 들어올렸다. 절망을 하더라도 희망을 걸고 절망해야 하지 않겠니,
오히려 반문했다. 친구 한 명도 한 달 전에 이곳에서 전립선암 수술
을 받았는데 경과가 좋다고 했다. 크리스마스가 조금 우울하겠다 하
니, 자기 일생 중 가장 많은 사랑과 관심을 이번 크리스마스에 받을
거라며 기대가 대단하다 했다.

심장이 좋지 않은 가족이 있다 하니 너무 염려 말라며 위로했다.
자신과 함께 테니스를 치던 친구가 쓰러져 병원에 옮겨졌는데 혈관
다섯 개가 모두 막혀 있었다 했다. 바이패스를 5개 하고 나서 더욱
건강해져 얼마나 테니스를 잘 치는지 수술한 후로 한 번도 친구에게
게임을 이겨본 적이 없다며 너털웃음을 지었다.

평안하고 잠잠한 그의 마음이 방안에 있는 모든 사람들에게 역동
적인 감동으로 전달되어 각자가 지니고 있던 근심을 잠시나마 내려
놓을 수 있었다. 암 진단을 받고 나서 그의 마음에 어찌 혼란이 없었
겠는가. 스스로에게 희망의 주문(呪文)을 걸 수 있기까지, 슬픔을 과
장하거나 숨기지 않고 직시하기까지, 절망의 뿌리에서 솟아난 진실
된 희망을 갖기까지, 그는 이미 자신과의 투쟁을 마친 사람이었다.

병원 현관 마당에 서서 밝은 햇살 아래 오색으로 흩어지는 분수를
바라보노라니 삶에 대한 연민으로 긴 한숨이 나왔다. 상처 없는 영혼
이 어디 있는가. 살다가 중한 병에 걸리는 일처럼 속수무책, 답답한
일이 또 있을까. 언제 찾아올지 모르는 복병, 눈치 채고 나면 이미

늦은 경우가 얼마나 허다한가.

올 한 해도 허송세월한 것은 아닌가 하는 자책과 착잡함이, 새해에는 반드시 이루어보리라 마음먹었던 많은 계획들이, 일시에 흰색이 된다. 건강한 몸과 마음으로 조금씩, 천천히 살고 싶다는 소망이 슬그머니 스며든다.

새해 계획, 아무것도 세우지 않기로 한다. 하루하루 주어진 시간에 감사하고자 한다. 세밑, 사랑과 평화가 도매금으로 날개 돋친 듯 팔리는 이때, 스스로가 느끼는 사랑과 평화는 어떤 모습, 어떤 의미인지 해석할 수 있는 고요한 시간을 갖기를 원한다. 슬프고 외로운 이들에게 진정한 평안이 있기를. 어려움 속에서라도 작은 희망의 싹을 발견하고 일어설 수 있기를.

아, 둥근 새해를 맞이했으면 한다. 둥근 사람들을 만나 둥근 마음으로 둥근 희망을 꿈꾸며 둥근 사랑을 하는 새해가 되었으면 한다.

베이비 낙타의 죽음

얼마 전 서남아시아를 강타한 쓰나미에 대한 뒷이야기를 들었다. 성적인 타락이 하늘을 찔러 멸망 당했단다. 우상 숭배가 많아 하나님이 벌을 내리셨단다. 이교도가 가득한 그 땅에 기독교의 복음이 들어가기 위한 각본이란다. 지구에 사람이 너무 많아 답답했는데 청소가 조금 된 거란다. 독실한 그리스도인이라 자처하는 사람들에게서 나온 이야기들이어서 몸서리가 났다.

기독교의 진정한 메시지가 왜곡되고 외면당해 온 이유에 대한 증거를 보는 듯했다. 기독교 전파가 이렇게 비정하게 이루어지는 것이라면, 기독 신앙을 가진 자들이 이토록 비인간적이라면, 그리스도인이 된 것이 부끄러운 일이다.

나는 살아야 할 사람이고 죽어 마땅한 자들이 죽었다는 공식은 어디서 돌출되었는가. 재난 당한 그 땅이 죄악이 성하여 심판을 받았다면 내 마음은 그 죄악에서 얼마나 멀리 떨어져 있는가. 재난이 마치

죄에 대한 신의 심판이라도 되는 양 마치 내가 선해서 재난을 당하지 않은 양, 오해하고 있지는 않은가.

왜 그리스도교를 전파하는가? 왜 그리스도교가 전파되어야 하는가? 땅 끝까지 복음을 전파하여 얻고자 하는 것이 무엇인가? 예수님이 빨리 재림하시는 것? 죽음을 맛보지 않고 빨리 하늘나라 가서 행복하게 살고 싶어서? 자신의 구원을 위한 수단으로? 오늘 예수님이 재림한다면 과연 쌍수들고 환영할 만큼 준비된 사람들이 얼마나 될까.

과거, 한여름에 낙타를 타고 사막을 가로지르는 대상들은 사랑하는 가족이나 동료가 죽으면 그를 사막에 묻을 때 어미 낙타가 보는 앞에서 낙타 새끼도 죽여 함께 매장했다. 낙타는 자기 새끼가 묻힌 자리를 언제든 정확히 찾는다는 속성을 이용, 후에 원하는 무덤을 쉽게 찾기 위해서였다.

낙타 새끼는 죄가 있어서 죽임을 당한 것이 아니다. 낙타 어미는 죄가 많아 눈앞에서 새끼가 죽음을 당하는 것을 보아야 했던 것은 아니다. 쓰나미로 사라져간 생명들은 살아 있는 자들을 향한 경고이고 살아 있는 자들을 위한 낙타 새끼다.

현장은 이제까지 있었던 어떤 전쟁보다 더 참혹하다 한다. 서방 선진 7개 국가는 피해국들의 부채 상환 요구를 잠정 동결하기로 결의했다. 경제란을 겪고 있는 러시아도 200만 달러를 쾌척했다. 이 와중에 심판 타령이라니. 그리스도인의 냉소적인 휴머니즘이 부끄럽기만 하다.

뜨거운 인간 사랑이 없는 종교는 거짓이다. 동정심이 없는 빵과 물은 헛것이다. 메마른 인간성으로 전파하는 복음은 환상이다. 따뜻한 눈빛, 따스한 손길로 그 입에 물 한 모금 빵 한 조각 마시우게 하고 떠어 넣어 주는 것이 진정한 복음이다. 그것은 곧 신을 접대하는 것이다. 굳이 복음을 외치지 않아도 된다. 복음의 주체가 이미 그곳에 임재해 있으므로. 신은 고통하는 사람들과 함께 지금도 눈물 흘리고 계신다.

구약을 잘못 연구하면 자칫 다른 사람들이 당하는 고난이나 재난을 보통 명사화시킬 위험이 있다. 생명 하나하나를 소중히 여기고 수없이 뜻을 돌이킨 신의 마음은 배우지 못한 채 피와 눈물에 무디어지기 쉽다. 어설픈 지식, 미성숙한 신앙은 복음을 죽인다.

오늘 내가 살아 있음은 선해서도 잘나서도 아니요, 타인과 더불어 이 세상을 아름답게 만드는 일에 일조하기 위함이다. 살아 있음을 특혜로 여기기 이전, 베이비 낙타와 같은 어느 누군가의 희생으로 내가 존재한다는 원리를 인식한다면 매 순간을 소중하고 겸손하게 대할 수 있을 것이다.

우리는 스파이더맨이 필요하다

"With great power comes great responsibility!" 능력이 많을수록 책임이 크고 외로운 법. 고달픈 스파이더 맨의 자기암시적인 외침이다. 「스파이더맨 2」는 기대이상으로 좋았다. 만화를 각색한 영화의 허무맹랑함을 들어 공박한다면, 미국식 영웅주의의 진부한 표본이라고 따진다면, 할말이 없다. 그래도 초능력을 지님으로 말미암아 온갖 고뇌를 떠안은, 지극히 따뜻한 인간을 만난 기쁨이 컸다. 가슴을 울리는 장면들이 많았다. 새기고픈 메시지들이 많아 행복했다.

생명주의 메시지가 좋았다. 원수의 생명까지도 귀하게 여길 만큼 따뜻한 심장을 지닌 스파이더맨은 이 시대가 갈급하는 참된 영웅의 조건을 모두 갖추고 있었다. 수퍼 파워를 지닌 영웅의 활동 범위가 광범위하지 않아서 좋았다. 영웅은 스케일 크게 놀아야 한다는 상식을 벗어나 오히려 신선했다. 지구 전체를 구한다는 허황된 설정이나 외국을 넘나드는 대규모 무대가 아니라 뉴욕이라는 한정된 장소를 택한 점이 맘에 들었다. 선행은 아무리 작은 것이라 할지라도 세상의 일부를 바꾸는 힘이 된다는 은유가 아니었을까.

성숙한 사랑과 참된 우정에 관한 이야기였다. 선은 힘을 솟게 만들고 사랑은 그 힘을 행할 수 있게 만든다는 아름다운 이야기였다. 진정 사랑하기에 사랑한다 말 못하고, 그 냉정함이 연인의 마음을 고통스럽게 한다는 것을 알면서도, 그의 생명을 보호하기 위해 돌아서야 하는 속 깊은 사랑이 잘 그려져 있었다. 목숨보다 아끼는 연인을 친구에게 빼앗기면서도 자신을 드러내지 않는 아픈 사랑이 있었다. 아버지의 원수가 친구라는 것을 알고서도 그를 죽이지 못하는 강한 우정, 원수의 누명을 쓰면서도 친구 아버지의 비밀을 지킴으로 친구의 가슴을 찢지 않는 사려 깊은 우정이 있었다.

망설이고 갈등할 때 초능력도 힘을 잃는 것을 보고 고개를 끄덕였다. 선과 정의의 실현에 회의를 품을 때 삶이 흔들리고 용기를 잃는 것은 당연한 이치다. 선의 수행은 삶의 대가로 지불해야 하는 사명이요 부담이다. 비록 초능력은 없지만 각자에게 주어진 특기와 재능을 도구 삼아 선을 실천한다면, 어둡고 구석진 곳을 따뜻한 시선으로 감싸 안는다면, 우리는 이미 영웅이다.

스파이더맨이 적을 굴복시킨 말이 마음속 깊이 내려앉았다. "때때로 선을 베풀기 위해서는 자신이 가장 귀하게 여기는 것조차, 그것이 비록 우리가 소원했던 꿈이라 할지라도, 희생시켜야 한다.(Sometimes when you have to do what's right, you have to give up the things you care about most, even if it's your dream.)" 얼마나 어렵고도 멋진 일인가.

삶은 선택이라는 말이 좋았다. 우리의 삶은 자신과 타인에게 선물이 될 수도 있고 저주가 될 수도 있다. 행복도 불행도 결국 자신의

선택인 것이다. 그러니까 오늘, 나도 행복하고 타인도 행복하게 만들
겠다고 다짐하는 것이다. 선을 선택하겠다고 결심하는 것이다. 어떠
한 어려움이 닥치더라도 어떠한 반대를 만나더라도 끝까지 온유하고
조용한 정신을 유지하겠다고 작정하는 것이다.

　그대여, 오늘 슬프다면, 「스파이더맨 2」를 보라. 초능력을 지니고
있어도 꿈의 발목을 잡는 현실적인 어려움 때문에 오늘을 아파하는
진실한 인간을 대하며, 조금은 위로를 받으리라.

4월의 편지

 4월입니다. 늘 찾아가는 동네 도서관 입구에 등꽃이 주렁주렁 피었습니다. 서양란을 축소시켜 놓은 듯한 연보랏빛 꽃들이 송이마다 수백 개씩 달려 있습니다. 이제 뾰족이 내밀기 시작한 연한 잎새들 사이로 풍성하게 피어나 꽃등을 달아 놓은 듯합니다. 향이 얼마나 감미로운지요.

 도서관 책상 옆의 통유리 창으로 하늘과 구름이 보입니다. 그 아래 화단에는 양치과에 속하는 큰 고사리나무가 있습니다. 아직 채 펼쳐지지 않은 새순들이 가지마다 동그랗게 꽃처럼 매달려 있습니다. 저녁 무렵에 저는 보았습니다. 아침나절까지 차륜처럼 말려 있던 동그라미에서 갑자기 가지 하나가 툭, 튀어나와 작은 잎사귀들이 하나씩 기지개를 켜는 모습을.

 4월입니다. 캘리포니아의 강한 햇볕에 어울리는 진한 빛깔의 온갖 기화요초들이 흐드러지게 아무데나 함부로 피었습니다. 프리웨이 길섶에도, 아스팔트 길 옆구리에도 가리지 않고 피었습니다. 작열하는 태양열에 화상도 입지 않습니다. 흙 미립자 몇 톨만 있어도 잔뿌리를 내리고 잎과 꽃을 피우는 끈질김, 그 연약함 속에 묻힌 강인한 생명력을 생각하니 신경까지 아파옵니다.

저녁 무렵, 동네를 산책했습니다. 골목마다, 길목마다 온통 꽃투성이입니다. 세상에, 놀랍고 부끄러워라. 이토록 예쁜 세상이 전시되어 있을 줄 누가 알았겠습니까. 자동차로 수없이 오가며 바삐 지나치던 꽃들의 얼굴을 가까이서 마주 대하니 탄성이 절로 나옵니다. 채송화, 들국화, 파피 등 눈에 익은 꽃들도 있었지만 처음 보는 꽃들이 더 많았습니다. 작은 꽃받침 위에 별 모양의 빨간 별들이 옹기종기 함께 모여 있다가 하나씩 활짝 펴지는 꽃이 있었습니다. 꽃송이마다 빨강, 노랑, 보라 등 꽃이 핀 시간에 따라 다른 빛깔을 띠고 있었습니다.

연한 꽃잎들이 하늘하늘 바람에 흔들리고 있었습니다. 그때마다 꽃잎들이 보석처럼 반짝입니다. 하얀 꽃들이 금방이라도 나비가 되어 일제히 하늘로 날아갈 것만 같습니다. 내 마음도 함께 흔들립니다. 인생이 이렇게 아름다운 꽃길을 정이 깊은 사람과 끝없이 함께 거니는 것이라면 얼마나 좋을까요.

4월의 꽃길을 걷노라니 살아 있는 모든 존재가 아름답고 안타깝고 안쓰럽습니다. 사랑하기에도 부족한 시간들, 가슴에 가득한 사랑을 표현할 방법을 몰라 눈물이 납니다.

장자가 말하기를 세속적인 일을 내버리면 번거로움이 없어진다 하더이다. 번거로움이 없어지면 마음이 평안해진다는군요. 마음이 평안하면 조화(造化)의 자연과 더불어 날로 새로워지는 무한한 삶을 얻는다고요. 날로 새로워지는 무한한 삶을 얻으면 도에 가까워진다네요.

날로 새로워지는 마음으로 산다면 신선이라는 의미 아닌가요. 세속에 묻혀 살면서 세속적으로 살지 않는 것, 말처럼 쉬워야 말이죠. 사는 날까지 도전이오, 긴장을 주는 화두입니다.

어스름이 깔리고 서늘한 기운이 감도는 길목, 한낮에 활짝 피었던 꽃들이 꽃잎을 오므리기 시작했습니다. 그 모습이 마치 휴식하는 모습 같아서 보는 사람의 마음을 편안하게 해 줍니다.

4월이 왔다고 안심은 금물이라는 것을 압니다. 겨울 내내 나목처럼 쓸쓸하고 외로웠던 시간은 이제 더 이상 없을 거라는 기대는 하지 않는 것이 좋다는 것을 압니다. 슬픔은 아무 때나 수시로 쳐들어오니까요. 그래도 지금은 4월을 4월답게 맞이하고 싶습니다.

당신에게도 고운 4월의 시간이 되기를 빕니다.

샐 위 댄스?

리처드 기어와 제니퍼 로페즈가 주연한 「Shall We Dance?」는 전반적으로 그럴 듯 하면서도 맹한 영화였다. 마치 나라가 권장하여 제작한 '가정은 소중합니다' 홍보 필름 같았다. 지극히 퇴폐적으로 그렸어도 무방할 소재를 PG 13으로 처리하자니 무리가 있었을 것이다. 1996년 흥행했던 같은 제목의 일본 영화는 느낌이 무척 좋았었는데 똑같은 내용과 주제를 가지고 배우들만 바뀐 이 영화는 전통적인 미국인의 의식에 어울리지 않을 뿐더러 섬세한 심리를 일관되게 그리지 못한 탓인지 무척 어색했다. 미래가 아무리 불투명해도, 결국 해피 앤딩으로 결론지어진다 해도, 갈등과 전개 부분은 일단 갈 곳까지 가보는 것이 헐리웃 공식 아닌가. 상황전개와는 무관하게 제작자 마음대로 내린 결론을 관객에게 무리하게 강요함으로써 영화의 기본 틀조차 갖추지 못했다는 생각이 들었다.

창가에 비친 아름다운 여인의 모습에 반하여 홀린 듯 좇아가 댄스를 배우는 한 진지한 중년 남성과 그에 못지않은 호감을 갖는 댄스교사, 일상의 타성에 젖어 남편의 심리를 돌볼 생각을 하지 못하다가 어느 날 남편에 대한 신뢰도에 빨간 불이 들어오자 그에 대응하는 아내의 이야기. 외부 여인에 대한 남편의 애정이 깊어질수록, 중년의 위기에 처한 부부 관계가 핑크빛으로 반전되는 상황이 어이없었다. 아무 상처 없이 세 사람 모두 성숙한 인격관계가 이루어지는 설정은 현실감이 없었다. 관객들을 마치 어린아이 취급한다는 생각이 들어 맥이 빠졌다.

몇몇 대사가 기억에 남아 반분이나마 풀렸다. "부부란 상대방의 삶의 증인"이라는 말이 좋았다. 외롭고 서러운 이 세상에서 어느 누군가가 나의 삶을 가까이에서 담담히 바라보고 지켜보아 주는 것은 얼마나 아름답고 의미 있는 일인가. 나의 삶이 어느 누군가의 삶에 절대적인 영향을 미치고 그 또한 나의 삶의 한 부분이 된다는 것은 마술 같은 현실이다. 부부란 신비한 관계요, 배우자는 쉽게 포기할 수 없는 제2의 나다.

"한 시간 댄스 레슨에 5시간 연습"이라는 말이 좋았다. 어찌 춤에만 한정시킬 수 있을까. 시간이 문제겠는가. 새로운 기술을 습득하기 위해서는 자아조차 망각할 만큼 집중적인 연습이 필요하다. 미친 듯이 그에 빠져야 한다. 노력하지도 않고 쉽게 포기하면서 실패의 원인을 환경과 주변에 돌리는 일이 얼마나 허다한가. 무엇이든 제대로 하려면 최선과 열정을 다해야 한다. 좀 더 철저하게, 좀 더 간절하게 살아야 한다.

아름다운 댄스교사가 남자 주인공을 이끌어 불 꺼진 댄스 스튜디오에서 함께 춤을 추면서 그에게 했던 말도 좋았다. "Don't think.

Do just dance." 아무 것도 생각하지 마세요. 그냥 춤만 추세요. 늦은 밤, 캄캄한 공간에서 꿈에도 그리던 여인과 춤을 추면서 어지럽고 복잡했을 주인공의 심리를 헤아려 본다. 생각은 종종 집중력을 방해하고 일을 망치게 하는 경우가 있다. 순수하기 위해서 생각을 접어야 할 때가 있는 것이다.

추적추적 비가 내리는 날, 벗어날 수 없는 삶의 울타리에 펀치를 먹이는 마음으로 몸을 숨기듯이 찾아가 관람한 영화, 셀 위 댄스. 맥없는 스토리 속에서 반짝이는 대사 몇 마디 주우며 추운 마음을 달랬다.

셀 위 댄스? 우리 함께 춤을 추실까요? 우리 함께 새로운 삶을 시작해 볼까요? 우리가 함께 함으로 이 세상을 좀 더 아름답게 만들어 볼까요? 셀 위 댄스?

갑신년을 맞으며

새해를 맞는 마음이 담담하다. 각종 결산으로 부산했던 커뮤니티는 이제 침착하게 가라앉은 모습이다.

AP가 선정한 2003년도의 10대 주요 뉴스를 대하면서 나는 반쪽인생이라는 생각이 들었다. 부시의 감세안이나 캘리포니아 주지사 소환선거, 혹은 민주당 대선 후보전은 도무지 관심 밖의 일이었다. 동북부 정전 사태, 집에서 잠자던 중 납치되었다가 9개월 만에 돌아온 15세 소녀 엘리자베스 스마트 사건, 미국 경제의 회생 조짐도 나에게는 그다지 피부에 와닿는 문제들이 아니었다. 그보다는 친구와 친지들의 안부가 위협받았던 캘리포니아 화재가 미국의 10대 뉴스에 낄 만큼 큰 것이었다는 것에 일말의 위로를 느꼈다. 사스 위협과 이라크전 발발은 내가 소속된 커뮤니티와 나라가 오랜 기간 동안 앓았기 때문인가, 기도하는 심정이 되었었다. 컬럼비아 참사는 지구인의 한 사람으로서 한동안 가슴앓이를 했었다.

그러고 보면 세상은 내가 인식하는 것만큼 사는 것이 아닌가 싶다. 어떤 사건에 대하여 느낀 만큼 내 삶이 되는 것이다. 기쁨이든 슬픔이든 의식 안에 들어와 각인이 된 사건은 지나고 보면 모두 피가 되고 살이 되는 귀한 경험인 것이다.

언제부턴가 살처럼 날으는 세월에 대하여 탄식만 할 일이 아니라는 것을 알게 되었다. 나이가 든다는 것은 그만큼 열매를 맺는 표증이다. 어려운 일을 그만큼 많이 겪고 아름다움도 많이 보고 느꼈다는 증거다. 내적으로 걸러내고 컨트롤할 수 있는 힘이 강해진다는 의미인 것이다. 젊은 날에는 도저히 견딜 수 없는 일에도 "그 정도는 괜찮아" 혹은 "견딜 만 해"라고 스스로에게 말할 수 있는 것이다.

고통 중에 배우는 것이 없으면 이중으로 손해를 본다. 고통은 성숙을 위한 장치, 그를 통해 아무 것도 건지지 못한다면 고통당해서 손해, 성숙하지 못해서 손해인 것이다. 성숙한 눈을 얻을 수 있다면 고통조차도 값진 것이며, 받아들이는 깊이에 따라 보석 같은 지혜가 되는 것이다. 앞으로 닥쳐오는 난관을 넉넉히 이길 수 있는 용기와 저력을 얻게 되는 것이다. 삶의 여정 속에서 느낌 없이, 성찰 없이 공연히 나이만 먹는 것은 부끄러운 일이다.

강한 음지가 강한 양지를 만든다 했다. 지난 한 해 힘들었다면 올해는 그를 통한 성숙으로 더욱 곱고 아름다운 시간들이 마련될 것이다. 지난 한 해 아름다웠다면 새해는 그 아름다움이 더욱 찬란하게 꽃 피울 것이다.

계미의 묵은해가 저물고 갑신의 새해가 온다. 컬럼비아호에 탑승하였다가 산화한 우주인 로렐 클라크 씨가 보았던 황홀하게 아름다운 지구에 우리는 살고 있다. 이 지구가 다른 행성보다 아름다운 것은 생명이 있기 때문이다. 내가 숨쉬며 살고 있고 내가 사랑하는 이들이 존재하고 있기 때문이다. 우리는 서로에게 부대끼며 괴롭고 슬퍼도 먼 곳에서 응시하면 전체가 아름다운, 하나의 생명 현상인 것이다.

그녀가 지구 가족에게 보낸 이메일 "난 아름다운 지구를 보았습니다"를 다시 한 번 되뇌며 아름다운 새해를 꿈꾸어 본다.

"황홀하게 아름다운 지구 위에서 안부를 전합니다. 우주에서 바라본 지구의 전경은 경외롭기만 합니다…. 저는 놀라운 광경들을 보아왔습니다. 태평양에 퍼져 있는 섬광들, 호주 아래 수평선을 밝히는 남극광, 아프리카 대평원과 케이프 혼의 모래언덕, 높은 산을 뚫고 도도히 흐르는 강물들…. 어쩌다 밖을 볼 때마다 장엄하기만 했습니다. 별들도 저마다 특별한 빛을 발하고 있습니다…. 모든 행성에서 발하는 살아 있는 에너지를 여러분도 느끼시기를 바랍니다. 여러분 모두를 사랑합니다."

그녀가 의미하는 사랑은 막연한 감정이 아닐 것이다. 아무런 형용사가 받쳐주지 않아도 그 자체로서 생생하게 살아 있는, 순수한 사랑이다. 그 에너지로 인해 그냥 아름다운 사랑이다.

새해의 나의 삶의 시간들은 그런 사랑을 위한 여정이 되었으면 좋겠다. 작고 부족한 나의 삶의 한계를 넘어 나의 주변도 넉넉히 덮고 가릴 수 있는 사랑을 위해 고민하고 기뻐하는 한 해였으면 좋겠다.

음악은 영원하여라

　머칠 전, 규모가 작은 어느 고등학교에서 33년 동안 음악을 가르친 선생님의 은퇴기념 음악회가 있었다. 현 합창단원들과 87년까지 거슬러 올라간 제자들이 단에 오르니 무대는 발 디딜 틈이 없었다. 꽉 찬 젊음을 바라보는 것만으로도 마음이 뭉클했다. 즉석에서 호흡을 맞추어 부르는 아름다운 노래들이 세포마다 깊은 음표로 새겨지는 듯했다.

　캐빈 닙차일드(Kevin NipChild), 일명 니피 선생님. 몇 년 전 피부암 선고를 받은 데 이어 당뇨와 고혈압으로 고생을 하고, 서너 차례의 심장마비를 겪으며 삶과 죽음의 경계를 일상처럼 넘나들었던 분.

　그는 고등학교 합창단을 지휘하면서 학생 지휘자 한 명을 해마다 훈련시켰다. 자신의 건강을 예상할 수 없기 때문이었다. 공연 도중 자신이 지휘하다가 쓰러지면 어느 누군가가 바로 뛰어나와 지휘하여 음악이 끊이지 않도록 해야 한다는 것이 그의 지론이었다. 그는 결국 지휘도중 한 번도 쓰러지지 않고 은퇴를 맞았다.

참석자들은 그가 지휘하는 음악을 가슴 깊이 새기고 그가 부르는 노래와 그가 얘기하는 모든 낱말에 경의를 표하면서 한 인간의 음악 인생을 함께 축하하고 기뻐하였다.

장례 모임에서나 볼 수 있는 아름다운 일화들이 이어졌다. 한 인간이 살아온 인생 여정을 따뜻하게 받아들이고 인정해 주는 것은 얼마나 아름다운 일인가. 진실한 마음으로 축하해 줄 수 있음은 얼마나 기쁜 일인가. 한 개인의 삶이 이렇게 많은 사람들에게 좋은 영향을 끼치고 사랑을 받는 것은 얼마나 큰 은혜인가.

이 넓은 지구 한쪽 작은 마을의 한 작은 사립 고등학교에서 젊은 날들을 음악과 더불어 보낸 그의 인생은 그 어느 누구의 삶 못지않게 열정적이고 단단한 것이었다. 음악을 도구 삼아 이 세상을 조금이라도 아름답게 만들기 위해, 이 세상이 오염되는 것을 조금이라도 늦추기 위해 혼신의 힘을 쏟아온 사람이었다. 33년 동안 수많은 청년들을 변화시키고 앞길을 열어 준 사람이었다.

올해만 해도 성치 않은 몸으로 그는 40차례의 공연을 했고 하와이 공연까지 갔다. 지난 2년 동안 그는 플로리다의 엡콧 센터(Epcott Center)를 비롯, 뉴욕의 그라운드 제로(Ground Zero)에서 공연하였고 전 뉴욕 시장 루디 길리아니(Rudy Gulliani)의 요청으로 코닥 센터(The Kodak Center)에서 노래를 불렀으며 하와이에서는 국회의사당(The House of Representatives)에서 공연을 가졌다. 다저스 경기장으로부터 롱 비치에 소재한 어느 작은 식당에 이르기까지, 노래하는 천사들을 이끌고 가지 않은 곳이 없었다.

언젠가 프리웨이에 사고가 나서 공연장소에 학생들이 늦게 도착한 적이 있었다. 보통 한 시간 전에 집합하였으나 그날은 공연시간이 지나도 절반이 오지 않았다. 그는 수시로 전화로 연락하며 학생들을 기다리다가 결국 단에 올랐는데 여러 가지 이야기로 시간을 끌면서 공연을 시작하지 않았다. 한 학생이 아직 도착하지 않은 것이었다. 최상의 음악을 선사하기 위해 아직 오지 않은 학생의 목소리가 꼭 필요하다고 했다. 객석에 앉아 기다리던 사람들은 아낌없는 갈채를 보내어 위로와 격려를 해 주었다. 합창 단원 한 명 한 명을 자신의 분신처럼 사랑했던 사람. 노래하는 학생들로 하여금 마치 이 세상에서 자신이 가장 아름다운 목소리를 가진 사람으로 착각하게끔 칭찬과 격려를 아끼지 않은 사람.

그 학생이 도착한 후 공연은 시작되었다. 니피가 지휘하는 손끝을 뚫어지게 쳐다보며 학생들은 혼신을 다해 목소리를 모았다. 눈물을 머금고 부르는 노래가 어찌 청중의 가슴에 와 닿지 않겠는가. 그의 단심과 학생들의 열정이 녹아 있는 노래는 어느 합창단이 내는 음보다 아름답고 깊었다.

니피가 부인 린다와 함께 학교측에서 마련한 선물을 받기 위해 단에 올랐다. 린다는 니피의 운전기사이자 간호사, 영양사였다. 온갖 질병에 시달리면서도 음악을 향한 열정을 잠재우지 못하는 남편을 늘 조마조마한 마음으로 내조해 왔다. 아들과 딸이 함께 단에 올라 온 가족 네 명이 기뻐하는 모습을 바라보니 나마저 울먹하는 감정이 되었다.

학교측이 전달한 선물은 네모난 정사각형의 작은 박스로 예쁜 리본이 장식되어 있었다. 니피와 그의 부인은 사회자를 껴안으며 고맙다는 인사를 하고 포장을 뜯었다. 그 속에서는 클리넥스 티슈가 나왔다. 음악회 도중 눈물을 많이 흘릴 테니 잘 사용하라는 사회자의 멘트에 숙연했던 식장은 박장대소와 함께 요란한 박수가 울려나왔다.

졸업생들이 그에게 선물을 전달하는 순서가 있었다. 40명분의 케이크를 담을 만한 커다란 박스를 두 명이 무겁게 들고 나왔다. 대단한 물건이라도 되는 양 여러 겹으로 단단히 포장된 박스를 그는 힘겹게 뜯고 뚜껑을 열었다. 그곳에는 그가 십몇 년 전 학생들에게 내주었던 음악 시험 문제가 담긴 앨범이 들어 있었다. 또 큰 박수.

한 인간의 삶이 슬라이드 영상으로 조명되고 있었다. 30년 전 멋지고 날렵했던 금발의 한 젊은이가 머리카락 한 오라기 없는 대머리가 되고 2배 반은 더 불어난 체구에 온갖 질병으로 망가진 모습이 대조되어 비쳐진 영상을 바라보자니 생에 대한 허무함으로 목이 따끔거렸다.

오늘, 그의 영광은 결코 우연히 이루어진 것이 아니었다. 그만의 영광이 아니었다. 그가 이끈 합창단원들의 영광이었고 그 합창단들을 내조한 부모들의 영광이었으며 그곳에 참석한 모든 사람들의 영광이었다.

일 년 전, 어떤 사건으로 인하여 그는 교단을 떠날 뻔했던 위기가 있었다. 사표를 던지고 칩거한 그에게 사람들은 수없이 찾아가 눈물로 호소하며 다시 돌아올 것을 호소했다. 그를 위해 릴레이 기도회를 만들기도 했다. 그는 결국 돌아왔고 오늘을 맞이했다. 그때 돌아오지 않았다면 그의 30년 음악 인생은 이렇게 따뜻한 환송과 조명을 받지도 못하고 우울하게 끝이 났을 것이다.

아름다운 인물, 존경할 만한 인물은 공동체가 만드는 것이다. 실력 있는 사람, 열정이 있는 사람, 아름다운 사회를 만드는 일에 공헌하는 사람들은 공동체를 통해 태어난다. 니피는 영혼을 부드럽게 만드는 일에 헌신한 사람으로 그가 속한 공동체의 자랑이다.

음악을 하는 사람들은, 특히 명성을 얻은 사람들은 마치 자신의 음악 때문에 이 세상이 아름다워지기라도 한 것처럼, 자신의 힘이 아니면 진정한 음악이 존재하지 않을 것처럼 생각하기 쉽다. 사실은 이렇게 작고 작은 무대 위에서 지휘하고 노래하는 무명 음악인들의 노력과 열정으로 이 세상에 음악이 존재하는 것이다.

한 인물의 축복 받은 삶이 온 사람들에게 은혜로 나눠지는 현장은 참으로 아름다웠다. 은퇴라는 이름으로 열정의 날개를 접고 이제 새롭게 펼쳐진 아름다운 세계를 향해 나가기 위해 서 있는 사람을 바라보는 마음이 흐뭇했다. 그의 여생이 음악처럼 잔잔하고 평화롭기를 기원했다.

노령과 질병과 맞서 싸울 준비를 하고 서 있는 그의 모습을 바라보자니, 역전의 용사를 보는 듯 눈시울이 뜨거워졌다. 이런 인물들이 한인 사회에도 많이 나올 수 있기를 기원했다. 자신이 하는 일이 사회를 데우고 아름답게 한다는 확신이 선다면 남들이 뭐라 하든, 남들이 알아주지 않아도 쓸쓸해 하지 않고 묵묵히 그 길을 갈 수 있을 것이다. 이 세상은 이름 있는 자 10명이 움직인다고 하지만, 아니다, 작은 물방울들이 모여 강을 이루듯, 작은 염원과 열정들이 모여 인류의 역사는 아름답게 장식된다. 각자에게 맡겨진 일을 성실히 할 때 훌륭한 역사가 기록되는 것이다.

6.

1천 달러로 살 수 있는 것

감동하고 싶다

영국에 유명한 피아니스트가 한 명 있었다. 어느 날 그는 침묵의 콘서트를 열겠노라 공고하였다. 매스컴이 대대적으로 보도했고 콘서트 당일, 비싼 티켓 값에도 불구하고 공연장은 그의 연주를 보기 위해 몰려온 사람들로 입추의 여지가 없었다. 그는 두 시간 동안 쉬지 않고 피아노를 연주하였다. 피아노를 치는 흉내만 내었을 뿐, 실은 아무런 소리가 없는 연주였다. 양식 있고 교양 있는 청중들은 모두 태연한 얼굴들을 하고 있었다. 곁눈질로 다른 사람들을 살펴보던 이들도 역시 같은 표정으로 견디며 침묵했다.

마침내 연주가 끝났다. 피아니스트가 관객을 향해 공손히 인사하자 공연장은 우레와 같은 박수소리로 가득 찼다. 다음 날, 그 음악가는 기자와의 인터뷰에서 말했다. "저는 인간의 어리석음이 어디까지 이를 수 있는지 알고 싶었습니다. 그것은 한이 없었습니다."

현대인의 메마르고 거짓된 의식을 무척 아프게 꼬집은 이야기다.

과장과 허풍이라고 자신 있게 반박할 수 있는 목소리가 얼마나 될까. 정도의 차이일 뿐, 우리 도시인의 속성을 그대로 드러낸 듯하다. 스노비즘(snobbism), 진정 이해도 감동도 할 수 없는 것에 대하여 진정 감격한 체 하는 추한 태도라고 앙드레 모로아는 준열히 나무란다.

얼마 전, 한국의 어느 대학교에서 학생들의 의식에 대한 설문조사가 있었다. 이 시대에 바라는 것이 무엇인가 라는 질문에 대다수의 학생들이 "감동 받고 싶다"고 답했다 한다. 감동이란 단어가 주는 고전적인 이미지에 가슴이 뭉클해지면서 일순 목울대가 잠겼다. 그러면서도 각박하고 황폐한 이 시대에 우리 젊은이들이 바라는 감동은 어떤 모습일까, 혹시 감동의 코드가 변하여 내가 아는 것과는 전혀 다른 어떤 정서가 아닐까, 궁금했다.

감동은 독립된 두 개념의 합성어다. 생리학에서는 감(感)과 동(動)이 따로 움직인다고 말한다. 자극이 있을 때, 그 정보를 느끼고 인지하여 뇌에 전달하는 것은 센서리 뉴런(sensory neuron), 들어온 정보에 대한 대응과 대책을 지시하는 뇌의 명령을 수행하는 것은 모토 뉴런(moto neuron)으로, 감과 동이 함께 협력할 때 비로소 감동이 일어난다는 것이다. 감동이 느낌뿐 아니라 행동을 변화시키는 모체임을 상기하면 절묘한 조응이다.

의식의 발전과 성장에는 동기가 필요하다. 동기유발과 변화의 필수요건은 감동이다. 마음을 움직이게 하는 일들이 많을 때 사람은 성숙하고 내면이 깊어진다. 감동을 받는 환경에 놓이게 되면 나쁜 성품도 좋은 방향으로 변하고 감동 받기 어려운 환경에 처하게 되면 좋은 성품도 나쁘게 변하는 것은 당연한 이치다.

이제 모든 것이 드러날 대로 드러나 숨을 곳이 없어서인가. 미지의 세계에 대한 동경이나 감동이란 단어가 고어(古語)처럼 느껴진다. 웬만해서는 마음이 좀체 움직이지 않는 도시, 의식을 저하시키는 인간관계에 신물이 난 얼굴들을 대면하기가 곤혹스러운 요즘이다.

　감동하고 싶다. 순수한 감동으로 눈물을 흘린 적이 언제였나. 책이나 영화가 아닌, 일상의 삶을 통해 감동을 건져 내고 싶다. 그 느낌에 반응하고 싶다. 주변의 이웃들에게, 무엇보다도 나 스스로에게 용납이 되는 삶을 살고 싶다. 마음속에 꽃밭 하나 가꾸어 그곳에서 자란 꽃이랑 향기를 나누고 싶다.

1천 달러로 살 수 있는 것

지난 주, 스피치 클래스의 첫 번째 토론 주제는 "완벽한 배우자 찾기 : 1천 달러로 살 수 있는 것"이었다. 10여 가지의 리스트 옆에는 각각 그 값이 붙어 있었다. 같은 민족 출신에 500달러, 비슷한 취미에 250달러, 좋은 성품에 250달러, 알맞은 키와 적당한 몸무게에 250달러, 긍정적인 사고방식에 250달러, 비슷한 미래의 목표에 250달러, 흡연과 마약을 하지 않는 것에 150달러, 부자에 600달러, 성적 매력에 500달러, 명석한 두뇌에 250달러, 돈에 150달러, 유행의 첨단을 걷는 드레서에 500달러 식이었다.

맘에 맞는 배우자의 조건을 원하는 대로 선택하되 1천 달러 한도 내에서 골라야 한다는 단서가 붙어 있었다. 성적인 매력에 500달러를 쓰고 나면 나머지로는 별로 살 게 없었다. 그럼에도 용감하게 그것을 선택하는 학생들이 많았다. 재미있는 현상은 원하는 배우자의 조건이 남녀, 출신 지역, 그리고 나이에 따라 현격한 차이가 있다는 점이었다.

　나는 인종 배경에 500달러를 써버리고 좋은 성품과 긍정적인 사고 방식에 각각 250달러를 쓰고 나니 비슷한 미래의 목표라든지, 비슷한 취미 등에는 쓸 돈이 없었다. 명석한 두뇌 등에도 관심이 없었던 것은 아니지만 선별과 중요성의 서열에서 포기해야만 하는 조건들이었다. 액수에 상관없이 관심 있는 항목을 골라놓고 보니 나는 여전히 현실적이지 못한 인간이라는 증거가 여실히 드러났다. 내 나이의 절반도 안 되는 10대 후반의 젊은이들이 지극히 현실적이고 물질적인 선택을 거침없이 하는 것을 보면서 나는 지적 허영이 많은 사람이든가, 혹은 세상을 헛살아온 사람이라는 생각을 잠깐 했다.

　마이크 선생님은 굳이 인종배경에 그렇게 많은 돈을 투자해야겠느냐, 후회하지 않느냐고 내게 물었다. 학생 중에 동양계도 상당수 있었건만 같은 인종에 단 두 명만이 투자를 했고 그 중에 한 명이 나였기 때문에 그 이유에 대하여 그는 무척 궁금해 했다. 사람은 좋은 환경에 있을 때는 누구에게나 너그럽고 기분 좋게 대할 수 있다고 생각한다, 그러나 진정 그 사람의 성품을 알 수 있는 경우는 힘들고 어려운 때일 거다, 힘든 상황에 닥쳤을 때 살아온 배경이나 문화가 같다면 그나마 감정의 교류에 유리할 것 같다, 인간은 무엇보다 정서가 맞아야 사랑할 수 있는 것 아니냐고 변명 아닌 변명을 했다. 너무나 교과서적이고 심드렁해서 내 대답에 스스로 화가 날 지경이었다.

　할 말을 잃은 듯, 너 아직도 한참 더 커야겠구나, 하는 표정으로 그가 엷게 웃어 보였다. 속이 상했다. 보라, 그 항목이 그중 비싸지 않으냐, 그만큼 중요하다는 증거 아니겠니, 설득력이 없다면 구태여 그렇게 높은 값으로 책정되지 않았을 것 아니냐고 오히려 반박해 보았지만 마음이 개운치가 않았다.

사람의 마음을 꿰뚫어보는 듯한 형형한 눈빛에 실린 의문의 정체를 알고 싶었다. 나의 판단이 옳은 것이었나, 다시 생각해 보지 않을 수가 없었다. 20여 년의 파란 많은 경찰 생활을 접고 대학에 다시 들어가 공부를 시작, 박사학위까지 받은 그는 인생을 아는 사람이었다. 그처럼 마음이 활짝 열린 사람을 만나기도 어려울 것이다. 그의 희망 사항에 따라 미스터 아무개가 아니라 퍼스트 네임인 마이크로 그를 부르면서 학기 내내 얼마나 기분 좋게 공부했던가. 스피치(Speech)를 배우는 것이 아니라 그와 우정을 나누는 듯한 기분이 들 정도였다. 클래스 앞에서 여러 종류의 스피치 시험을 치를 때마다 평가서에 온갖 격려와 칭찬의 문구를 나열하여 나를 행복하게 만들어 준 사람이었다. 그는 진정 약한 자를 보호해 줄 줄 아는 사람이었다. 칭찬과 격려가 아니면 이 외국 땅에서 내가 영 사람 구실 할 수 없을 거라고 판단했을 것이다.

왜 나는 굳이 같은 인종을 고집하는 걸까. 인간은 어차피 각자 외로운 존재이지만 특유의 민족성을 신뢰한다고나 할까. 가슴 저 밑바닥에 깔린, 자신도 표현할 수 없는 어떤 일련의 감정들을 공유할 수 있으려면 같은 민족은 필수이지 않을까.

뜻이나 성격, 취미가 맞지 않으면 타인종보다 같은 인종이 오히려 증오의 감정이 클 수 있을 것이다. 문화와 배경이 다를 경우 다르다는 점을 미리서 감안, 너그럽게 이해할 수 있는 일도 같은 피, 같은 언어를 사용한다는 이유 하나만으로 나의 또 다른 분신인 양 비현실적으로 과중한 기대를 할 수 있는 것이다. 그렇다 해도 같은 언어로 사랑하고 미워할 수 있다는 것은 아름다운 일이다.

어느덧 발표시간이 되었다. '부자'에 600달러, '좋은 성품'에 250
달러, '마약을 하지 않는다'에 150달러를 쓴 18세 애니의 깜찍한 설
명을 들으며 신세대의 사고방식을 엿볼 수 있었다. 조금 비싸기는 하
지만 부자라는 항목 하나를 골라 놓으면 여러 가지가 해결되어 결국
싼 거란다. 물질이나 유행하는 드레스는 구태여 따로 고를 필요가 없
다 했다. 돈이 있으면 취미도 다양하게 선택, 계발할 수 있는 특권을
누릴 수 있을 것이라 했다. 요즘 부자는 대부분 성격이 꼬이지 않고
너그러운 성향이 강하므로 그것도 염려할 필요 없이 멋진 미래를 설
계할 수 있으리라 했다. 게다가 마약을 하지 않고 성품이 좋은 남자
라면 자신의 이상에 맞지 않는 인종, 키, 몸무게 정도는 넉넉히 감수
할 수 있을 것 같다 했다.

애니가 얘기하는 동안 곳곳에서 한숨 섞인 감탄이 터져 나왔다. 그
녀의 깜찍하고 논리 정연한 설득력이 빛을 발하고 있었다. 그것도 나
쁘지 않네, 라는 반응 속에 왜 나는 그렇게 생각하지 못했을까, 후회
하는 모습이 여기저기서 역력했다. 가상적인 논제에 깊숙이 빠져 있
는 클래스의 진지한 모습을 바라보니 슬며시 웃음이 나왔다. 자신이
원하는 대로 현실이 따라주는 경우가 얼마나 가능할 것인가. 이들이
그것을 깨닫기까지 얼마나 고통을 겪을 것인가를 생각하니 또 다른
의미의 한숨이 나왔다.

부자는 좋다. 부자로 살 수 있다면 좋은 일이다. 한세상 살면서 궁
색할 필요는 없을 것이다. 너그럽게 베풀 수 있어서 좋고 세상을 긍
정적으로 볼 수 있어서 좋다. 현대 부자들의 특징은 애니의 말대로
가난한 자보다 오히려 더 좋은 성품을 지닌 경우가 많다. 세상을 보
는 눈이 비뚤어지거나 가시 돋친 시선을 가지고 있지 않다. 오히려

순진하고 아량 있고 사랑을 주면 그 사랑을 곧이곧대로 믿고 받아들이며 그에 상응하는 사랑을 주는 성향이 강하다.

그토록 유리하고 좋은 점이 많음에도 불구하고 여전히 부자를 선택하는 것을 망설이게 되는 것은 무슨 연유일까. 청교도적인 청빈을 고집할 만큼 구세대도 아니고 가난이 선이라는 자기 암시적이고 자아부정적인 환경에서 자란 것도 아닌데. 부자에 대한 편견이나 알러지가 있는 것도 아닌 바에야 그 이유를 규명해야 했다.

부자 됨이 세상을 한정 짓고 인격을 한정 짓는다면, 돈으로 살 수 없는 가치들을 돈으로 해결하려 하고 돈 이외의 것을 가볍게 여긴다면, 난치병 수준이라는 생각이 들었다. 물질로 세상을 환산하려 든다면, 돈으로 사랑을 사려 한다면 참을 수 없는 모욕이라 여겨졌다. 이 세상에는 돈으로 지불할 수 없는 귀한 정신적 가치들이 얼마나 많은가. 물질로 인하여 그러한 가치들이 능멸당하는 것은 도무지 견딜 수 없을 것 같다는 생각이 들었다. 물질의 노예는 외로운 세상을 살기 십상이고 그런 사람을 동반자 삼아 인생길을 간다는 것은 끔찍한 악몽이 아닐까. 많은 재물로 인하여 황폐를 경험하는 위험을 감수하느니 차라리 가난하더라도 건강한 정신으로 살고 싶다는 생각이 들었다.

생각에 빠져 있는 동안, 클래스는 여전히 토론이 끝날 기미가 보이지 않았다. 결국 마이크 선생님이 중재에 나섰다. 모든 사람은 선택의 자유가 있되 타인이 선택한 가치에 대하여 편견을 갖지 않는 것이 중요하다고 말했다. 이 세상의 모든 불행은 편견에서 비롯된다고 했다. 동감이었다. 내가 지닌 가치만이, 내가 선택한 가치만이 최고라는 생각은 이기적인 것이다. 타인의 선택을 존중하는 길은 화평한 삶의 기본이다. 삶이란 내가 지닌 가치가 타인의 그것과 어울려 아름다운 빛을 발할 때 진정 의미가 있을 것이다.

거창한 철학과 이상으로 꾸민다 해도 이 세상의 인간관계는 결국 돈과 권력과 성(性)의 문제로 귀결된다는 선생님의 결론에 클래스는 일순 잠잠해졌다. 선생님이 나가고 나서도 우리는 교실을 떠날 생각을 하지 않고 열띤 토론을 벌였다. 몇 년이 걸릴지 모르지만 우리 각자가 자신의 삶 속에서 선생님의 주장에 반박할 자료를 수집해 보자 했다. 오늘의 공과를 잊지 말자 했다.

각자가 생각하는 최고의 가치들을 발견하기 위해서는 꽤 오랜 세월이 필요할 것이다.

카운티 도서관 폐쇄 유감

고대 이집트에서는 오늘날과 같은 도서관의 개념을 지닌 기관
이 있었는데 '영혼의 요양소'라 불렀다 한다. 생각할수록 적절한 명
칭이다. 도서관을 흔히 '자궁'에 비유하는 것도 이 안에서 사람다운
사람이 만들어진다는 의미가 내포되어 있을 것이다.

미국에 무료 공공도서관이 출현하게 된 것은 1854년이다. 불과
150년에 지나지 않은 세월 동안 조사, 연구, 교육, 여가 이용이라는
도서관 고유의 기능을 발휘하여 미국인의 정신교육에 미친 영향은
이루 다 헤아릴 수 없다.

독서가 인간의 정신을 얼마나 자유롭고 풍요하게 만들어 주는가.
과거 미국을 포함하여 모든 나라가 노예들에게 독서를 금한 것은 합
리적인 결정이었다. 영혼이 깨인 사람이 자립과 자존을 구하는 것은
당연한 결론이기 때문이다. 오늘날, 많은 이민자들로 하여금 문맹으
로부터 벗어나 주류사회에 합류하여 시민의 역할을 넉넉히 감당하게

하고 미국을 숨쉬게 하는 일에 독서의 힘을 배제하지 않는다면, 도서관의 존립목적은 무한하다 할 것이다.

84개의 도서관을 운영하고 있는 LA카운티가 이르면 올 7월부터 15곳을 폐쇄하고 나머지 도서관들도 운영시간을 대폭 단축한다고 한다. 가주 정부의 예산 삭감으로 인한 자금부족이라는 이유가 초라하기 그지없다.

더욱 아쉬운 것은 그 폐쇄대상 도서관 중에 하필이면 우리 동네 도서관이 포함되어 있다는 사실이다. 집과 아이들 학교 중간에 있어 무시로 드나드는 이 도서관은 어느덧 내 마음속의 친구처럼 편안하고 따뜻하게 자리 잡은 곳이다. 12년 전, 이 동네로 이사 온 이래 이 도서관에 감사한 적이 얼마나 많았던가. 시간이 어중간할 때, 마음이 헛헛하여 몸둘 바를 모를 때, 특히 비가 내리는 날, 나는 일부러 그 도서관에 가곤 했다. 따뜻한 실내 공기 속에 파묻혀 있노라면 어느새 정신이 부유한 사람이 되어 있곤 했다. 독서 삼매경에 빠져 있는 나이 드신 어른들의 모습 속에서 삶이 주는 경건함을 맛보기도 했다. 이 작고 아담한 도서관이 지역의 문화행사를 다양하게 유치하고 각종 프로그램을 펼치는 것을 바라보며 나는 미래에 대한 꿈과 희망을 키울 수 있었으며 미국의 원천적인 힘을 느낄 수 있었다.

카운티 도서관의 역할과 그 편리함을 아는 사람은 잘 안다. 이 도서관 역시 내게 한 번도 실망을 준 적이 없었다. 책이름은 모르지만 이러이러한 내용이라고 말해 주면 친절한 사서들은 최선을 다하여 찾아주고, 취향을 파악하여 기대하지 않았던 보물 같은 책도 권해 주었다. 찾는 책이 없을 때는 원거리에 있는 타도시의 도서관에까지 연락하여 원하는 책을 구해 주었다. 아예 목록에 없으면 새 책을 구입

해서 전화로 알려주곤 했다. 읽고 난 뒤에는 아무리 먼 곳에서 원정 온 책이라 해도 가까운 이곳 도서관에 반납하면 되었다. 어쩌다 반납 날짜가 지나서 하루당 내는 10센트의 벌금은 애교스럽다는 생각이 들었다.

영어 문법에서부터 코미디 만화에 이르기까지 구하고 싶은 책을 빌리지 못한 경우는 거의 없었다. 유난히 흘러간 영화를 좋아하는 나는 시중에서 찾기 힘든 명작 필름들을 이곳에서 빌려보곤 했다. 「Blue」, 「Good Bye Again」, 「The Song of Love」, 「Rhapsody」, 「Gifted Hands」 등 기억도 나지 않는 수많은 명화들이 있었고 심지어 는 체조 프로그램과 유명한 음악가들의 연주 상황을 담은 비디오들 도 만날 수 있었다. 32개의 비디오테이프로 되어 있는 셰익스피어 영 화 시리즈를 모두 빌려 보는 것을 신년목표로 세운 적도 있었다.

카운티가 도서관 폐쇄 결정을 하기까지에는 많은 심사숙고가 따랐 을 것이다. 자료와 시설, 직원과 이용자들을 수용하기 위한 기본적인 요소 이외에도 필수적으로 따르는 여러 부대시설들을 생각할 때 도 서관 운영이 쉽지 않다는 것은 어렵지 않게 짐작할 수 있다. 그렇지 만 예산 삭감의 희생자가 하필 정신 세계의 목장인 도서관이어야 하 는가, 아쉽기만 하다. 도서관 폐쇄로 인한 미래의 손실을 생각하면 두렵다. 그럼에도 그러한 결정을 해야 하는 현실이 딱하기만 하다. 독서가 한 국가를 존립시키는 원동력이라고 볼 때, 그것을 든든하게 받쳐 주는 버팀목 같은 도서관이 자금부족으로 폐쇄되는 현실은 아 무래도 슬픈 일이다. 미국과 미국인의 자존심을 구기는 일임에 틀림 이 없어 보이기 때문이다.

테마 인생

　내가 다니는 대학의 교수님 한 분은 일주일 단위로 테마를 정하여 의복을 입는다고 했다. 지난 주의 컨셉은 프리티 윅(pretty week)이어서 그녀는 날마다 아름다운 드레스와 블라우스, 그리고 옷 빛깔에 잘 어울리는 보석을 착용하였는데 바라보기만 해도 기분이 좋고 상쾌했다. 이번 주는 스포티 윅(sporty week)으로 그녀는 꽃무늬가 있는 졸바지와 티셔츠, 스포티한 가디건, 그에 맞는 장신구로 맵시를 냈다. 이렇게 살다보면 적어도 일주일이, 한 달이, 일 년이, 아니 인생이, 지루하거나 단조롭지 않다고 했다. 그녀는 앞으로 엑스트라 크레딧 윅(extra credit week)도 만들고 그럼피 윅(grumpy week)도 만들어 재미를 더해 볼 심산이라고 했다. 그녀가 지금까지 이루어낸 삶의 내용과 위치로 볼 때, 지난 세월 동안 그녀가 자신의 삶을 내적으로 얼마나 사려 깊게 가꾸었는지 넉넉히 가늠할 수 있는데, 외적으로도 그렇게 자신을 돌본다는 것이 놀랍고 신선했다.

모든 사람은 각자가 원하는 것을 하면서 산다. 아무리 바빠도 즐겁고 기쁜 일은 잠을 줄이고 끼니를 거르면서도 한다. 그것을 좀 더 발전시켜 삶의 테마가 되면 좋을 것이다. 그 테마는 취미보다는 좀 더 진지한 것이다. 그 사람 하면 떠올릴 수 있는 그 무엇, 그 사람을 대신할 수 있는 그 무엇이다. 관념이 아니라 실제로 그 사람의 인생의 축과 방향이 되는 것이다.

사람들은 누구나 자신을 표현하는 독특한 방법을 지니고 있다. 글로, 미술로, 음악으로, 운동으로, 기타 여러 가지 다양한 방법으로 자신의 삶을 표출한다. 그것은 또 세분될 수 있다. 글을 쓴다면 특정한 테마를 정하여 그에 관한 것만 쓰는 것이다. 자신의 테마에 맞는 일관된 정서를 유지하는 것이다. 그래서 어떤 한 주제를 떠올리면 그 사람 이외에는 다른 이를 떠올릴 수 없는 고유명사처럼 되는 작업을 하는 것이다. 사진작가라면 카메라 앵글에 새나 꽃만 담을 수 있을 것이다. 해바라기, 창문, 호수만 찍는 사람도 보았다.

54세의 남성, 데일 웹스터(Dale Webster) 씨는 지난 28년 동안 하루도 빼지 않고 바다에 나가 서핑을 했다. 1만 일 동안 쉬지 않고 서핑을 한 사람으로 기네스북에 오르면서 그의 인생스토리가 얼마 전 LA 타임스 스포츠 면을 장식했었다. '철인간과 바다'라는 타이틀에 걸맞은 그의 집념도 놀라웠지만, 오랜 세월 동안 거대한 바다와 맞부딪쳐 살면서 얻은 철학과 사고가 지극히 동양적이어서 마음에 깊이 와 닿았다. 인생을 파도에 비유하여 기다림과 향유, 허무로 표현한 그의 말 속에는 학문으로 얻을 수 없는 숭고함이 어려 있었다.

수필가 Y선생님은 클래식 음악이라면 타인의 추종을 불허할 만큼 식견이 높은 분이다. 음악 전문가도 아니고 그와 연관된 직업이 있는 것도 아니면서 그처럼 음악에 조예가 깊고 음악을 사랑하는 사람을 나는 이제껏 만난 적이 없다. 어떤 음악이 나와도 제목과 작곡가와 역사를 꿸 뿐만 아니라 언제 어디서 어느 오케스트라가 처음 시연을 했는지조차 아신다. 이것은 발레음악, 이것은 바로크, 저것은 19세기 영국의 궁중음악, 끝이 없다. 알면 알수록 무궁한 세계를 지니고 계셨다. 어찌 한두 해의 노력으로 이루어진 것일까. 그분은 어렸을 적부터 음악을 사랑하였는데 음악회에 가기 전 집에서 미리 그 음악을 전곡 다 들어보고 그에 대한 역사, 작곡사의 생애, 그 곡을 만들 때의 정서와 상황, 오케스트라 지휘자의 취향까지 읽고 연구했다 했다. 음악 감상이 남다를 수밖에 없다. 음악이라는 보석을, 그 비장의 무기를 언제쯤에나 수필에 접목시키실 건지 무척 기대가 되고 기다려진다.

산타 아니타(Santa Anita) 인근의 레그 레익(Legg Lake) 공원에 대하여 꿰뚫은 분이 있다. 3종 철인의 타이틀을 지닌 분인데 레그 레익에 관한 일이라면 누구에게도 지지 않는 달인이다. 그는 새벽 물안개가 오르는 호수에 대하여, 해질 무렵의 황홀한 호수에 대하여, 작가 못지않은 표현력을 지녔다. 너무나 생생하여 일순 감동까지 느끼게 한다. 10년 가까이 하루에 몇 시간씩 호수 주변을 뛰면서 공원의 일거수일투족을 다 알게 되었다고 했다. 일 년 사철, 매시간 달라지는 공원의 표정을 얘기할 때 그의 눈은 호수의 모습을 닮아 있었다. 호수와 호수 주변에 서식하는 식물과 동물들, 심지어 시간에 따라 물 위에 떠 있는 오리의 숫자까지도 안다. 어디만큼 달리면 몇 분이 걸리고 몇 걸음이 되는지도 안다. 공원은 어느새 그분의 친구가 되었고 누가 뭐라 해도 그분의 것이 되었다.

우리도 인생에 테마를 정하여 사는 것은 어떨까. 원예든 여행이든 연구든 자신이 가장 좋아하는 것, 자신이 가장 행복을 느끼는 일을 시작하는 것이다. 그런 다음 그 대상에게 자신만의 독특한 방법으로 다가감으로 그와 합일의 경험하는 것이다.

인생의 목적과 주제를 깨달은 사람은 그 삶이 고달프고 힘들다 할지라도 아름다운 인생을 사는 사람이다. 오랫동안 함께 한 테마에서 얻은 통찰과 명철을 통하여 타인에게 감동을 주고 살아 있음에 대한 고귀성을 깨닫게 해 준다면 그 삶은 결코 헛되지 않은 것이다. 우리의 기억에 남아 감동을 주는 인물들은 분명한 주제가 있는 사람들이다.

삶의 주제를 정하는 일, 그것은 하고 싶은 일은 많지만 할 수 없는 일투성이인 이 세상을 넉넉하게 견디게 해 주는 구제 장치가 아닐 수 없다. 인간의 존엄성을 유지하면서 행복하고 보람되게 살 수 있는 방법 중의 하나인 것이다.

식물 인간의 비애

　13년 전 26세의 나이에 심장마비로 쓰러진 뒤 식물인간이 되어 급식 튜브로 영양을 공급받으며 생명을 유지해 왔던 테리라는 이름의 여성을 두고 그의 부모와 남편이 정반대 입장에서 7년 동안 법정 싸움을 벌이다가 최근에 그녀를 살리기로 최종 결정이 났다는 소식이다.

　재생 회복 불가 판정이 내린 가운데 남편은 아내가 과거에 이런 상태를 원하지 않는다는 의사를 수차례 밝혔으니 쉬게 해 주어야 한다고 주장하고, 그녀의 부모는 이미 다른 여성과 동거하면서 두 아이를 낳아 살고 있는 사위가 결혼을 위해 딸의 죽음을 원한다면서 급식 튜브 제거를 반대해 왔었다. 그 동안 법원의 시행과 보류 명령, 지지자들의 항의 속에 급식과 단식이 반복되어 왔었는데 최근에도 며칠 동안이나 급식이 중단되었다가 부시 플로리다 주지사의 특별권한으로 다시 급식이 재개되었다.

　이 같은 공방을 아는지 모르는지 6일 동안이나 먹지 못하면서도 끈질기게 생명을 이어가고 있는 테리라는 여성에게 사뭇 애정이 쏠린다. 그녀의 부모가 딸의 급식 튜브장치 제거를 반대하는 근본적인 이유가 석연치 않아서 더욱 안쓰럽다. 딸에 대한 애정 때문인가, 그녀가 회복될 거라는 희망 때문인가, 아직은 딸이 죽지 않았다는 사실에 대해 위로를 받고 싶은 건가, 아니면 딸은 식물이 되어 누워 있는데 다른 여성과 자녀를 낳고 잘 살고 있는 사위가 얄미워서인가. 사위가 딸의 죽음을 바라서 그녀가 튜브 없이 음식을 먹는 재활 치료를 거부했다고 주장하지만 의문이 많다. 지난 십수 년 동안 자신들은 왜 나서지 못했는가? 진정으로 노력을 해 보았을까? 법적인 제재가 있었던 걸까?

　테리 부모의 저의가 의심스럽기만 하다. 테리가 진정 재활 치료가 가능하다고 판단했다면 왜 서둘러 딸의 이혼을 대리하지 않았나. 사위가 이혼을 원하지 않았다 하더라도 딸의 회생을 위해 사위를 설득했어야 한다고 생각한다. 사위가 미워서 배차의 감정으로 이혼시키지 않음으로 자신들의 권리도 행사할 수 없게 된 것은 아닐까. 딸의 의사를 대변할 수 있는 권리를 이양받아 재활 치료를 통해 그녀를 살릴 수도 있었을 텐데 함께 죽는 길을 택하여 서로 간에 증오의 감정만 키워 놓은 것은 아닐까 생각되었다. 이미 가정을 가진 사위를, 이미 딸에게서 마음이 떠난 사위를 붙잡고 있어야 할 이유가 뭔가. 그에게 결혼이라는 굴레를 씌워 고통을 주자는 심사가 아니었을까. 세간의 이목과 관심을 붙잡아 두고 싶어 이기주의적인 행동을 하는지 모른다.

　테리가 생각을 하고 말을 할 수 있다면 어떤 결론을 내릴 것인가.

평안하게 잠들고 싶어할 거라는 생각이 자꾸만 든다. 한때 그녀가 사랑했던 남편이 자신으로 인한 불행을 털고 일어나 행복한 삶을 영위하기를 진정으로 원할지도 모른다는 생각이 든다.

테리의 남편을 비인간적이라고 몰아세울 수도 없다. 한때 사랑했던 배우자와 헤어지기도 하고 미워하기도 하는 판국에, 13년 동안이나 식물 상태인 여성과 결혼관계를 유지해 온 것만 해도 쉬운 일은 아니다. 그를 옹호하고 두둔하는 것이 아니라 현실이 그렇다.

살아 있는 사람은 삶을 계속 진행시켜야 한다. 그러니까 내가 그녀의 부모라면 사위가 반대한다 해도 젊은 사위에게 새 삶을 권하고 싶다. 인연을 강요하며 그까지 불행하게 만들 이유가 없지 않은가. 테리가 회생할 가능성이 조금도 없다는 의료진의 판단이 내려지면 그녀를 쉬게 해 주는 것도 인간 존중의 배려가 되지 않을까 생각했다. 삶의 질을 생각하지 않고 언제까지 무책임하게 고통을 연장시키는 것은 바람직하지 않다는 생각이다. 삶에 대한 인식 없이 기계에 의존해 호흡하고 영양을 섭취하는 것이 진정 의미 있는 삶이 될 수 있겠는가.

그녀의 회생은 어려울 것 같다. 그 같은 기적은 늘 사랑하는 이들의 간절한 소망을 담보로 해 왔기 때문이다. 설령 깨어난다 해도 사랑하는 이가 떠난 세상에서 한숨과 눈물로 새 삶을 장식하고 싶어하지 않을 것 같다.

사랑하는 이들이 식물 상태에 빠지면 곁에 붙잡고 두고 싶은 것은 당연하다. 그가 회생할 거라는 희망 속에 따뜻한 피부를 만져보고 심장박동 소리를 확인하면서 아직은 살아 있다는 위로를 받을 수 있다. 그러나 회복될 가능성도 없는데 죄의식을 줄이고 위로를 받기 위해 사랑하는 이를 식물 상태로 누워 있게 하는 것은 어느 면으로 보면 이기적이라는 생각이 든다.

그러나 어찌 알 것인가. 생명의 추구는 누구에게나 절대적인 것이다. 인식이 생명의 증거라는 기준아래 식물인간을 판단하는 것은 위험한 일이다. 테리에게 급식이 재개되었다는 소식에, 환호하는 지지자들의 모습을 바라보자니 생명에 대한 경외심으로 울컥 마음이 뜨거워진다.

물리적인 힘에 의해 생명이 좌우되고 있는 테리의 비애를 생각하니 안타깝다. 그녀와 같은 상황에 처해 있는 것도 아니면서 상황에 이끌리는 나의 일상을 생각하니 답답하다. 살아 있다고 장담하는 나는 과연 내면적으로 얼마나 식물인간의 상태에서 벗어나 있는 것일까. 자연이 주는 여러 가지 메시지와 의미들을 뒤로 한 채, 이웃의 아픔에 대한 감각을 느낄 여유도 없이 일상의 쳇바퀴 속에서 허덕이는 상태는 몸과 마음이 마비된 식물인간의 상태와 하등 다를 바가 무엇이겠는가.

미세스 로라 부시

시원한 솔바람 같은 기사 한 편이 LA타임스에 있었다. 일전에, 미국의 퍼스트레이디 미세스 로라 부시가 조지타운 대학교의 간호학과 졸업식에서 행했던 연설이 중간중간 인용된 기사였다. "하늘을 바라보고 별을 헤어보라. 극장에 가서 맘껏 웃어라. 풀 펫 라테(Full-fat latte, 전지우유가 든 에스프레소 커피)를 주문하라"는 글귀에 일순 감동을 느꼈다.

전혀 기대하지 않았던 내용이었다. 자신만을 위한 시간을 만들고 인생을 관조하며 현재 주어진 인생을 즐기라는 말에 진한 휴머니즘을 발견한 것일까, 적어도 그녀는 인생을 알고 음미하는 사람일 거라는 생각에 애정마저 일었다.

어렵던 전쟁도 승리로 끝났겠다, 대통령 영부인이 된 이래 처음으로 대학 졸업식 연사로 초청을 받았으니, 남편 부시 못지않게 어깨에 힘을 주면서 나라의 현존문제들에 대한 후렴구를 넣을 줄 알았다. 정

치와 경제, 정의와 조국애, 혹은 그에 견줄 만큼 영양가 있는 내용을
쏟아낼 줄 알았다. 세계가 주목하고 있는 최강국의 퍼스트레이디다
운 체면을 세우고 무난히 평균적인 점수를 받을 수 있으려면 그 정
도는 되어야 한다는 생각이 통념 아니겠는가. 그녀가 그럴듯하게 무
게를 잡았어도 나무랄 사람은 없었을 것이다. 힐러리 클린턴 여사처
럼 화려하지는 않지만 서든 메소디스트 대학교에서 교육학 학사를,
텍사스 대학교에서 도서관학으로 석사학위를 받은 지식인 중의 지식
인 아닌가.

그런데 아니었다. 그녀는 하늘과 별과 에스프레소 커피를 얘기했
다. 장성한 딸들에 대한 어머니의 고민과 감성을 얘기했다. 물론 똑
똑한 참모들의 계산된 제스처일 수 있다. 그러나 아무리 좋은 원고라
할지라도 56년 인생을 인형처럼 헛살아오지 않은 바에야 그녀의 사
상에 맞지 않는 내용을 그토록 중요한 연설에 채택하지는 않았으리
라. 기자는 그녀가 공중정책보다는 개인적인 일화에 중점을 두고 칭
찬과 격려의 톤으로 얘기했다면서, 학생들의 감동 어린 소감을 간략
하게 적어 놓았는데, 진심에서 우러나온 말이 아니었다면 어떻게 학
생들에게 그토록 감동을 줄 수 있었겠는가.

간호대 졸업생들에게 "여러분 각자는 이타주의와 봉사의 고무적인
표본"이라고 격려할 줄 아는 사람, "환자들은 여러분들의 정성어린
치료를 기다리고 있고, 좋은 치료법은 발명을 기다리고 있으며, 목소
리 정치는 행동하는 정치를 기다린다"라고 말할 줄 아는 사람, 그 학
교에서 준 명예박사학위로 인해 사람들이 자신을 박사라고 부르지
않기를 바란다며 겸손할 줄 아는 사람, 자신의 체험을 젊은이들에게
부끄러움 없이 나눌 수 있는 사람을 퍼스트레이디로 가졌다는 사실

이 자랑스럽기까지 했다.

미세스 로라 부시의 연설은 2010년대가 되면 1백만 명의 간호사가 더 필요하다는 요청에 부응하여 간호학과 공중 보건학을 장려하기 위한 정치적 계산이 깔린 행보이긴 했지만, 인생은 빠른 알레그로가 아니라 걷기 템포의 안단테, 아니 더 나아가 느린 라르고 템포로 살아야 한다는 내용에 더 큰 비중을 두었다는 사실이 반가웠다. 봄이 갔는지 여름이 왔는지도 모르고 정신없이 살았던 시간들이기에 그녀의 말이 더욱 마음에 울림이 되었는지도 모른다.

그러니까 오늘, 당신도 힘든 하루를 마치고 집으로 돌아가는 길에 지방을 하나도 걸러 내지 않은 전지우유로 만든 슈크림이 잔뜩 얹힌 에스프레소 한 컵을 주문해 보는 것은 어떤가. 가끔씩 이렇게 스스로에게 느긋한 포상을 베푸는 것은 정당한 일이다. 그래서 어쩌자는 것이냐고, 할일 많아 힘들어 죽겠는데 한가하게 커피타령이나 하는 거냐고 비난한다면, 참 미안한 일이다.

그래도 말하리라. 하늘도 쳐다보고 별도 세어가며, 안단테 템포로, 쉬엄쉬엄 가자고. 다시는 돌아오지 않는 이 시간, 예쁘고 곱게 가꾸면서 그렇게 천천히 살자고. 적어도 56세의 퍼스트레이디가 맘먹고 언급한 것이니 믿고 따라보는 것도 손해 나는 일은 아니지 않느냐고.

로즈 퍼레이드

로즈 퍼레이드(Rose Parade). 전 세계 90개국에서 5억의 인구
가 지켜보는 신년 축제. 올해 2004년 로즈 퍼레이드 축제 테마는 '뮤
직, 뮤직, 뮤직'이었다. 각 방송국에서 파견 나온 헬리콥터들이 머리
위를 낮게 선회하는 가운데 크고 작은 사다리에 올라앉은 구경꾼들
은 이곳저곳에서 나팔을 불어대었다. 80만 명이라 했다. 아름답고 화
려한 레이스 장식의 드레스를 입은 말 탄 미녀들이 "해피 뉴 이어"
와 함께 윙크를 보낼 때마다 사람들은 높은 톤의 휘파람을 불며 환
호했다. 구경꾼 자체가 큰 볼거리였다. 어린아이들은 오색 스프레이
를 뿌려대며 축제를 즐겼다. 갖가지 언어들이 이곳저곳에 난무했다.

52개의 꽃차, 미 전국과 세계 각국에서 참가한 23개의 밴드팀과
기마단 등 총 99개 그룹이 2시간 동안 5.5마일을 행진하는 모습을
바라보며 지난 115년 동안 줄기차게 이어져온 퍼레이드의 의미를 되
새겨 보았다. 눈에 보이지 않는 인간의 생각과 컨셉들을 그토록 다양

한 모습과 빛깔로 아름답게 가시화시킨 형상들을 바라보면서, 눈앞을 아름답게 수놓으며 지나가는 인간 그룹의 절제된 단체의 미를 바라보면서, 만물의 영장인 인간의 속성에 대하여 다시 한 번 생각했다.

퍼레이드는 빛깔의 향연장이었다. 자연과 인공의 미가 절묘하게 균형을 이룰 수 있다는 것을 보여주는 현장이었다. 인간이 만든 화려한 색과 디자인이 자연의 산물인 각종 아름다운 꽃과 나무들 사이에서 압도적이거나 치우치지 않고 눈부셨다. 꽃차에서 흘러나오는 음악들은 과거와 현재와 미래를 넘나들게 만들어 주었다. 꽃차에 부착된 각종 언어들이 눈과 마음을 즐겁게 해주었다. 라이온스 클럽의 '미래로 가는 문(Gateway to the future)', 높이 1백 피트로 로즈 퍼레이드 역사상 가장 높은 꽃차인 디즈니 리조트 사의 '트윌라이트 존 타워 오브 테러(Twilight Zone Tower of Terror)', 프린세스 트로피를 수상한 로터리 인터내셔널 클럽의 '심포니 오브 서비스(Symphony of service)', 각 꽃차가 내세운 타이틀을 읽으며 상상의 날개를 펴보는 일이 즐거웠다.

집으로 돌아오는 길, 올해는 로즈 퍼레이드에서 보았던 장미와 각종 빛깔의 화려한 꽃처럼 좀 더 선명한 한 해가 될 수 있기를 기원했다. 꽃잎의 곡선처럼 부드럽고 온화한 시간들이 되기를 기원했다. 로즈 퍼레이드의 테마였던 음악처럼, 그렇게 곱고 아름다운 시간들을 맞이할 수 있기를 기원했다. "음악은 모든 경계와 개념을 뛰어넘는 언어"라는 팸플릿 문구처럼 이웃과 이웃이, 나라와 나라가, 이해와 화합을 꽃 피우는 한 해이기를 소원했다.

우리 모두에게는 꿈이 있다. 앞으로 다가올 시간들에 거는 기대가 있다. 그 시간들이 흘러간 과거의 시간보다 좀 더 윤택하고 나은 시간이 되기를 희망한다. 그 기대와 희망이 우리로 하여금 살아있게 하는 것은 아닐까. 다가올 미래에 대하여 미리 염려하고 우울해 할 필요는 없을 것 같다. 음악처럼, 그 아름다운 선율처럼 그렇게 살았으면 좋겠다. 슬프면 단조로, 기쁘면 활기 넘치는 미뉴에트 장조로 사는 것이다. 아름다운 음악일수록 단조와 장조, 느림과 빠름이 조화롭게 배합되어 있지 않은가. 어려움을 극복하고자 하는 노력과 용기 속에 인생의 감칠맛이 있다.

새 얼굴의 헐리웃 보울 유감

헐리웃 보울 야외 음악당에 다녀오는 길이 몹시 쓸쓸했다. 이제는 예전처럼 그렇게 자주 찾지 않을 것 같은 예감이 들었다. 소중한 것을 잃은 뒤에 느끼는 외로움이 있었다.

2천5백만 달러를 들여 대대적으로 새롭게 단장한다는 매스컴이 요란할 때 은근히 걱정했었다. 오래되어 정감 있는 낡은 의자들을 교체한다는 얘기는 아니겠지. 별이 총총한 하늘을 가리는 것은 아니겠지. 아련한 어둠 속에 살며시 눈을 들면 금방이라도 와락 안겨들 것만 같은 단정한 산 능선들을 깎아 세련된 배경을 제공한다는 얘기는 아니겠지.

음향효과가 좋아진 것은 확실했다. 30퍼센트나 넓어진 무대도 시원해 보였다. 그런데 NASA에서 파견 나온 사람들이 설치해 놓은 것 같은 우주선 모양의 커다랗고 복잡한 음향 통제기구와 조명기구들이 무대 천장에 거꾸로 매달려 위태하고 무거워 보였다. 무대 양옆에 각

2대씩 설치된 프로젝션 스크린은 마음을 내려앉게 했다. 모든 섹션마다 세우는 것은 아닌가, 걱정이 되었다.

극장이 스크린으로 둘러싸이면 흐르는 은하수랑 구름 사이에 살짝 얼굴을 가린 달을 바라보는 일은 어려워지리라. 밤의 향훈을 느끼고 싶은 사람에게는 재앙이 되리라. 대책 없이 화면을 바라볼 수밖에 없으니 말이다. 프로젝션을 적극 활용할 프로그램이 더욱 많이 개발되겠지. 음악은 뒷전이 될 것이다.

오케스트라와의 협연 데뷔를 기다리는 수많은 음악가들이 이 무대에 설 기회도 줄어들 것이다. 음악당에서 무용과 연극에게 밀려 음악가들이 설 곳을 상실당하는 것은 얼마나 바보 같은 일인가.

걱정은 여지없이 현실이 되었다. 시카고 조프리 발레단이 공연한 차이코프스키의 「호두까기 인형」이 프로그램 시작부터 인터미션 전까지 이어졌다. 발레단의 배경이 되어 버린 LA필하모닉이 처량했다.

귀로 듣고 싶어 온 것이지 눈으로 보고 싶어 온 것은 아니었다. 잘 보이지 않는 발레를 보느라 머리가 아팠다. 섬세한 춤동작을 보려면 실내 극장이 제격이다. 헐리웃 보울이 보통 큰 극장인가. 1만 8천 명 수용의 넓은 야외 음악당에서 발레라니, 속이 상했다. 스크린이 있다 하나 앞좌석을 위한 것일 뿐 꼭대기 좌석의 서민들에겐 그림의 떡이다.

프로젝션을 바라보느니 블록버스터에서 멋진 발레공연 테이프 하나 빌리면 1백 불을 호가하는 가든 시트(Garden seat)나 테라스 박스(Terrace box)에 앉은 것보다 더 잘 볼 수 있다.

여러 형상과 빛깔의 형광스크린으로 장식된 돔의 가장자리는 환상적이라기보다는 요란하고 유치했다. 불덩어리들이 무대 앞을 가로지르며 넘나들고 불씨가 난간을 타고 오르내리도록 한 불꽃놀이 시스템은 탄성을 자아내게 하기보다는 겉돌아서 음악을 가볍게 만든다는 느낌이었다. 도무지 음악에 집중할 수가 없었다. 과거의 불꽃놀이는 음악과 잘 조화되어 있었다.

음악은 자존심이 그리도 없나 싶었다. 춤과 연극과 불꽃놀이 같은 눈요깃거리를 동원시켜야만 살아남을 수 있다고 생각했나. 음악은 그러한 도우미들이 없어도 지금까지 훌륭한 몫을 담당해 오지 않았나 말이다. 새로 단장한 헐리웃 보울은 양념처럼 살짝 가미되어야 할 모든 효과가 오히려 음악을 압도한다는 느낌을 주었다. 즐기는 차원을 얘기한다면 글쎄, 가벼운 대중가요를 들으러 온 것이 아니지 않은가. 단역의 역할과 효과가 너무 근사하여 주역인 음악을 초라하게 만들어서는 안 될 것이다.

음악은 그 자체가 이미 종합예술이다. 종합예술의 가시적인 효과를 위하여 모든 예술 장르를 포용하는 것도 아름다운 일이지만 독자적인 순수성 또한 계속 유지했으면 하는 바람이다.

헐리웃 보울이 음악의 자존심을 지키는 역할에 충실하기를 원한다.

잃어버린 '큰 바위 얼굴'

뉴햄프셔 주 프랑코니아 주립공원 안에 있던 '산의 노인(The old man of the mountain)', 일명 '큰 바위 얼굴(The Great Stone Face)'이 붕괴되었다는 소식이다. 인류의 상징적인 명물이 사라졌다는 상실감에 마치 존경하던 스승이 돌아가신 듯, 가슴 한구석으로부터 물기가 번진다. 나다니엘 호손의 소설 「큰 바위 얼굴」로 생명력을 얻은 이래, 우리 인류에게 얼마나 많은 영감을 주고 정신적인 지주가 되어 왔던가.

삶의 파도에 흔들려 '큰 바위 얼굴'에 대한 꿈을 지녔던 시절이 한 때라도 있었던가 싶을 만큼 아득하게 느껴진다 해도, 비록 현재의 삶의 모습이 큰 바위 얼굴의 이상으로부터 너무 멀리 떨어져 있다 할지라도, 큰 바위 얼굴만큼은 세파에 흔들리지 않고 마음의 고향처럼 꿋꿋하게 그 자리를 지켜주기를 원했던 것일까. 계속된 폭풍우와 한파로 오래 전부터 붕괴의 조짐을 보여 왔다는 뉴스에도 불구하고, 까닭모를 아픔과 죄의식이 마음에 고인다. 그의 무너짐이 마치 내 잘못이기나 한 것처럼, 오랜 세월 동안 무관심 속에 방치한 나에게 토라져 스스로 목숨을 끊기라도 한 것처럼.

그는 진정 이 세상을 보고 느끼고 숨쉬고 있었던 것은 아닐까. 이 시대의 올바르지 않은 모습을 바라보며 인내심이 한계에 도달한 걸까. 영혼 교감이 불가능한 현대를 사는 일이 너무 괴로워 더 이상 견딜 수 없었던 것은 아닐까. 이제 스승도 꿈도 필요 없는 시대가 되었구나, 한탄하는 가운데 스스로 사라져 버리기로 결심한 것은 아닐까. 이 세상의 상황과 어울리지 않고 아무런 영향력을 발휘할 수 없는 무력한 자신을 바라보면서 소외감과 외로움에 시달렸던 것은 아닐까.

한낱 사람의 얼굴과 비슷한 모습을 한 것에 불과한 암석덩어리 하나에 이렇듯 의미를 부여하는 것이 이성적으로 무리라 해도, 끝까지 그 이미지에 인격을 대비하고 싶은 것은 무슨 연유인지 모르겠다. 그의 소멸이 타의가 아니라 자의적인 선택이었을 거라는 자괴감이 드는 것은 왠지 모르겠다.

큰 바위 얼굴에 대한 명상 한 번 제대로 하지 못하고 정신없이 살아온 지난 세월 속에, 왜곡된 현대인의 가치와 메마른 삶의 모습이 새삼스럽게 재조명이 되어 부끄럽기만 하다. 이 시대에 진정한 인물 하나 찾을 수 없어 겨우 큰 바위 얼굴에나 기대를 걸었던 것은 아닐까, 하는 인식까지 겹쳐 배가된 서글픔을 느낀다. 지금까지 살아오면서 겪었던 모든 슬픔과 괴로움은 마치 우리 주변에 큰 바위 얼굴과 같은 인물이 없어서였던 것은 아닐까, 하는 피해의식마저 드는 것이다.

진정, 우리의 지나온 삶 속에 큰 바위 얼굴 같은 멘토가 있었던가.

뻥 뚫린 가슴에 찬바람이 지나간다. 그대에게는 성장기 시절, 그대의 꿈을 키워주는 영웅이 있었는가. 존경할 만한 인물을 과연 몇이나 손꼽을 수 있는가. 문헌으로 남아 있는 인물이 아니라 살아서 양심의 종을 쳐 주는 사람이 주변에 몇 명이나 존재하는가. 망설임이나 주저함 없이 흔쾌하게 그렇다고 할 만한 사람이 과연 몇이나 될까, 뒤돌아보니 몹시 쓸쓸해진다.

문득, 지난해 한국의 교육부가 학생들에게 존경할 수 있는 인물을 갖게 하자는 취지 아래 우리 사회의 '큰 바위 얼굴'을 찾는 작업을 시도했다가 중도에 포기했다는 슬픈 기록이 생각난다. 큰 바위 얼굴로 꼽힐만한 위인이 없었기 때문이라는 이유가 얼마나 가슴을 시리게 했던지. 프로젝트에 참가했던 학생들은 그때까지 깨닫지 못했던 뜻밖의 자기발견으로 스스로 황당했을 것이다. 자신이 그토록 정신적 황무지 속에 존재해 있었다는 것, 그리고 풍부한 그 환경은 어른들이 마련해 주었어야 하는 것으로 후손들인 자신들이 당연히 누렸어야할 특권이라는 것, 그런데 그러한 삶을 상실당한 것도 알지 못한 채 삶을 영위해 온 것에 대한 인식으로 쓸쓸하였을 것이다.

여론조사기관 한길 리서치가 행한 20대 젊은이들의 의식조사에서도 비슷한 결과가 나왔었다. '연예인을 제외한 우상이 누구냐'는 질문에 많은 젊은이들이 무응답이었고 45.4%가 '없다'고 답변했다 한다. 부모님을 제외하면 살아 있는 사람 중에서는 우상이 전무하다시피 하여 이들이 정신적으로 얼마나 공허한 상태에 빠져 있는지를 선명하게 시사해 주었다. 젊은이들의 흔들리는 정체성과 자아의식이 한탄스럽기 이전에 그들을 올바르게 인도하지 못한 죄의식으로 부끄러웠다.

이것은 비단 한국의 실정만은 아닐 것이다. 미국에 이민 온 우리 자신들과 우리 자녀들의 형편을 되돌아볼 때 상황은 크게 다르지 않을 거라는 생각이 든다. 언어와 문화 차이를 단골 희생 제물로 삼아 건조한 우리의 삶을 변명하는 것은 더 이상 떳떳한 태도가 아니라는 생각이다. 기실, 영혼을 풍부하게 살찌울 수 있는 환경마련과 조성이 빈약했다고 수긍하는 것이 훨씬 인간적이다. 자녀 교육 때문에 이 땅에 이민 온 우리 어른들은 그들에게 과연 얼마만큼 인격도야에 도움이 될만한 환경들을 균형 있게 마련해 주었는지, 생각할수록 아쉽기만 하다.

오늘날 신세대가 방황하는 이유는 도덕과 가치 회복의 기본을 정립하는 일에 진정한 모델이 없기 때문 아닐까. 이 시대의 진정한 비극은 영웅의 부재에 있다고 단정짓는다면 너무 과장된 비약인가. 긍정적인 우상 없이 자라나는 젊은이들의 앞날을 생각하면 걱정이 앞선다. 존경할 만한 지도자들이 부재하는 사회에서 어떻게 그들이 참다운 미래를 꿈꿀 수 있겠는가.

지혜의 인물과 영웅들이 사라지고 옛 성현에 버금가는 인물을 좀처럼 찾기 힘든 이 시대, 능숙한 처세와 기발한 수단만 있으면 만사형통할 수 있다고 믿는 상식이 무난하게 받아들여지는 시대, 단아하고 고상한 아름다움은 어디론가 자취를 감추어 버리고 반짝이는 일회용 아름다움만 난무하는 것 같아 한없이 씁쓸하다. 가치가 뒤집힌 현대는 혼돈의 의미를 제대로 가르쳐 주는 것만 같다. 우리 모두에게 진정한 정신적 멘토와 영웅, 큰 바위 얼굴이 있었더라면 이 사회는 훨씬 숨쉬기가 수월하지 않았을까. 적어도 이렇게 혼란스런 모습은 아니었을 거라는 아쉬움이 앞선다.

소설 「큰 바위 얼굴」을 다시 한 번 음미하며 지난 날 깨닫지 못했던 새로운 교훈 하나를 줍는다. 주인공 어네스트 뿐만이 아니라 그의 동리 아이들 모두 큰 바위 얼굴을 보고 자라남으로 근묵자묵(近墨者黑)의 환경을 똑같이 부여받았을 터인데 왜 다른 아이들은 큰 바위 얼굴이 되지 못하고 그만 큰 바위 얼굴의 실체가 되었을까. 오직 그 한 사람이 큰 바위 얼굴의 표준에 도달했다는 것은 무엇을 의미하는 것일까. 주인공이 큰 바위 얼굴과 같은 영혼을 소유하기를 진정으로 원했기 때문이 아니었을까. 삶의 진정한 의미는 명예나 부귀나 영화에 있는 것이 아니고 진정 인간을 사랑하고 인간의 가치를 인정하는 것에 있다는 큰 바위 얼굴의 메시지를 제대로 해독하고 그 표준에 닿기 위해 노력했기 때문이 아닐까.

단지 허구에 불과한 이야기를 가지고 너무 비약시킨다고, 그러니까 현실감각을 되찾으라고 당신이 충고를 한다 할지라도, 이 짧은 단편소설이 오늘날까지도 그 생명을 얻고 있는 이유는 작가가 의도했던 주제 이상의 가치와 의미가 모든 사람의 마음속에 고이 자리 잡았기 때문이라는 생각을 떨칠 수 없다.

이제 큰 바위 얼굴은 사라졌다. 이 땅 위에서 다시 볼 수 없다. 좋은 생각과 좋은 모델이 좋은 사람을 만든다는 개념에 기초를 둔다면, 실물 교훈이 되었던 큰 바위 얼굴이 사라진 것은 생각할수록 큰 손실이다. 이제 우리는 무엇을 바라보며 삶의 영감을 얻을 것인가.

사라진 큰 바위 얼굴로 인한 손실을 만회할 수 있는 대책을 마련하는 것은 어떨까. 아무리 큰 폭풍우가 몰아치고 수많은 세월이 흐른다 해도 허물어지지 않는 큰 바위 얼굴을 만드는 것이다. 눈에 보이는 형상으로서가 아니라 우리의 마음속에 재건하는 것이다. 타인에게 참된 인간성을 지니라고 요구하는 것이 아니라 나 자신이 먼저 공동 사회에게 베풀 수 있는 좋은 성품과 사랑을 개발하는 것이다. 내 마음 한가운데 넓은 공간을 만들어 타인을 위한 터전을 마련하는 것이다. 우리의 마음 밭에 큰 바위 얼굴을 키움으로 서로에게 큰 바위 얼굴이 되어주는 것이다. 무너진 큰 바위 얼굴에 대한 예의이기도 하고 그를 잃은 상실감을 상쇄시킬 수 있는 방법이기도 하다. 그렇게 된다면 우리 주변은 지고한 인격들을 가진, 살아 움직이는 큰 바위 얼굴들이 셀 수 없이 늘어날 것이다. 필경 아름다운 세상이 될 것이다.

무소의 뿔처럼 혼자서 가게 하라

수필 "미국은 아직도 존재하는가(Does America Still Exist?)"로 유명한 미국의 칼럼니스트 리처드 로드리게스는 9·11테러 사태 당시, 획일주의의 팽배를 신랄히 비판했다. 모든 차량의 범퍼 뒤에 "United We Stand" 스티커가 미국 성조기와 더불어 붙어 있는 모습은 본질적으로 서로 다른 성향에서 비롯되어 매력적인 미국, "disunited America"를 전혀 미국답지 않게 만든다고 힘껏 꼬집었던 것이다.

그의 글은 오래 전에 사라진 파시즘의 망령이 현대 미국의 한복판에서 다시 떠돌아다니는 것 같은 기분을 느꼈던 이 땅의 많은 미국인들에게 한줄기 시원한 바람이 되었을 뿐만 아니라 위로가 되었음에 틀림이 없다. 미국인들의 집단적이고 획일적인 애국심의 표출은 극단적이고 배타적이기까지 해서 타국은 물론이고 점잖은 미국의 온건주의자들까지도 불안을 느끼고 있었기 때문이다.

요즈음 사방이 전쟁 이야기다. 마치 일년 전, 9·11 테러 사태에 대

하여 얘기하지 않는 사람들은 비애국자로 간주되었던 것처럼, 너나
모두 전쟁에 대하여 얘기해야 할 것 같은 책임감을 느끼게 하는 분
위기다. 이번 전쟁은 십자군 전쟁 못지않은 명분이 있다고, 그러니까
얼마만큼의 희생은 감수해야 한다고, 이번 기회에 악의 축을 뿌리 뽑
아야 한다고, 하룻강아지 범 무서운 줄 모르고 감히 미국의 자존심
높은 코를 건드렸으니 10배 100배 혼내주어야 한다고 다양한 목소리
로 어지럽다. 그렇게 목청을 돋우지 않으면 마치 비애국자 취급을 받
을 것처럼, 아니면 이 땅에서 당장 추방이라도 당할 것처럼 소란하
다. 아무런 빛깔도 갖지 않은 사람들은 죄의식에 사로잡혀야 마땅하
다는 분위기이고 회색분자로 낙인찍히기 십상인 분위기이다. 불안하
고 불편하다.

　모든 사람이 전쟁을 이야기할 수는 없다. 미국의 행동이 1백 퍼센
트 옳은 거라고, 혹은 옳을 거라고, 혹은 옳지 않다 하더라도 이곳에
사는 동안은 이 땅에 대한 예의로라도 그렇게 생각해야 한다고 자기
최면을 걸어서는 곤란하다. 전쟁을 반대할 수도 있는 것이다. 반전사
상을 마음속에 담아둘 수도 있고 열정을 가지고 반전 데모대에 합류
할 수도 있다. 이도 저도 맘에 들지 않으면 침묵해도 된다. 모든 사
람이 획일적으로 사고하고 행동할 수는 없다. 다수가 그렇게 생각하
고 원하니까, 시류가 그러니까, 나도 그렇게 생각하고 행동해야 한다
고 믿는 것은 옳지 않다. 세상이 미친다고 나도 미쳐야 하는가. 세상
이 악하다고 해서 나도 함께 악해져야 하는가.

　문제는 이 땅에서 태어나지 않은 이민자들이 전쟁에 대하여 반대
하는 마음을 가질 때 느끼는 복잡 미묘한 불편함이다. 코캐시언들이
라 해도 모두가 본토인이 아니요 그들 역시 대부분 이민자들이나 그

후예들이지만, 언제부터인가 백인은 이 땅의 주인이요 유색인은 물 건너 온 사람들이라는 관념이 자리 잡은 현실이어서 피부색에 따라 스테레오 타입을 적용시키는 일이 비일비재하게 일어난다. 그러니까 백인들이 옷을 벗고 거리에 드러누우면 나라사랑의 표현이 화끈하고 정열적이다, 라고 너그럽게 받아들이다가도 황색인이나 이민자들이 피켓을 들고 반전데모를 하면 유난히 예민한 시선으로 보는 경향이 짙다. 제가 발붙이고 사는 땅에 대한 은혜도 모르는 배은망덕한 사람 이라고 손가락질하거나 제가 떠나온 조국의 난처한 입장이나 체면은 조금도 생각하지 않는 망국자, 혹은 자기 하고 싶은 대로 행동하는 이기주의자로 내친다. 이러한 비난을 하는 사람들은 대부분 같은 민 족들인 경우가 많다.

한인 교포사회에는 반전이라는 말만 나와도 그것이 마치 반미라도 되는 양 경기를 일으키는 애국지사들이 유난히 많다. 현대판 사대주 의 분위기를 연출하는 것 같아 마음이 씁쓸하다. 미국과 한국에 양다 리를 걸친 그들은 국가가 내려준 영예를 등에 업고 개인의 유익을 취 하면서, 마치 자신만이 미 주류사회에 한국을 대표하는 인사인 양, 마 치 자신만이 조국의 운명을 떠받치고 있는 애국지사인 양 행동한다. 그들은 애국이라는 이름의 탈로 이중적인 자기 모습을 가리고 자신의 행동을 합리화하고 있는 것은 아닌지, 자신의 삶이 진정으로 한국과 교포들 앞에 떳떳한지, 스스로의 양심을 들여다 볼 필요가 있다.

이 모든 것보다 진짜 더 큰 문제는 자신의 주장만이 옳고, 타인의 생각이나 의견은 모두 어딘가 부족하거나 옳지 않다고 생각하는 극 단적인 자세이다. 상대방에게 자기 방식대로 사고해야 한다고 주문 하는 것은 무리이다. 인간에게는 누구에게나 그가 지닌 삶의 무게들이 있다. 타인이 결코 짐작하거나 함께 나눌 수 없는 그림자 같은 내용들이 있다. 개인마다 삶을 바라보고 이해하는 시각이 천차만별이다. 그러니까 타인의 생각을 간섭하거나 비난할 이유가 없는 것이다. 각자에게 주어진 짐을 지고 무소의 뿔처럼 혼자서 가게 할 일이다. 네 발 달린 짐승의 뿔은 반드시 두 개이어야 한다고, 어떠한 이유를 막론하고 내 눈에 그저 정상으로 보여야 하니까 그래야 한다고 고집하지 말자. 무소의 뿔은 하나이어도 충분하기 때문이다.

그러니까 386세대 한국의 이민자들은 1980년 5월의 광주시민 운동으로 진달래빛 붉은 젊음들이 마구 스러져갔을 때, 그 당시 느꼈던 살아 있는 자들의 비굴함을 지금 이 땅에서 다시 느껴야 한다고 모든 세대들에게 강요할 수 없다. 파병을 반대하고 반전 운동을 펼치는 사람들은 전쟁 중임에도 아랑곳하지 않고 화려한 미인대회를 개최하는 사람들을 비난할 이유가 없다. 9·11사태 당시, 토론토 영화제 중단 문제가 제기되었을 때 프랑스의 배우 잔느 모로는 말했다지 않은가. "왜 우리가 삶을 멈추어야 하는가"라고.

어려운 때일수록 평상심을 유지하는 기술과 지혜가 필요하다. 맹목적인 사고와 행동을 자제해야 한다. 집단 우울증이나 과장된 제스처, 정리되지 않은 대중논리에 휩쓸리지 않아야 한다. 차라리 바닷가에 나가 시원한 수평선을 바라보며 황폐한 도시의 우울한 공기와 그늘진 삶의 먼지를 털어 낼 일이다. 야생화가 오글오글 흐드러진 언덕에 올라, 작은 얼굴의 들꽃들이 하늘을 향해 가녀린 팔들을 한껏 쳐들고 생을 찬미하듯 하늘거리는 모습을 보고, 어우러진 삶의 아름다움을 느껴볼 일이다. 고전에 파묻혀 성현들의 한탄을 들으며 이 어지러운 시간을 피해도 좋을 것이다. 마이클 커밍햄의 원작영화 「세월」

을 두 번 세 번 연달아 보러가서는 텅 빈 영화관 한구석에 앉아 눈두 덩이 붓도록 흐느끼며 삶의 통증을 달래보는 것도 나쁘지 않다. 흑백 논리에 속아서 나도 저들처럼 선명한 색을 내야한다는 부담을 느낄 필요가 없다.

적이 누구인가. 이라크의 12세 소년들로 구성된 게릴라 전사들의 맑은 눈동자들을 바라보며 적개심을 불태울 수 있는가. 생사의 기로 에서 울부짖는 난민들이 적인가. 혹은 역사 이래 최초로 내륙이 침략 당한 수모를 겪었으니 확실하게 버릇을 고쳐주어야 한다고, 어떤 방 법을 동원해서라도 미국의 자존심을 세워야 한다고 외치는 사람들이 적인가. 이번 일을 계기로 미국의 존립목적과 가치를 재정립해야 한 다고, 그것은 전쟁을 통해서라도 반드시 이루어야 한다고 주장하는 사람들이 적인가. 전 인류의 평화와 안전은 미국의 영향 아래 있는 만큼 지도자 위치에 있는 이 나라가 책임감을 가지고 나서야 한다고, 어떤 희생이 따르더라도 반드시 악의 근원을 뿌리째 뽑아야 한다고, 그래서 세계 질서를 위한 교통정리를 해주어야 한다고, 그러니까 전 쟁은 필요악이라고, 그래서 전쟁을 하겠다고 나선 사람들이 적인가.

미국과 이라크 양국이 그 어느 때보다 전쟁의 명분이 확실하다고 강조를 하지만, 역사 이래 모든 전쟁은 항상 신의 이름 아래, 성스러 운 명분 아래 일어나고 사라져갔다. 수필가 샘 킨(Sam Keen)의 말처럼 "전쟁이란 선과 악의 쟁투로서 전투는 우리가 믿는 신의 적들을 파 괴하기 위해 우리의 영웅들이 성스러운 피를 바치는 의식"이었던 것 이다. 이 같은 논리는 이번 전쟁에도 예외가 아니어서 신의 이름으로 응징한다는 미국뿐만이 아니라 그 미국이 악의 축이라고 지칭한 상 대국에서도 마찬가지 개념으로 사용하고 있다. 이라크의 성전(聖戰)에 대한 의지는 오히려 미국보다 더 강하다고 볼 수 있다.

이번 전쟁에 대하여 어떤 방식으로 해석을 하든 각자의 자유이다. 한 가지 확실한 것은 피비린내 나는 전장에 나가 있지 않는 우리는 적어도 서로에게 관용적이어야 한다는 것이다. 외부에서 어떤 일이 일어나든 생명이 있는 한 삶을 진행시켜나가야 하는 속성을 가진 인간으로서, 동시대의 모순 속에 같은 고통을 안고 있는 상대방에 대하여 연민을 가져야 하는 것이다. 시류에 휩쓸리지 않고 자기중심을 잡고 상대 인간에 대한 적대감을 접어야 한다. 적은 상대방이 아니라 바로 나 자신의 마음속에 있기 때문이다.

샘 킨은 그의 수필 「적의 얼굴들(Faces of the Enemy)」에서 적이란 우리 인간의 마음속에서 스스로 만들어낸 것이라고 말한다. 평화와 안전이 더 많은 군대와 증강된 무기에 달려 있다고 믿는 보수주의자들이나 군비 축소와 핵 동결에 있다고 믿는 자유주의자들 사이에 정치적으로 제공되는 해결책 그 어느 것도 우리를 안전하게 해줄 수 없다고 말한다. 우리의 문제는 기술적인 면에 있는 것이 아니라 상상력 속에서 적을 창조하는 우리의 마음 안에, 고대 선조로부터 물려받은 성향 안에 있다고, 그러니까 진정한 적은 적을 만들고자 하는 인간의 성향이라고 단호하게 결론짓는다.

전쟁을 원하는 사람은 없다. 전쟁의 주도권자조차도 전쟁이 최선의 방법이라고 믿지 않는다. 그래서 전쟁은 비극이다. 국가가 새로 개발한 무기를 실험해 보는 장을 마련하기 위하여, 경제적인 이익을 염두에 두고 그럴듯한 명분을 내세워 침략할 빌미를 찾아 상대방을 악의 축으로 모는 것은 전쟁보다 더 큰 비극이다.

인간이 얼마만큼 도덕적으로 악해질 수 있는지 알아보려면 전쟁을 하라 했던가. 인간성이 얼마나 황폐해지는지를 알고 싶으면 전쟁터에 가보라 했던가. 전쟁은 아무리 좋은 명분으로 포장한다 해도 함께 살아야 한다는 인류의 도덕성에 비추어볼 때 결코 떳떳한 방법이 될 수 없다. 동기만 좋으면 결과는 아무래도 상관없다든가, 혹은 동기가 나빠도 결과가 좋으면 된다, 라는 변명은 궁색하기 그지없다. 전쟁은 더도 덜도 아닌 살인놀음인 것이다. 전쟁을 하는 것보다는 하지 않는 것이 백번 신사적이다. 사랑하는 사람을 위하여 죽기까지 희생할 수 있는 인간 형제에게 총부리를 겨눈다는 것은 어떤 논리로도 합리화시킬 수 없는 야만적인 행위이다. 아버지와 자식과 남편을 잃고 전쟁터 한가운데서 울부짖는 어린아이들과 여성들의 공포에 찬 눈들을 바라보면 이 땅의 모든 살아 있는 자들은 자신이 무슨 짓을 저질렀는가를 깨달을 수 있을 것이다.

이도 저도 모두 접자. 반전 운동가들에게도, 전쟁을 옹호하는 사람들에게도 똑같은 위로를 주는 명구들이 많이 있다. 윈스턴 처칠은 "모국을 사랑하는 자는 인류를 미워할 수 없다"고 했다. J. J. 크리텐든은 "나는 내 조국이 옳기를 바란다. 하지만 옳거나 그르거나 나는 어쨌든 내 조국 편이다"라고 말했다. 프랭클린은 "좋은 전쟁, 나쁜 평화란 없다"고 했다. 나는 프랭클린의 일갈이 훨씬 인격적이고 최종적인 결론이라고 생각한다.

이나 저나, 제발 전쟁이 없는 지구에서 좀 살아봤으면 좋겠다. 이 한 목숨 부지하는 일이 이다지도 천근 같은 마음이어서야 어찌 감히 하늘 한 번 편하게 바라볼 수 있겠는가. 지금 이 시간에도 우주는 상상할 수 없이 빠른 속도로 회전하고 있는데. 끝없이 펼쳐진 은하계와 태양계에서는 떨어져 나간 운석조차도 일정한 궤도를 따라 달리고 있는데.

맑은 영혼과 사랑의 샘물

—하정아의 수필세계

鄭木日

전 문협수필분과 회장·수필가

1. 맑은 영혼의 샘물

재미 수필가 하정아 씨를 보면 가을날 한국 산야에 피는 구절초꽃 같다는 느낌이다. 표정이 맑아서 샘물이 넘쳐흐르는 듯하다. 마음의 표정이 구절초꽃 같다는 것은 인생 바탕이 정갈하고 깨끗하다는 걸 말해 준다.

표정은 마음과 인생을 비춰 놓은 거울이다. 미국에서의 이민생활, 다인종(多人種) 문화 속에서의 삶은 숱한 애로와 고뇌와 시행착오 속에 이뤄지리라 짐작한다. 그럼에도 티끌 하나 묻지 않은 한국 가을 하늘의 깊이를 지닌 구절초꽃 같으니, 놀랍고 신기하다. 하정아 씨의 마음속에는 맑은 샘물이 있다.

2002년에 재미수필문학가협회 초청으로 미국 LA에 간 일이 있다. 수필캠프의 강사로 수필에 대한 이야기 중에 한 말을 기억한다.

"수필가는 마음속에 하나의 거울을 걸어두어야 한다. 거울을 보면서 마음에 묻은 이기라는 얼룩, 욕심이라는 때, 어리석음이라는 먼지를 닦아내야 한다. 수필가는 마음속에 하나의 샘을 파두어서 마음을 깨끗이 씻어두어야 한다. 수필가는 마음속에 하나의 종을 달아두어서, 양심의 종을 스스로 울릴 줄 알아야 한다.”

생각해 보니 나는 그 경지에 아주 못 미치고 있으나, 하정아 씨는 이미 그 경지에 있는 듯하다. 그는 말을 아끼는 사람이며 대신 미소를 짓는다. 맑은 영혼의 소유자만이 미소를 지을 수 있다. 소리내 웃는 웃음은 환희나 기쁨 속에서 저절로 드러나는 것이지만, 미소는 단순한 웃음이 아니다. 미소는 명상에서 피우는 깨달음의 꽃이다. 미소는 기쁨과 슬픔이 만나서 얻어진 것이며 그 확장의 세계이다. 기쁨이나 슬픔은 어느 한쪽으로 치우쳐 있는 극단이지만 미소는 중도에서 일어난다.

하정아 씨의 처녀수필집 『행복은 손해 볼 수 없잖아요』를 읽고 마음이 내켜 독후감을 쓴 일이 있다. ‘행복’은 득실의 개념이 아니라는 걸 저자도 알고 있다. 타인의 고통을 보고 내 행복을 내어주는 것이 사랑이다. 자신의 행복을 남에게 주어서 자신은 손해 보는 것일까. 그것이 아님을 말하고 있다. 행복은 나눌수록 손해 보지 않는다는 걸 알려준다.

하정아 씨의 수필은 맑은 샘물 같고 구절초꽃 같아서 보고 느끼기만 하면 될뿐, 이러니 저러니 말을 붙일 필요조차 없다. 물맛을 보고 꽃향기를 맡아보면 된다. 수필은 시·소설·희곡 같은 픽션물이 아닌 논픽션이다. 픽션은 허구를 통해 진실을 말하기에 흥미, 상상, 구성, 작중 인물 등으로 독자를 사로잡을 수 있다. 극단적으로 말하면 사형수일지라도 이야기를 잘 꾸며낼 수 있으면 베스트 소설도 쓸 수 있다. 하지만 체험과 사실을 토대로 하는 수필의 경우는 인생경지가 곧 수필경지가 된다. 좋은 인생이어야 좋은 수필을 쓸 수 있다. 픽션물은 작가의 기능이 중요한 요건이라면, 논픽션은 작가의 인생이 중요한 요건이 된다. 하정아 씨의 마음속엔 맑은 영혼과 사랑의 샘물이 있어서 수필가로서의 천부의 자질을 타고 났다.

하정아 씨의 수필은 어떤 것은 짧고 어떤 것들은 긴 편이다. 굳이 분량이라는 제한성에 얽매이지 않고 자유자재로 마음의 행로에 따른다. 거침이 없다는 것은 마음에서 샘물이 흘러넘쳐서 자연스럽게 흐른다는 것을 말한다. 필자는 하정아의 『행복은 손해 볼 수 없잖아요』의 독후감에서 이렇게 썼다.

하정아의 수필엔 영혼의 향기와 맑은 행복이 있다. 삶에서 복잡, 어둠, 고뇌, 갈등, 분노, 회한 등의 현상과 감정들을 순수와 맑음의 체에다 걸러 내어 단순, 단아, 평온, 정화로 행복의 향기와 빛깔로 채워 놓는다. 이 놀라운 힘은 마음속에 마르지 않는 순수의 샘과 꺼지지 않는 영혼의 촛불이 있음을 알려 준다.

하정아 씨의 수필에선 무엇보다 평온한 미소를 접하게 한다. 삶 속에서 찌든 때와 먼지를 깨끗이 씻어주는 듯하다. 마음을 정화시켜 순수를 되살려주는 힘이 있다. 삶에서 발견하는 행복의 눈이 있다. 닫혔던 마음의 문이 열리고 사랑의 샘물이 흐르고 있음을 느끼게 만든다. 이것이야말로 인생의 교감인 동시에 사랑의 발견과 공감의 확대가 아닐 수 없다. 이러한 작용과 기능이 수필의 참다운 효용성일 것이다.

"머플러 3개 중 푸른빛이 많이 들어간 것은 네가 갖고 분홍빛이 들어간 것은 미세스 오스터가드에게 드리고 파스텔 톤으로 부드러운 빛이 많이 들어간 중간색은 시인 J씨에게 드려라"고 쓰셨다. 머플러를 가슴에 안고 엄마를 생각했다.

13살 난 딸아이가 외할머니 생각만 하면 그렇게 슬퍼지느냐며 같이 울상을 지었다. 엄마를 생각하면 기분 좋고 따뜻하고 사랑하는 마음이 넘쳐서 우울했다가도 기분이 좋아져야 하는 것 아니냐고 했다. 아이에게 할 말이 없었다. 지난 20년 동안 대여섯 차례밖에 만나 뵙지 못해서인 것 같다고 얼버무렸더니 그렇다면 이해가 간다 했다. 사랑하는 사람들은 자주 만나야 한다고 했다. 자기는 엄마처럼 슬프고 싶지 않으니 나중에 다 자라서도 엄마와 멀리 떨어져 살지 않을 것이라고 했다.

미세스 오스터가드는 이른 아침이면 창문을 열고 우리집을 비롯하여 이웃들을 위해 기도해 주시는 84세의 목사 사모다. 불쌍한 고아 둘을 입양하여 키우면서 자신의 아기를 일부러 낳지 않은 분이다. 학교에서 피아노 음악을 가르치다 은퇴하신 분으로 엄마는 이곳에 머무는 동안 일주일에 한 번씩 그녀에게 피아노 레슨을 받으셨다. 초등학교 교사로 근무하다가 몇 년 전에 은퇴하신 엄마는 오랜만에 만져보는 피아노를 반가워 하셨다.

한국으로 가시기 전날, 미세스 오스터가드에게 전화하여 엄마가 한국으로 가서서 내일부터 레슨을 받지 못하겠다고 했더니 급하게 우리 집을 찾아왔다. 20여 개의 작은 큐빅이 다이아몬드 모양으로 장식된 18금 반지를 엄마 손가락에 끼워주며 두 분이 부둥켜안고 서로의 등을 다독여 주었다.

당신처럼 좋은 미국인을 만나게 된 것이 행운이고 일생 잊지 못할 것 같다는 엄마와 당신처럼 귀한 여인을 만난 것이 감사하다며 눈물을 짓고 서있는 미세스 오스터가드의 모습을 바라보노라니 나의 눈시울에도 물기가 차올랐다. 무엇이 언어도 통하지 않는 이들의 마음을 묶어주었을까.

미세스 오스터가드에게. 선생님이 주신 반지를 보며 선생님의 깊은 사랑과 후의를 가슴에 새겨봅니다. 결코 잊지 못할 기억으로 오래오래 남을 것입니다. 선생님 앞에서 건반 위에 손을 얹을 때 떨리고 행복했던 마음도 잊지 못할 것입니다. 감사와 존경과 사랑하는 마음을 어찌 이 좁은 지면에 다 표현할수 있겠습니까? 부디 건강하시고 복된 여생이 되시기를 기원합니다.

"건반 위에 손을 얹을 때 떨리고 행복했던"이라는 글귀에 눈길이 머물러한동안 떨어지지 않았다. 엄마는 내 엄마이기 이전에 아직도 소녀의 꿈을 고스란히 간직한 한 여성이었다.

—「엄마의 편지」 중에서

「엄마의 편지」는 제일 먼저 읽은 글이다. 엄마가 3개월 동안 미국에 사는 딸네집에 머물면서 피아노 레슨을 받은 미세스 오스터가드에게 보내는 편지와 미국에서의 감상을 쓴 엄마의 편지를 읽으며 사모(思母)의 정을 담은 글이다. 엄마와 딸간의 이야기만이 아니라, 미세스 오스터가드와의 불과 3개월간의 만남을 통한 국적을 초월한 인간애가 가슴을 적셔준다.

「엄마의 편지」는 마음의 만남이고 감동의 나눔이며 행복의 교감이다. 꾸밈 없는 마음의 보석과 향기를 느낄 수 있게 하는 비결은 마음의 순수에서 오는 힘이 아닐까 한다.

2. 서정성과 논리성의 조화

하정아 씨는 서정적이고 섬세하다. 그렇다고 감성 쪽에만 빠져 있는 게 아니다. 논리와 지성의 날카로움과 지혜를 조화시키는 능력이있다. 서정과 논리는 수필을 쓰는 방향을 결정하는 경계가 되기도 한다. 서정적이면서 논리성을 살린 글이라든가 논리적이면서 서정성을 지닌 글을 보면, 이도 저도 아닌 어정쩡한 글이 되고 만 것 같은 인상을 줄 때가 있다. 서정적인 수필을 경수필로, 논리적인 수필을 중수필로 구분하는 경향도 있지만 사실 그와 같은 일은 바람직하지 않다.

하정아 씨의 수필은 서정성을 살린 글이 있는가 하면 논리적인 글이 있다. 어느 쪽으로 치우치지 않는 자유스러움을 보여준다. 주제와 소재에 따라서 적절하게 선택하고 있다. 하정아 씨의 성품을 볼 때, 여성스러움과 서정성이 본 영역이었다. 미국의 대학에서 공부하는 동안 서양의 논리를 바탕으로 하는 에세이를 받아들이면서 폭이 넓어지고, 재미 일간지 등에 수년간 칼럼리스트로 활동하면서 시사성이 있는 사회문제 등에 관심과 눈길을 돌려 다양한 관점을 지니게 된 것이라 생각한다. 그래서 「어머니의 편지」처럼 서정적인 수필이 있는가 하면 논리, 철학, 명상을 위주로 한 글들도 있다. 한국에선 서정류의 수필이 대종을 이루는 것과는 달리 미국에서 삶을 영위하는 한국교포 수필가로서 논리, 이성을 바탕으로 하는 서양의 삶과 사고를 받아들인 지혜의 소산이 아닌가 한다.

하정아 씨의 수필에서 높이 평가하고 싶은 것은 한국에서의 회고담, 추억과 감상에 머물지 않고 미국에서의 삶을 보여주고 있다는 점이다. 미국의 다인종 속에서 한국문화의 정체성을 계승하면서 새로운 삶의 전개와 발견과 미학을 꽃피워 놓고 있다. 한국에의 동경과 회고만을 펼칠 때는 이미 지난 것이다. 미국 이민 1백주년이 지난 오늘날엔 이 곳에 뿌리내리고 살아가면서 이 곳이 아니면 체험할 수 없는 삶의 발견과 인생의 의미를 수필로 꽃피워 내야 한다. 하정아 씨는 이것을 자각하고 서양의 분석적, 논리적, 철학적인 사고와 글쓰기를 수용한 끝에 동・서양적인 관점과 특질을 이해하고 적절한 글

쓰기를 택하고 있다.

디즈니(Disney)나 드림웍스(Dreamworks) 영화사가 만들어 낸 이야기들 중에는 꿈을 심어주고 키워주는 이야기, 아름답고 감동적인 이야기도 많은 반면 오히려 악영향을 미치는, 허무맹랑하여 도무지 논리적이지 않은 이야기들이 많이 있다. 미와 추를 선과 악으로 나누는 흑백논리의 원형처럼 느껴진다. 몇몇 예외도 있지만 아름다운 사람은 선하고 추한 사람은 악하다는 의식을 심어주기에 충분한 플롯과 배경이 은근하게 깔려 있는 것이다. 미국에서 자란 청소년들이 선과 악의 가치체계를 정립하는 데 혼란을 느끼는 이유 가운데 이들 만화영화 배급사들의 책임도 간과할 수 없다는 생각이다.

백설공주는 자신의 미를 시기한 왕비에 의해 살해당할 위기에 처했으나 오히려 그녀를 가엽게 여긴 무사의 도움을 받아 숲 속으로 피신한다. 마음 착한 일곱 난쟁이들은 자신들의 목숨이 위험하다는 것을 알면서도 그녀를 가족으로 받아들인다.

그녀와 난쟁이들은 이미 알고 있었다. 왕비가 그녀를 찾을 것이라는 것을. 마법의 거울이 그것을 알려줄 것이므로. 난쟁이들은 공주에게 신신당부한다. 낯선 이에게 문을 열어 주지 말라고. 마침내 변장한 왕비가 백설공주가 머무르는 난쟁이들 집에 나타나 문을 두드린다. 그녀는 망설임 없이 문을 열어 주고 독이 든 사과를 받아먹는다. 그리고 죽는다.

공주는 아이큐가 낮은 것일까? 그녀는 생명의 위협을 충분히 인지할 만큼 성숙한 사람이다. 삼척동자라도 살고자 하는 기본적인 본능이 있거늘, 이미 죽음의 고비를 넘긴 악몽 같은 경험을 가지고 있는 그녀 아닌가. 보통의 상식만 지녔어도 그녀는 화를 당하지 않을 수 있었다. 그녀는 무사에게 목숨을 구걸할 때 교훈을 확실히 터득했어야 옳았다. 어느 누구든 그녀가 당한 끔찍한 경험의 반만 겪어도 그녀처럼 미련하게 행동하지 않았을 것이다. 그녀가 방심하여 문을 열어 준 것은 선한 것이 아니라 자신의 미련함을 백일하에 드러낸 실례다.

―「비유티 신드롬」 중에서

　동·서양을 막론하고 민화·동화·전설 등의 주제는 권선징악이다. 공동체 사회를 위한 가치 덕목 중에서 가장 필요로 하는 것이 '착함'이었으며, 징계하여 없애고자 하는 것이 있다면 '악함'이다. 이것은 인간사회 만고불변의 철칙으로 인식되어 왔다.

　'옛날 얘기'의 서사구조의 결말은 정해져 있다. 착한 사람은 하늘의 복을, 악한 사람은 벌을 받게 된다는 명백한 구도 속에 막을 내린다. 동서고금을 막론하고 어느 민족의 전래 민화이든지 서사구조가 비슷하고 결말이 같다는 것은 일찍이 인류가 공동체생활을 영위할 때부터 터득한 삶의 지혜였다. 그러나 선과 악을 구분하는데 비논리적인 인식으로 가치체계의 정립에 혼란을 야기시키는 경우가 있다. 예컨대 백설공주의 어리석음, 신데렐라의 허황된 꿈, 흥부의 게으름, 토끼와 달리기 경쟁에 나선 거북이 이야기는 현실성의 결여와 논리성의 부족을 드러낸다. 미와 추를 선과 악으로 오인시키게 만드는 이야기 전개는 가치체계의 혼란을 안겨준다.

　하정아 씨는 "공주가 난쟁이들의 당부를 까맣게 잊어버리고 왕비를 맞아들여 독이 든 사과를 먹고 죽는 것으로 끝났다면 훌륭한 지혜서 내지는 잠언서가 될 수 있었으리라. 공주처럼 미련을 자초하면, 자신을 사랑하는 이의 충고를 듣지 않으면, 죽어야 마땅하다는 교훈을 가르치는 교제로 쓸만하지 않은가. 미모만 믿고 머리를 쓰지 않으면, 신의를 지키지 않으면, 생명을 잃는다는 것을 설득력 있게 알려주는 이야기 중에 이처럼 흥미 있고 효과적인 이야기도 드물리라"고 말한다. 다른 이의 생명을 경솔히 취급하고 은혜를 짓밟은 백설공주가 아름답다는 이유 하나만으로 모든 것을 용서받고 죽음으로부터 부활하는 것이 온당한 일인가를 묻고 있다. 물론 이야기는 논리성과

현실문제로만 볼 수는 없다. 그는 아름다움이란 인식에 은폐되어 있
는 추함, 추함이라는 인식 속에 가려져 있는 진실을 한꺼번에 묻어버
리는 우둔함을 지적하고 있다. 맹목적인 미에 현혹된 삶과 현상들을
경계하며 반성하여야 함을 알려주고 있다. 논리성과 이성으로 무장
한 서양의 가치체계에 영향을 준 민화, 우화, 동화 등에서 허점과 비
논리성을 밝히며 관점의 다양성, 발상의 새로움, 예리한 분석력을 보
여준다. 이솝우화 「여우와 신포도」나 미국에서 대흥행 기록을 올린
영화 「예수의 수난」을 보고 쓴 글 「'예수의 수난' 유감」도 이 같은
성향의 수필이다.

 "펑펑 울었다, 불이 켜져도 일어설 수 없었다, 영화관 바닥에 무릎
을 꿇고 회개 기도를 올렸다"는 얘기를 듣고 영화를 감상한 그의 관
점은 "금욕적인 분위기가 압도적인 영화였다. 예수의 고난이나 죽음
의 의도를 제대로 표현하기보다는 예수가 인간의 죄를 위해 그토록
극심한 고통을 당했으니 회개하라고 강요하는 것 같았다. 인간도 누
군가를 위해 그런 희생을 치른다면 구원이 가능하다는 암시로 받아
들였다면 지나친 억측인가. 인간의 선한 행위나 자학으로 어떤 형태
의 면죄부를 보장받을 수 있다고 생각하는 것은 오류이다"고 지적한
다.

 상업주의적인 신드롬 현상이나 대중적인 취향으로 매몰되기 쉬운
가치나 진실을 일깨우고 가치체계의 혼란을 우려하고 있다. 감성 위
주의 수필에서 볼 수 없는 지성과 이성을 바탕으로 한 현실 보기와
진단을 보여준다. 서정과 지성이 조화를 이룬 수필세계를 구축하고
있다.

3. 나눔, 헌신, 사랑의 감동

하정아 씨의 수필 정신과 테마는 사랑이며 그 감동이다. 받는 것을 원하는 이기적인 사랑이 아닌 헌신, 나눔의 사랑을 보여준다. 자신의 행복과 사랑을 나눠줌으로써 얻는 희망과 기쁨을 독자에게 알려준다. 사랑의 뜨거운 샘을 가질 수 있는 것은 영혼의 맑음에서 얻은 은총이 아닐 수 없다. 그래서 그의 수필은 정갈하고 맑으며 비어 있으되 뜨거우며 고통 받고 외로운 이에게 다가가 불쑥 손을 내민다.

하정아 씨의 문장은 전율, 발견, 음미, 성찰, 기도, 깨달음을 불러일으킨다. 사랑의 눈길과 촉촉한 생명의 입김과 외로운 이의 손을 잡아주려는 보이지 않는 마음이 있다. 간결 속에 명상과 함축이 있다. 장식성과 가식을 걷어낸 고요와 결백이 있다. 그는 수필의 격조와 깨달음의 길을 알고 가는 수필가이다.

책을 읽고 있던 신사도 흐뭇했는지 대화에 끼어들었다. R대학에서 미국 역사를 가르친다는 그는 학교가 종강되는 내주에 전립선암 수술을 받는다고 했다. 기말시험 문제 출제가 거의 끝나 마음이 홀가분하다며 수술과 함께 기분 좋은 휴식을 취할 거라고 했다.

'다음 주에 나 휴가 간다'는 투의 담담한 억양이었다. 걱정되지 않느냐, 물으니 희망의 도시에 왔으니 희망을 가질 수밖에 없다며 어깨를 들어올렸다. 절망을 하더라도 희망을 걸고 절망해야 하지 않겠니, 오히려 반문했다. 친구 한 명도 한 달 전에 이곳에서 전립선암 수술을 받았는데 경과가 좋다고 했다. 크리스마스가 조금 우울하겠다 하니, 자기 일생 중 가장 많은 사랑과 관심을 이번 크리스마스에 받을 거라며 기대가 대단하다 했다.

심장이 좋지 않은 가족이 있다 하니 너무 염려 말라며 위로했다. 자신과 함께 테니스를 치던 친구가 쓰러져 병원에 옮겨졌는데 혈관 다섯 개가 모두 막혀 있었다 했다. 바이패스를 5개 하고 나서 더욱 건강해져 얼마나 테니스를 잘 치는지 수술한 후로 한 번도 친구에게 게임을 이겨본 적이 없다며 너털웃음을 지었다.

평안하고 잠잠한 그의 마음이 방안에 있는 모든 사람들에게 역동적인 감동으로 전달되어 각자가 지니고 있던 근심을 잠시나마 내려놓을 수 있었다. 암 진단을 받고 나서 그의 마음에 어찌 혼란이 없었겠는가. 스스로에게 희망의 주문(呪文)을 걸 수 있기까지, 슬픔을 과장하거나 숨기지 않고 직시하기까지, 절망의 뿌리에서 솟아난 진실된 희망을 갖기까지, 그는 이미 자신과의 투쟁을 마친 사람이었다.

―「'희망의 도시'에서 만난 사람들」 중에서

'희망의 도시'는 메디컬 센터를 말하며, 심장병동 환자대기실에서 필자가 한 환자와의 대화와 모습을 그린 글이다. 암병동의 환자들은 절망과 희망의 사닥다리를 하루에도 무수히 오르내린다. 희망의 사닥다리를 오르다가도 절망의 나락으로 굴어 떨어지기도 한다. 간호학을 공부하고 있는 저자는 이런 환자들을 대하면서 '희망의 도시'에서 소생의 모습을 보고 싶어 하며 헌신과 사랑으로 환자들에게 희망과 마음의 평화를 전파하고 있다. "슬프고 외로운 이들에게 진정한 평안이 있기를. 어려움 속에서라도 작은 희망의 싹을 발견하고 일어설 수 있기를" 바란다. 이런 측은지심이 그의 삶의 동력이 되고 수필 정신의 한 바탕을 이루고 있다.

4. 인생의 발견과 의미부여

수필을 체험과 느낌의 조합물로 인식하는 사람들이 있다. 개인적인 체험일지라도 단순한 느낌의 차원에서 초월하여 인생의 발견, 가치의 창출, 독자적인 견해가 있어야만 수필이랄 수 있다. 개인사의 기록에 치우친 글, 단순한 삶의 에피소드, 계절의 변화 감상, 자기도취적인 과시, 설교조의 글들이 수필이라는 이름으로 행세하고 있다.

하정아 씨는 수필의 문학적 위상과 수필가의 자세를 확고하게 자각하여 새로운 수필세계를 열어가고 있다. 미국에서 살면서 서정과 논리의 조율, 동양적 사고와 서양적 사고의 조화, 한국사회와 미국사회의 비교, 대조적인 관점과 분석, 물질만능주의의 현대인의 삶에서 영혼의 향기와 샘물을 적셔주는 일, 본격적인 수필가로서의 전문 영역의 몰두, 다인종사회에서 한국문화의 정체성을 살리며 꽃피우기, 사랑의 헌신을 통한 삶의 추구 등 뚜렷한 노력의 발자취를 볼 수 있다.

나는 순수 문학에 머무를 것이다. 그림이 없어도, 시가 없어도, 그래서 읽어주는 이 적어도, 다른 장르의 예술의 도움을 받지 않는 독립된 글을 쓸 것이다.

나의 글은 문학이 지닌 고유의 속성을 깨끗하게 유지할 수 있도록 하고 싶다. 변명하고 싶을 때, 글이라는 수단을 이용하지 않을 것이다. 문장으로 나를 변명하는 것은 비굴한 짓이라고 생각한다. 어눌한 말로 싸우거나 혹은 침묵할 것이다. 글로 사람을 호리거나 글로 이득을 추구하지 않을 것이다. 나의 글은 그냥 순수한 글 자체로 남아 있게 하고 싶다.

나는 최후까지 글을 쓸 것이다. 글로 인하여 더욱 외로워진다 해도 쓸 것이다.

—「나는 왜 글을 쓰는가」 중에서

그는 '외로워서 쓴다'고 한다. 외로울 때란 모든 것과 절연하고 자신의 내면과 대화하는 순간이다. 침묵의 공간에 놓인 존재에 대해 생각할 시간을 갖는 때다. 그는 외로움에 익숙해졌고, 그 안에서 언어는 견고해졌다. 단아하고 간결하며 순수해졌다. 문장이 자신의 영혼임을 알게 되었다. 삶의 수단이나 방법이 아닌 삶의 깨달음과 목표라는 것을 자각하게 된 것이다. 타인의 눈치를 살필 필요 없이 자신의 가야 할 길을 알고 있다. 고독 속에 그의 결심은 더욱 견고해지고 영혼은 맑아질 것이다.

"나의 글은 그냥 순수한 글 자체로 남아 있게 하고 싶다. 나는 최후까지 글을 쓸 것이다. 글로 인하여 더욱 외로워진다 해도 쓸 것이다."

하정아 씨의 말은 단호하다. 그 동안 수필에 바친 열정과 노력의 결정으로 두 번째의 수필집을 상재하게 된 것을 축하한다.